Laura Lee Guhrke

Originaire de l'Idaho, elle a exercé plusieurs métiers, notamment dans le domaine de la publicité, avant de se consacrer à l'écriture. Auteure d'une quinzaine de livres, elle est devenue une figure essentielle de la romance historique. Son écriture fluide et rythmée, ses personnages bien campés et son talent pour restituer l'atmosphère victorienne ont été récompensés par le prestigieux RITA Award.

L'esclandre

DE LA MÊME AUTRICE AUX ÉDITIONS J'AI LU

Les trésors de Daphné
Sous chacun de tes baisers
Les noces de la passion

Jeunes filles en fleurs

1 – *Et il l'embrassa...*
2 – *L'héritière*
3 – *Désirs secrets*
4 – Séduction

Abandonnées au pied de l'autel

1 – *Le mariage de la saison*
2 – *Le scandale de l'année*
3 – *L'esclandre*

Lorsque refleuriront les pêchers

En semi-poche
Jeunes filles en fleurs, intégrale

LAURA LEE

GUHRKE

ABANDONNÉES AU PIED DE L'AUTEL – 3

L'esclandre

Traduit de l'anglais (États-Unis)
par Sophie Pertus

J'AI LU

Titre original
TROUBLE AT THE WEDDING

Éditeur original
Avon Books, an imprint of HarperCollins Publishers, New York

Prologue

Quelque part dans l'Atlantique nord, avril 1904

Du jamais vu ! Un mariage au beau milieu de l'océan rassemblant l'élite de la bonne société. Si quelqu'un était capable de pareil exploit, c'était bien miss Annabel Wheaton.

D'abord parce qu'elle était américaine. Elle ne doutait donc jamais que ce qu'elle souhaitait accomplir fût possible. Ensuite parce qu'elle avait de l'argent, ce qui aide toujours à faire de l'impossible une réalité. Enfin parce que c'était une fille du Sud et que la douceur de ses propos et le charme de ses sourires dissimulaient un entêtement à la mesure du Mississippi. Ne pas oublier de préciser qu'Annabel était la mariée – une mariée déterminée à ce que son mariage soit parfait, quoi qu'il arrive.

Alors, quand son désir de se marier en Angleterre s'était heurté à la volonté de la famille de son fiancé d'organiser la cérémonie à New York, elle avait tenu tête et trouvé un compromis. Tant pis si certains avaient haussé un sourcil ironique ou même ricané en apprenant que le mariage de Bernard David Alastair, quatrième comte de Rumsford, avec miss Annabel Wheaton, de Jackson, New York et Newport, serait célébré à bord de l'*Atlantic*, le paquebot le plus luxueux du monde.

Le fiancé avait obtenu une licence spéciale de l'archevêque de Canterbury, sa future épouse avait choisi une robe de satin blanc chez Worth et, le 9 avril 1904, plus de cent invités triés sur le volet étaient réunis dans la grande salle de bal de l'*Atlantic*. Personne n'avait jamais assisté à un mariage dans un lieu plus extravagant.

Annabel ne se faisait guère d'illusions sur les raisons de la présence des membres les plus influents de l'élite new-yorkaise. Certes, son père avait trouvé de l'or dans le Klondike et lui avait légué une fortune, mais les Knickerbocker, l'aristocratie de Manhattan, n'auraient pas daigné assister au mariage d'une parvenue comme elle si... Bernard n'avait été là ; riche, titré, adulé. Elle lui serait toujours reconnaissante d'avoir exaucé son souhait le plus cher.

La cérémonie aurait lieu dans un quart d'heure. Pendant que sa femme de chambre fixait la traîne élaborée de sa robe de mariée, Annabel se poudrait le nez pour éviter qu'il brille en songeant, émue, au chemin parcouru depuis son entrée dans la bonne société.

Une image s'imposa à son esprit : la salle de bal de leur maison de Jackson. Les appliques électriques à la place des bougies, le papier peint cramoisi incrusté de véritable poussière d'or, les buffets chargés de victuailles et de rafraîchissements, le plancher ciré de la piste de danse – déserte.

Ils avaient vendu la maison de Jackson peu de temps après pour s'installer à New York. Sans succès. Le désastre cuisant de son premier bal n'était que la première d'une longue série de rebuffades que sa famille avait essuyées. Et Annabel avait très vite compris que les Knickerbocker de New York n'étaient en rien différents des matrones de la bonne société de Jackson. Au bout de trois ans de ce régime d'ostracisme, la jeune femme avait perdu espoir. Sa famille et elle ne seraient jamais acceptées. C'est alors qu'elle avait rencontré Bernard.

Elle sourit au souvenir de cette soirée, six mois plus tôt, à Saratoga, et de cet homme un peu intimidé mais très élégant qui avait traversé la salle sous le regard ébahi des débutantes bien nées pour inviter à danser la petite paysanne de Gooseneck Bend, dans le Mississippi. L'image de son beau visage fier, un visage très anglais, s'imposa à son esprit et elle ressentit pour cet homme une vague de tendresse et d'affection. Ce n'était certes pas un amour passionné, mais quelle importance ? Bernard et elle se comprenaient, s'entendaient bien, éprouvaient de l'affection l'un pour l'autre et envisageaient l'avenir de la même façon.

Dans quelques minutes, elle serait sa femme, Madame la Comtesse, et ses proches seraient définitivement à l'abri des sarcasmes. Quand elle aurait des enfants, personne ne les traiterait comme des moins que rien. Sa descendance ferait partie de l'élite et pourrait jouir de tous les privilèges associés. Quant à Dinah...

Comme à chaque fois qu'elle évoquait sa petite sœur, elle fut envahie par un instinct protecteur farouche. Jamais, se promit-elle, jamais sa Dinah ne connaîtrait l'humiliation, pour son entrée dans le monde, d'un bal auquel personne ne viendrait.

« L'aimez-vous ? »

Annabel marqua un temps d'arrêt au souvenir de cette phrase. La voix résonna quelques instants dans sa tête… Une voix masculine, celle d'un aristocrate anglais qui n'était pas son fiancé.

Elle reposa sa houppette à poudre et fixa le miroir dans lequel une image se superposait à son reflet. Des yeux bleu-gris, un visage fin et ténébreux, des cheveux noirs… Elle fronça les sourcils, mal à l'aise, tandis que les souvenirs insaisissables et flous de la nuit précédente lui revenaient en mémoire – des souvenirs d'alcool de contrebande, de chaleur brûlante et du désir qu'elle avait lu sur les traits de Christian Du Quesne.

Elle continuait de voir dans la glace le visage de cet homme au lieu du sien. Il esquissait un demi-sourire, et sous ses cils noirs brillait ce regard paresseux et séducteur que les mauvais garçons maîtrisaient si bien, ce regard qui faisait perdre la tête aux jeunes filles et ruinait leur vie.

Annabel ferma les yeux et se laissa porter par le flot de souvenirs de cette nuit passée. Les grandes mains de Christian encadrant son visage, la caresse de ses doigts sur sa joue. Puis sa bouche qui avait un goût de whisky.

Soudain, elle sentit ses lèvres s'entrouvrir et une onde de chaleur envahir son corps. Au désespoir, Annabel sortit de sa torpeur avec la certitude que Christian Du Quesne représentait le serpent du jardin d'Eden, qu'il la soumettait à la tentation et lui insufflait le doute. Mais que rien de ce qu'il lui offrait n'était réel.

Bernard, lui, était bien réel. C'était un gentleman. Et il voulait l'épouser. Alors que le mariage était bien la dernière des préoccupations de Christian Du Quesne.

« Vous ne voulez pas d'amour ? »

Le souvenir s'imposa de nouveau et lui fit froncer les sourcils. Non, elle ne voulait pas d'amour. Pas de celui qu'avaient à offrir les mauvais sujets de son espèce, ce sentier de perdition fait de baisers brûlants et d'intentions déshonorantes. Elle l'avait déjà emprunté une fois, à Gooseneck Bend, avec Billy John Harding : il ne lui avait apporté que chagrin et humiliation. Non, vraiment, elle ne voulait pas d'amour.

« Vous ne pouvez pas épouser Rumsford. Ce serait la plus grave erreur de votre vie, avait insisté Christian la nuit dernière. Faites-moi confiance. »

Lui faire confiance ? À lui ? Plutôt faire confiance à un serpent ! Les mains de Liza, la femme de chambre, se figèrent derrière elle. Avait-elle ri tout haut ? Le visage inquiet de la petite Irlandaise apparut dans le miroir, par-dessus l'épaule d'Annabel.

— Tout va bien, Mademoiselle ?

La jeune femme referma son poudrier.

— Mais oui, Liza, affirma-t-elle en s'efforçant de paraître enjouée. Comment en serait-il autrement, aujourd'hui, le plus beau jour de ma vie ?

La domestique se remit au travail, apparemment satisfaite de la réponse. Annabel s'efforça de chasser cet homme de ses pensées et de faire taire les doutes qui germaient dans son esprit depuis une semaine qu'elle le connaissait.

« Du respect ? Vous croyez que Rumsford vous respecte ? »

Son sarcasme lui tintait encore aux oreilles, aussi nettement que s'il se trouvait en face d'elle. Par chance, la porte de la cabine s'ouvrit et Henrietta, sa mère, entra d'un air affairé.

— Grands dieux, mon enfant ! s'exclama-t-elle en refermant derrière elle et en fixant sur Annabel un regard consterné. Tu n'es pas prête ? Pourquoi ce retard, Liza ?

— J'ai presque fini, Madame.

De fait, une ou deux vérifications plus tard, la domestique reculait en déployant soigneusement la traîne.

— C'est bon. Tout est en place, Mademoiselle, annonça-t-elle.

— Eh bien, ma chérie, dit sa mère en venant se placer à côté d'elle devant la glace, il est l'heure.

L'estomac d'Annabel se noua – était-ce dû à la nervosité ou aux excès de la nuit précédente ? Elle n'aurait su le dire. Elle tourna le dos au miroir et aux souvenirs de la veille, de cet homme, de toutes les tentations dont il était l'incarnation. Elle évita le regard de sa mère en lissant sa robe de satin duchesse et de dentelle de Bruxelles.

— Comment suis-je ? s'enquit-elle.

— Superbe, affirma sa mère. Si belle que l'émotion me gagne.

Elle lui releva le menton et l'embrassa sur la joue avant de se diriger vers la porte en ayant soin d'éviter la longue traîne de la robe.

— Maintenant, allons-y. Autrement, les invités vont croire que la noce est annulée.

Annabel suivit sa mère dans le petit salon attenant à sa cabine où les attendaient son oncle Arthur, qui affichait une mine sombre, son beau-père, qui semblait avoir déjà bu plus que de raison, et sa demi-sœur, Dinah, l'air trop sérieux pour ses onze ans. Ils quittèrent la suite tous les cinq, escortés par Liza qui portait la traîne d'Annabel. Ils s'arrêtèrent à l'entresol, en haut du grand escalier, où les trois sœurs de Bernard se joignirent à eux pour compléter le cortège.

Liza baissa le voile sur le visage d'Annabel et arrangea sa traîne. Lady Maude, la sœur aînée de Bernard, lui tendit un magnifique bouquet de magnolia roses puis se plaça derrière elle, à côté de sa sœur lady Alice, tandis que la benjamine, lady Millicent, les suivait avec Dinah. Sa mère, qui fermait la marche avec son oncle Arthur, fit signe à l'organiste qui attaqua le prélude de la marche nuptiale de *Lohengrin*.

Au bras de son beau-père, Annabel commença à descendre, lentement, le cortège à sa suite. Bientôt, un étrange sentiment s'empara d'elle, comme si ce qu'elle était en train de vivre n'avait rien de réel.

Ce mariage dont elle avait tant rêvé lui semblait soudain si superficiel. Le parfum des fleurs et la musique lui parvenaient comme dans un songe et les visages derrière son voile formaient un halo flou et indistinct.

Tandis qu'elle remontait l'allée centrale, une seule chose lui apparaissait clairement : les yeux de cet homme et le désir intense qu'elle avait décelé dans leur profondeur bleu-gris.

« Il y a des choses que vous ne connaîtrez jamais dans ses bras, des choses qu'il ne saura jamais vous faire ressentir. »

La peur lui serra la poitrine.

Elle chancela mais se ressaisit aussitôt et continua à avancer, les yeux étrécis pour tenter d'apercevoir Bernard. Son visage se détendit lorsqu'elle le découvrit qui l'attendait sur l'estrade à l'autre bout de la salle de bal.

Svelte, le teint pâle, le nez un peu long, l'archétype de l'aristocrate anglais. À mesure qu'elle approchait, elle distinguait plus nettement son air grave et digne, et ses doutes et ses craintes se dissipaient. Oui, songea-t-elle en s'arrêtant devant son futur mari, elle se voyait construire une nouvelle vie avec cet homme.

Son impression se trouva renforcée quand elle quitta le bras de George pour prendre place auprès de Bernard. Comme si elle n'avait jamais rencontré Christian Du Quesne.

« Mes frères, dit le révérend, nous voici ici rassemblés devant Dieu pour célébrer l'union de cet homme et de cette femme dans les liens sacrés du mariage... »

À ces mots, Annabel relégua les yeux séducteurs de Christian et sa folie de la veille dans l'oubli. Oui, elle devait se libérer du passé. Tout ce qui comptait, c'était son avenir avec Bernard.

Elle prit une profonde inspiration et se prépara à prononcer les serments qui allaient bouleverser sa vie.

1

New York City, sept jours plus tôt…

Toute la bonne société le savait : Christian Du Quesne, duc de Scarborough, n'avait pas de cœur. En lui ouvrant la poitrine, on aurait trouvé un bloc de glace, peut-être, ou une plaque d'acier, voire un muscle puissant qui servait à faire circuler le sang. Mais un cœur ? Un cœur romantique capable de désirer, d'aimer et de se briser ? Certainement pas. Cet organe, cela faisait des années que Christian l'avait perdu et, au grand regret de ces dames, il n'avait nulle intention de s'en procurer un nouveau.

Toutefois, si on l'avait interrogé sur ce sujet, Christian en aurait disconvenu. Ce soir, en tout cas. Il avait un cœur. Il en avait même cinq : trois dans la main et deux retournés devant lui sur le tapis de feutre vert d'une table de la fameuse House With the Bronze Door de New York. Oui, cinq cœurs qui se suivaient pour former une quinte flush.

Manifestement, la chance était de son côté – et heureusement pour lui. Il disputait une partie de poker à recave avec des hommes fortunés. Or lui-même se trouvait quelque peu à court d'argent. Les deux autres joueurs de sa table ne pouvaient se douter de sa chance, tant il avait l'air froid et indifférent.

C'était Hiram J. Burke, magnat des chemins de fer, millionnaire et joueur invétéré, qui avait invité Christian à se joindre à la partie de ce soir. Il avait posé un as sur la table mais, sauf si sa carte faisait partie d'une quinte flush royale, le jeu de Christian emporterait la mise.

— Je suis, annonça-t-il en prenant des jetons. Et je relance de cinq mille.

Ce fut au tour du troisième homme de miser. Arthur Ransom était un riche avocat dont l'unique cliente n'était autre que sa nièce, encore plus riche que lui. Il avait un visage rubicond et bienveillant, et un fort accent traînant du Mississippi. Il haussa un sourcil.

— Je suis, annonça-t-il seulement.

Christian relança encore, ajoutant donc dix mille dollars de jetons au pot, ce qui lui valut un regard dur de Hiram.

— Vous devez avoir une sacrée main, monsieur le duc, marmonna-t-il en tapotant du doigt la pile de jetons posée devant lui – une pile qui avait réduit depuis le début de la partie.

En guise de réponse, Christian se contenta d'un haussement d'épaules évasif.

— J'ai comme dans l'idée qu'un regard noir ne réussira à soutirer aucune information à ce garçon, Hiram, commenta M. Ransom. Tu sais combien les Anglais sont flegmatiques. Crois-moi, je suis bien placé pour le savoir. Je me couche, annonça-t-il en se défaussant de ses cartes.

Hiram se redressa sur sa chaise.

— Tu n'as peut-être pas tort, Arthur, concéda-t-il. Mais j'ai une main du tonnerre. À vrai dire, monsieur le duc, ajouta-t-il à l'adresse de Christian, je crois qu'elle est meilleure que la vôtre. Je suis et je relance de dix mille.

Christian se savait gagnant. Il lui suffisait de suivre pour empocher le pot. Mais il hésita car il y avait bien plus en jeu qu'une partie de poker. Certains hommes n'étaient pas d'humeur à parler affaires juste après avoir perdu aux cartes – or c'était pour parler affaires qu'il était là. Ne vaudrait-il pas mieux se coucher et laisser gagner Hiram ? Non, conclut-il. Il était assez joueur pour parier que Hiram n'était pas du genre à bouder après une défaite.

— Pour voir, déclara-t-il en suivant la mise.

— Carré d'as, annonça fièrement Hiram en posant les trois as qu'il avait en main à côté de celui qui était posé sur le tapis.

Mais son triomphe fut de courte durée.

— Quinte flush à la dame, dit Christian en étalant ses cartes.

Hiram les fixa un moment puis, au grand soulagement de Christian, éclata de rire.

— Un carré d'as ! s'exclama-t-il. La meilleure main de toute ma vie. Et cela ne suffit pas !

Toujours hilare, il se carra dans son siège et secoua la tête avec une incrédulité bon enfant.

— Vous êtes un sacré veinard, monsieur le duc.

Sauf qu'avoir de la chance aux cartes ne suffirait pas à Christian, il le savait. Son frère avait accumulé tant de dettes avant sa mort que, maintenant qu'il se retrouvait duc de Scarborough, Christian se voyait contraint de trouver une source de revenus plus lucrative et plus sûre que le poker. Quelle ironie… songea-t-il en ramassant ses gains. Andrew, fils prodigue, avait pourtant englouti en quelques années une fortune dont il ne restait aucune trace ; Christian, en revanche, qui avait plutôt bien gagné sa vie au jeu, était encore considéré par beaucoup de ses proches comme la brebis galeuse de la famille.

N'empêche que c'était lui le duc, désormais, et qu'il ne pouvait plus se permettre de jouer sa vie sur un tapis de cartes. Il était donc arrivé la veille en Amérique dans un but précis : entrer en relation avec des hommes d'affaires, quitte à offrir en échange ses propres relations au sein de l'aristocratie britannique, dans l'espoir que des occasions d'investir allaient se présenter. Il était donc allé boire un verre à l'Oak Room du Plaza, où une relation commune l'avait présenté à Hiram – et le résultat avait été cette soirée particulièrement lucrative.

— Monsieur Burke, remarqua-t-il en empilant ses gains devant lui, vous ne tarderiez pas à récupérer votre argent si vous me permettiez d'acheter des actions de votre nouvelle compagnie de téléphone transatlantique.

— Comment êtes-vous au courant ? s'étonna l'intéressé. Les actions ne sont même pas encore en vente.

— J'ai déjà quelques relations ici, monsieur Burke, confia Christian en souriant.

— Votre sœur, vous voulez dire ? Elle était mariée avec Roger Shaw, n'est-ce pas ? L'architecte ?

— Oui, c'est exact. Et elle sait tout ce qui se passe à New York bien qu'elle soit veuve et passe le plus clair de son temps à Paris.

— Elle est ici, en ce moment, si je ne m'abuse ? avança son interlocuteur d'un air pensif. Sans doute a-t-elle déjà rempli votre agenda de mondanités ?

Sentant qu'il devait avancer prudemment, Christian réfléchit avant de répondre.

— À vrai dire, non. Si je suis à New York, c'est pour faire des affaires bien plus que des mondanités.

Hiram lâcha un rire un peu gêné en se tirant le lobe de l'oreille.

— Je vois. Quand vous avez accepté mon invitation à jouer aux cartes ce soir, j'espérais...

Il s'interrompit. Il était inutile qu'il finisse sa phrase. Christian savait ce qu'espérait Hiram Burke. Mais, ce qui l'intéressait, lui, c'était les lignes de téléphone transatlantiques ; pas un mariage transatlantique.

— Hélas, mon but est de nouer des relations d'affaires, monsieur, et, peut-être, de découvrir quelques bons investissements. La compagnie que vous êtes en train de créer me semble être précisément le genre de chose qui pourrait m'intéresser. Ce projet me semble passionnant.

— Absolument, confirma Hiram en le regardant dans les yeux par-dessus la table de jeu. Pour l'homme de la situation.

L'insinuation était claire. Néanmoins, si Christian n'avait aucune envie d'offrir une couronne de duchesse à Fanny, la fille de Hiram, il espérait encore faire de ce dernier un associé. Mais, avant qu'il ait pu formuler une repartie soulignant qu'il serait meilleur investisseur que gendre, une autre personne se mêla à la conversation.

— À la table de jeu, comme d'habitude, Du Quesne ? lança une voix masculine pédante et typiquement britannique. C'est drôle : cela ne m'étonne pas du tout.

Christian leva les yeux et la vue de l'homme qui se tenait debout à côté de lui gâta sa belle humeur. Comme lui, le comte de Rumsford était un aristocrate anglais ; comme lui, il était allé à Eton puis à Oxford ; et voilà qu'ils se retrouvaient à New York au même moment. La ressemblance s'arrêtait là.

Descendant de nobles normands et de paysans irlandais, Christian était brun et doté d'un humour caustique. Il ne prenait pas très au sérieux le titre auquel il venait d'accéder. Du reste, il ne prenait pas grand-chose au sérieux. Enfant, il avait fait les quatre cents coups et il fallait bien dire que cela lui arrivait encore aujourd'hui. Il savait que les rides qui commençaient à apparaître aux coins de ses yeux et de sa bouche témoignaient de bien des nuits passées à jouer aux cartes en buvant du whisky. Trop de nuits, sans doute.

Bref, il était aux antipodes de Rumsford. Ce dernier avait les yeux vert pâle, les cheveux blonds et un visage généralement décrit comme beau, si l'on n'avait rien contre un menton un peu fuyant. Persuadé de sa grande importance, Rumsford arborait un petit sourire supérieur que Christian avait toujours trouvé éminemment agaçant.

Ce dernier savait cette antipathie réciproque et, par un accord tacite, les deux hommes s'évitaient. Grâce à l'aversion de Christian pour les cercles respectables que fréquentait Rumsford, c'était généralement assez facile. En revanche, il ne s'était pas attendu à rencontrer le comte dans ce cercle de jeu clandestin de New York. Mais il n'y avait rien d'autre à faire que de rester poli.

— Diable ! Mais c'est ce bon vieux Rummy, le salua-t-il avec un sourire enjoué. Que le monde est petit...

— Du Quesne.

Rumsford s'inclina devant lui avant de se tourner vers les deux autres. Christian crut surprendre une lueur d'étonnement dans ses yeux quand il découvrit Ransom, mais elle se dissipa aussitôt.

— Bonsoir, Arthur, dit-il de son ton le plus aimable.

— Lord Rumsford, répondit Ransom beaucoup plus froidement. Ainsi, vous vous connaissez, tous les deux ? ajouta-t-il après avoir lancé un bref regard à Christian.

— De longue date, répondit ce dernier. Eton et Oxford. Nous faisions partie de la même équipe d'aviron. Cela fait un bout de temps, hein, Rummy ? Mais si je m'attendais à te retrouver ici !

Rumsford se tourna vers lui et esquissa son fameux sourire odieux.

— La dernière fois que nous nous sommes vus, rappela-t-il, c'était au Derby. Tu pariais une fortune sur un outsider. Qui a perdu, je me souviens. C'est fou : à chaque fois que je te vois, tu es en train de jouer, Du Quesne, conclut-il dans un petit rire.

Christian n'avait accédé au titre de duc que quelques mois auparavant. Il arrivait donc encore qu'on l'appelle par son nom de famille. D'ordinaire, il ne relevait pas, car il n'avait que faire de l'étiquette. Mais il se rappelait qu'à l'école, Rummy était de ceux qui se moquaient de lui à cause de son nom français et de sa grand-mère irlandaise, et parce qu'il n'était que le « deuxième » fils d'un duc. Dans la mesure où

Rummy attachait, lui, tant d'importance à ces choses, il décida de faire une exception à la règle.

— C'est Scarborough, maintenant, mon vieux, corrigea-t-il d'un ton léger. Duc de Scarborough.

Il eut la satisfaction de le voir grimacer du faux pas qu'il avait commis.

— Bien sûr. Excuse-moi, Scarborough. Et accepte mes condoléances pour le décès de ton frère. Tu dois être...

Il s'interrompit et regarda la table de poker avant de conclure :

— ... anéanti par le chagrin.

— Absolument, confirma Christian sans se départir de son air aimable.

— Eh bien, intervint Hiram à l'intention de Rumsford, qu'est-ce qui vous amène en ville ce soir, monsieur ? Vous fêtez l'événement ?

— Quel événement ? s'enquit Christian.

Les trois autres le regardèrent avec surprise.

— Comment ? fit Hiram. Vous n'êtes pas au courant ? Lord Rumsford est fiancé à miss Annabel Wheaton, la nièce d'Arthur, précisa-t-il en désignant Ransom d'un petit mouvement de tête.

Christian se rappelait vaguement que sa sœur évoquait les fiançailles de Rumsford dans sa dernière lettre. Mais, dans la mesure où le comte et lui n'étaient pas les meilleurs amis du monde, loin de là, la nouvelle de son prochain mariage ne l'avait pas particulièrement intéressé. Qu'une jeune femme soit prête à passer le restant de ses jours avec ce pauvre type, cela l'étonnait – mais sans plus. Ce qui retint son attention, en revanche, ce fut le peu d'enthousiasme que cette union éveillait chez Ransom.

Il se tourna vers le comte et leva son verre pour porter un toast.

— Félicitations, à toi et à miss Wheaton, Rumsford, clama-t-il avant de boire une gorgée de whisky.

Arthur Ransom se leva brusquement.

— J'ai besoin d'un verre, marmonna-t-il avant de se diriger vers le bar à l'autre bout de la pièce.

Il y eut un silence un peu gêné que personne ne sembla vouloir rompre. Au bout d'un moment, Hiram toussota et se leva à son tour.

— Moi aussi, je vais boire quelque chose. À propos de ces actions, monsieur le duc, ajouta-t-il en donnant une tape sur l'épaule de Christian, je compte amener mon épouse et ma fille en Angleterre en mai. Peut-être aurons-nous l'occasion d'en reparler à ce moment-là.

— Avec plaisir.

Mais, en regardant Hiram s'éloigner, Christian devina que cela n'arriverait pas. Non seulement parce qu'il évitait la saison mondaine de Londres comme la peste, mais encore parce que ces actions constituaient manifestement la dot de Fanny et que c'était un marché que lui-même était décidé à ne surtout pas conclure. On ne l'y reprendrait pas.

Il reprit son verre et but une autre gorgée avant de se tourner vers Rumsford qui, curieusement, ne semblait pas pressé de s'éloigner.

— Tu veux faire une partie ? risqua-t-il par politesse.

Il fut très soulagé de le voir refuser.

— Non, merci, lâcha-t-il avec un sourire crispé. Je ne suis pas comme toi, hélas. Je n'ai aucun don pour les cartes.

Christian ne put s'empêcher de rire.

— Mais que fais-tu dans un cercle de jeu, alors ?

Rumsford s'assura d'un coup d'œil qu'Arthur et Hiram étaient toujours au bar avant de se pencher vers son acolyte quelque peu surpris et de lui répondre, sur le ton de la confidence :

— On trouve... d'autres distractions, ici, Scarborough.

Il regarda en l'air, les joues rosies par l'excitation, son éternel sourire arrogant aux lèvres.

Christian haussa un sourcil étonné devant le visage concupiscent de son interlocuteur. Dieu sait que lui-même n'était pas un saint. N'empêche qu'il avait beau s'opposer farouchement au mariage, l'idée de coucher avec une courtisane dans un cercle de jeu juste avant de se passer la bague au doigt le choquait.

Il n'avait certes pas été le meilleur des maris, mais il était toujours resté fidèle à Evie... Cette seule conduite exemplaire lui serait-elle d'un grand réconfort si sa femme était encore en vie ? Il en doutait.

Au souvenir de son épouse, Christian se sentit la gorge sèche. Il reprit du whisky et se força à sourire.

— Ah, c'est donc ce qui t'amène ici ? fit-il avec un clin d'œil faussement complice. Une dernière aventure avant le grand jour, c'est cela ?

Rumsford lui rendit son clin d'œil.

— Qui te dit que ce sera la dernière ? rétorqua-t-il.

Ils rirent en hommes d'expérience mais Christian recouvra son sérieux dès que le comte se fut éloigné.

— Il y a des choses qui ne changent pas, marmonna-t-il tandis que Rumsford coulait un dernier regard furtif à Arthur, avant de quitter la pièce pour aller chercher de la compagnie féminine à l'étage.

Les années ont beau passer, tu es resté le crétin que je connaissais.

Sa pauvre fiancée… songea-t-il avec une note de pitié. Il ne connaissait pas Annabel Wheaton. Ce devait être une héritière à la Consuelo Vanderbilt : douce, malléable, sans doute un peu naïve, sous la coupe d'une mère yankee terriblement ambitieuse et contrainte d'épouser Rummy parce qu'elle n'avait pas le courage de refuser.

— Messieurs, je vous prie de m'excuser de faire ainsi irruption dans votre bureau, mais c'est à n'y rien comprendre, dit Annabel d'une voix de miel avec un accent du Mississippi plus prononcé que d'ordinaire.

Les grands yeux de biche dont elle fixait les trois hommes assis en face d'elle à la table de conférences étaient si contrits que ses interlocuteurs ne pouvaient que fondre. Elle s'était même fait accompagner par sa mère. Pour qui connaissait les jeunes filles du Sud, c'était le signe qu'elle s'apprêtait à faire une scène épouvantable.

Hélas, natifs de New York, les avocats de chez Cooper, Bentley et Frye n'avaient guère l'habitude de traiter avec des femmes nées sous la ligne Mason-Dixon. En principe, ils ne voyaient Annabel qu'une fois ou deux dans l'année. Le reste du temps, ils avaient affaire à son oncle Arthur, l'un de ses curateurs, qui était avocat comme eux. Le fait qu'Annabel vienne à leur cabinet sans son oncle, sans les avertir, le jour même de son départ pour l'Angleterre, aurait dû les alerter.

Les pauvres. Elle voyait bien qu'ils ne se doutaient pas le moins du monde de ce qui les attendait.

— Merci infiniment pour le contrat de mariage que vous m'avez envoyé hier soir, messieurs, poursuivit-elle en se baissant pour sortir le document en question du portefeuille de cuir qu'elle avait posé à côté de son siège. Je suis certaine qu'il vous a demandé beaucoup de travail et je vous en suis très reconnaissante.

— Soyez assurée que c'est toujours un plaisir de vous rendre service, miss Annabel, susurra M. Bentley.

— Merci, répondit-elle, la main sur le cœur, comme pour prouver sa sincérité. Je vous promets de ne pas abuser de votre temps. J'ai seulement quelques toutes petites questions à vous poser. Je suis sûre que nous en aurons vite terminé.

Quand sa mère salua cette douceur et cette légèreté feintes d'un rire ironique, Annabel lui donna un petit coup de pied sous la table. Pourvu qu'elle ne se mette pas à lever les yeux au ciel juste maintenant !

Elle posa la liasse de papiers sur la table et commença à la feuilleter. À travers le bord de son chapeau de soie rose, elle vit les avocats se détendre, s'appuyer au dossier de leur fauteuil et joindre les mains sur leur ventre rebondi avec un air patient de père de famille indulgent.

Elle s'arrêta à la page qui l'intéressait et tapota de l'index un paragraphe en particulier.

— Il est écrit ici que lord Rumsford doit recevoir soixante-quinze mille dollars par an pour l'entretien de son domaine de Rumsford Castle, observa-t-elle en les gratifiant de son plus joli sourire. Messieurs, cela ne me semble pas acceptable.

Les trois avocats se redressèrent d'un bond dans leur fauteuil et échangèrent des regards gênés.

— J'ai lu les rapports fournis par le notaire de lord Rumsford, poursuivit-elle, et je sais que soixante-quinze mille dollars représentent tout juste la différence entre les dépenses de la propriété et ce que rapportent les fermages. Le notaire de lord Rumsford avait demandé cent mille dollars, et j'avais donné mon accord. Pourquoi cela n'a-t-il pas été modifié sur le contrat ?

En sa qualité de curateur et d'associé principal du cabinet, M. Bentley prit la parole.

— Nous avons rédigé beaucoup de contrats de mariage de ce type, Annabel, déclara-t-il. La somme annuelle proposée dans celui-ci est suffisante pour un domaine anglais de la taille de Rumsford Castle.

— Suffisante ? C'est tout ce que je mérite, selon vous, messieurs ? Une somme « suffisante » ?

Les trois hommes échangèrent des regards soucieux. Cette fois, ce fut M. Cooper qui s'exprima au nom des avocats.

— L'allocation demandée par le notaire de lord Rumsford est nettement supérieure au budget annuel du domaine ; il semble que l'excédent doive être consacré à la remise en état de certaines parties de la maison et des terres – des dépenses inutiles.

— M. Cooper, répliqua-t-elle sans se départir de son sourire, nous parlons de ma future maison. Ma maison et celle de mes enfants. Il faut qu'elle soit parfaitement entretenue.

— Oui, oui, bien entendu. Cependant, monsieur le comte, vous-même et vos enfants ne vivrez sans doute à Rumsford Castle que quelques mois par an. Les épouses américaines des aristocrates anglais préfèrent généralement Londres. C'est forts de cette expérience que nous avons jugé préférable de minimiser les dépenses liées à cette propriété. Par ailleurs, ajouta-t-il sans laisser à Annabel le temps de répondre, il nous est apparu qu'une partie des fonds demandés devait servir à des activités sociales telles que l'organisation de bals et de réceptions, et autres extravagances du même genre.

— Messieurs, ce n'est pas le sens de la fête qui vous étouffe, rétorqua-t-elle en considérant leur mine réprobatrice avec un certain amusement. Qu'y a-t-il de mal à organiser des bals et des réceptions ?

— Les Anglais du statut social de lord Rumsford sont connus pour recevoir avec prodigalité. Les dépenses inutiles de ce genre ne feront que ponctionner vos ressources, ma chère Annabel.

Annabel, qui connaissait l'étendue de ses ressources au penny près, n'était pas de cet avis. La question n'était pas les grands bals et les soirées luxueuses, elle le savait. Même si c'était des événements qu'elle n'avait jamais connus et dont elle rêvait, il y avait bien plus en jeu que ces divertissements.

Dans ce monde, la position sociale primait. Or c'était ce qui faisait défaut à sa famille. Toute sa vie, on l'avait prise de haut ; la fortune dont elle avait hérité n'y avait rien changé. Il y a sept ans, lorsque son père était mort en lui léguant tout cet argent, elle avait cru à un miracle qui allait changer leur quotidien à tous. Pourtant, malgré leurs tenues élégantes, leurs jolies maisons et l'automobile qu'elle conduisait, on les considérait toujours, elle et les siens, comme des moins que rien.

Elle crispa la main sur les papiers. Jamais elle n'oublierait ce qu'elle avait dû endurer.

Depuis sept ans, elle était déterminée à trouver la brèche de ce mur de pierre auquel elle se heurtait dans un unique but : faire passer sa famille dans le monde de la haute société une bonne fois pour toutes.

C'est alors que Bernard était entré dans sa vie. Il allait lui offrir, ainsi qu'à sa famille, l'unique chose qu'il leur était impossible d'acquérir. Grâce à lui, ses enfants n'auraient pas à souffrir de leur statut, bien au contraire. Ses filles, mais aussi sa petite sœur, Dinah, seraient courtisées par les fils des plus grandes familles. Et Bernard ferait en sorte que personne ne se moque plus jamais d'eux. Il n'y avait dans sa décision aucune frivolité. Elle investissait son héritage dans un projet d'avenir. Un avenir qui valait bien cent mille dollars par an – surtout pour elle qui disposait de plus d'argent qu'elle ne pourrait en dépenser en toute une vie.

— Vos intérêts nous tiennent à cœur, Annabel ; nous ne voulons pas vous voir gaspiller votre argent.

— C'est très gentil à vous, messieurs, dit-elle avec douceur. Mais, comme vous l'avez vous-même souligné, c'est mon argent, non ? C'est donc à moi de décider comment le gaspiller.

Sans attendre de réponse, elle poussa la feuille de l'autre côté de la table.

— Rumsford Castle appartient à la famille de lord Rumsford depuis plus de trois cents ans. Cette propriété compte énormément pour lui, et pour moi. J'aimerais donc que la somme allouée à son entretien soit montée à cent mille dollars. Je vous remercie. Vient ensuite la question des sœurs de lord Rumsford, enchaîna-t-elle aussitôt en tournant les pages du contrat. Je souhaite que vous doubliez le montant de l'argent de poche versé à lady Maude, lady Alice et lady Millicent, s'il vous plaît, comme je vous ai déjà priés de le faire. Ces jeunes filles ont besoin de jolies toilettes. Et il faudra également doubler leur dot.

Les avocats voulurent l'interrompre mais elle continua.

— Quant aux revenus personnels de lord Rumsford, vous n'y allouez que dix mille dollars par an. Il me semblait qu'il en avait demandé vingt mille. Je me trompe ?

Ce fut à nouveau M. Bentley qui s'exprima.

— Beaucoup de messieurs qui se trouvent dans la situation de monsieur le comte estiment qu'une allocation de dix mille dollars suffit amplement.

— Je me soucie assez peu de ce que pensent les autres. Dans la mesure où je m'offre ce qui se fait de mieux comme vêtements, bijoux et autres colifichets, je tiens à ce que mon mari puisse en faire autant.

— Bien entendu, bien entendu. Cependant, ma chère enfant…

M. Bentley s'interrompit et reprit son air paternel.

— En la circonstance, il serait peut-être plus sage de ne pas raisonner avec le cœur, acheva-t-il.

— Oh, oh, murmura Henrietta. Nous y voilà…

M. Bentley eut le tort de ne pas faire attention au discret avertissement de la mère d'Annabel.

— Ces fiançailles ont été soudaines, fit-il valoir. Nous manquerions à notre devoir si nous ne protégions pas vos intérêts. À la lumière de ces inquiétudes, peut-être serait-il bon que vous envisagiez d'attendre un peu avant de vous marier. Un an, disons… Six mois, s'empressa-t-il de corriger devant le regard glacial d'Annabel. Cela vous laisserait tout le temps, à lord Rumsford et à vous, de vous assurer que vous vous accordez suffisamment pour vous marier et de vous mettre d'accord sur la façon de dépenser l'argent du ménage.

— Tout d'abord, répliqua-t-elle d'une voix douce mais dans laquelle on sentait percer une volonté de fer, je ne raisonne qu'avec ma tête, messieurs. Ensuite, Bernard et moi nous sommes déjà mis d'accord sur la question des dépenses. C'est vous – vous trois et mon oncle Arthur – qui n'allez pas dans notre sens. Enfin, nous voulons nous marier et nous ne voyons pas de raison de prolonger inutilement les fiançailles. Je pensais que vous vous réjouiriez pour moi, messieurs – puisque mes intérêts vous tiennent tellement à cœur, conclut-elle après une pause délibérée.

— Évidemment, nous sommes heureux pour vous, ma chère enfant, se hâta d'assurer M. Cooper. Cependant nous... nous sommes préoccupés. Et votre oncle également. Nous ne voulons que votre bien, Annabel. Il est normal que vous ayez envie de vous marier : c'est le souhait de toute jeune fille. Toutefois...

— Je ne suis ni une enfant ni une jeune fille, contra-t-elle. J'ai vingt-cinq ans.

— Certes, certes, intervint M. Frye d'un ton conciliant. Vous êtes adulte, nous le savons. Mais vous êtes une femme. Or tout le monde sait que les questions financières ne sont pas le point fort de votre sexe.

À côté d'elle, sa mère murmura une phrase où il était question d'une nouvelle bataille de fort Sumter. Cependant, Annabel n'avait aucune envie de déclencher une autre guerre de Sécession. Elle n'avait pas non plus de temps à perdre. Il fallait que ce contrat soit rédigé comme elle l'entendait, et sans délai.

Elle sortit un autre document de son portefeuille.

— Selon le testament de mon père, fit-elle valoir en le posant sur la table, j'ai trois curateurs, mais il me suffit du consentement de deux d'entre eux pour me marier, n'est-ce pas ?

Ils hochèrent la tête à contrecœur.

— Mon oncle Arthur m'a refusé le sien. En revanche, mon beau-père, M. Chumley, me l'a accordé. Quant à vous, M. Bentley, mon troisième curateur, vous m'avez également donné votre permission. Comptez-vous changer d'avis ?

Comme il hésitait, elle poursuivit.

— Vous savez, je commence à songer qu'une fois mariée, lorsque j'aurai le contrôle de ma fortune, il faudra que je choisisse moi-même mes avocats. Qu'en dites-vous, maman ?

— Mon avis importe-t-il vraiment ? repartit l'intéressée d'un ton ironique.

Annabel reporta son attention sur les trois hommes assis en face d'elle.

— Ce ne sont pas les avocats qui manquent en ce bas monde, souligna-t-elle. Je devrais pouvoir en trouver d'aussi compétents que vous, et nettement plus coopératifs.

Elle sourit de leur mine déconfite et décida qu'elle avait suffisamment tourné autour du pot.

— Messieurs, lord Rumsford et moi allons nous marier à bord de l'*Atlantic* dans six jours. Dans la mesure où le temps presse, permettez-moi de vous exposer la façon dont les choses vont se dérouler.

Vous allez rédiger un contrat de mariage conforme à mes souhaits aujourd'hui même, avec toutes les modifications que je vous ai indiquées. Puis vous allez le faire signer par qui de droit et en remettre un exemplaire signé à chacune des parties, y compris mon oncle Arthur. Vous assisterez au mariage, comme convenu, M. Bentley, n'est-ce pas ? Parfait, poursuivit-elle sans attendre sa réponse. Je serais navrée que vous m'en vouliez de cette petite altercation et que vous ne veniez pas. Si vous aviez la bonté d'apporter mon exemplaire signé du contrat corrigé cet après-midi, je vous en serai reconnaissante. Bien, messieurs, conclut-elle en les regardant tour à tour, des questions ?

Les trois hommes firent non de la tête d'un air résigné.

— Vous m'en voyez ravie, déclara-t-elle en se levant pour indiquer que la réunion était terminée, de sorte que tout le monde en fit autant. Merci de m'avoir accordé un peu de votre temps. Maintenant, nous allons vous laisser travailler. Vous avez beaucoup à faire d'ici à cet après-midi.

Sur quoi elle tourna les talons et se dirigea vers la porte dans un léger nuage de parfum français, sa mère dans son sillage, sous le regard contrarié du trio d'avocats.

— Ils sont impossibles, marmonna Annabel une fois qu'elles furent sorties du cabinet et se dirigeaient vers l'ascenseur. C'est la troisième fois que je leur demande d'effectuer ces modifications ; je ne comprends pas ce qu'il y a de si difficile.

— Ce sont des hommes bien, Annabel.

— Je sais, maman, je sais.

Elles s'arrêtèrent devant la grille en fer forgé et la jeune femme appuya sur le bouton pour faire venir l'ascenseur au dixième étage où elles se trouvaient.

— Mais, à chaque fois que je m'adresse à eux, ils prennent cet air paternaliste et font comme s'ils n'avaient à répondre qu'à oncle Arthur.

— Ils doivent s'être ravisés, maintenant, remarqua Henrietta avec une note d'humour.

Annabel sourit.

— Il est vrai que je les ai un peu bousculés, n'est-ce pas, maman ?

— C'est le moins que l'on puisse dire, ma chérie.

— C'était plus fort que moi. Leur réflexion sur l'incompétence des femmes en matière de finance m'a exaspérée. Sans parler de leur suggestion d'attendre un an.

Henrietta garda le silence.

— Serait-ce vraiment si dur de patienter un peu ? finit-elle par demander. Un an, ce n'est rien, après tout.

Annabel soupira.

— Oh, maman, non. Ne recommencez pas.

— Tout de même, il est vrai que Bernard et toi ne vous connaissez pas si bien que cela. Peut-être…

— Allons, maman, nous en avons déjà discuté, lui rappela-t-elle, pressée de changer de sujet. Nous savons ce que nous faisons, tous les deux, et nous ne voyons pas de raison d'attendre six mois de plus. Il est évident que ces avocats traînent des pieds parce que c'est le souhait d'oncle Arthur. Il n'a jamais aimé Bernard et il s'oppose à ce mariage depuis le début. Vous, en revanche, je vous croyais de mon côté.

— Annabel Mae, je suis de ton côté ! Je suis ta mère et tout ce qui m'importe, c'est ton bonheur. Comme à ton oncle Arthur, d'ailleurs. Et le fait que tu ne connaisses Bernard que depuis peu nous inquiète.

— Bernard et moi nous côtoyons depuis six mois ! C'est bien assez pour savoir ce que nous faisons. Alors arrêtez de tous vous inquiéter pour moi. Je sais que vous avez l'impression que je me jette tête baissée dans ce mariage, mais ce n'est pas le cas. De toute façon, la cérémonie a lieu dans six jours. Il est un peu tard pour commencer à avoir des doutes.

— Ah bon ? fit sa mère, se raccrochant à ce dernier mot. Tu as des doutes, Annabel ?

— Non ! Grands dieux, combien de fois faudra-t-il que je le répète ?

— Tu n'es pas amoureuse de lui.

Annabel trépigna, mal à l'aise, sous le regard de sa mère.

— Nous nous entendons très bien ; cela me suffit, maman.

— J'aimerais te voir épouser un homme dont tu serais amoureuse.

Comme elle-même l'avait fait ? Annabel se retint de rappeler que Black Jack Wheaton, le grand amour de sa mère, était un coquin, un bon à rien et un coureur de jupons, que demander le divorce pour abandon du domicile afin de pouvoir épouser George était la meilleure chose qu'elle ait jamais faite. Elle s'abstint également de souligner que ce n'était pas la passion amoureuse qui avait poussé sa mère à épouser son second mari. Non, si Henrietta s'était mariée avec George, c'était parce qu'il s'était toujours montré un ami loyal, fiable et fidèle, qui ne rentrait jamais ivre, ne jouait pas aux cartes l'argent des courses et ne l'avait pas abandonnée pour chercher des mines d'or.

Annabel n'évoqua pas non plus sa propre expérience de l'amour, huit ans plus tôt, quand elle avait pleuré sur l'épaule de sa mère après que Billy John Harding lui avait brisé le cœur avant d'en piétiner les morceaux.

Non, elle ne parla pas de tout cela.

— Je suis très attachée à Bernard, maman, affirma-t-elle, et ce sentiment est partagé. Il me semble que c'est une meilleure base que l'amour pour un mariage, car l'amour ne dure pas.

Henrietta la considéra avec tristesse.

— Oh, Annabel...

Ce soupir chargé de compassion transperça le cœur de la jeune femme.

— Je vous en prie, maman, ne parlons plus de cela, dit-elle en se détournant pour ne plus voir la déception sur le visage de celle qu'elle aimait tant.

Elle ne comprenait pas, elle ne comprendrait jamais, pourquoi sa mère, après ce qu'elle avait vécu, tenait à lui voir faire un mariage d'amour. Black Jack Wheaton était parti quand Annabel avait sept ans et il n'était jamais revenu. Elle n'oublierait jamais toutes les nuits où elle avait entendu sa mère pleurer son absence. Aujourd'hui, même si Henrietta s'était remariée, Annabel soupçonnait que son cœur appartenait toujours au même homme.

Mais inutile de s'appesantir sur le sujet : sa mère savait déjà ce qu'elle pensait de son géniteur. Heureusement, l'ascenseur arriva avant qu'elle soit tentée de le lui répéter.

— Je sais qu'oncle Arthur n'est animé que de bonnes intentions, assura-t-elle à la place tandis que le liftier en livrée leur ouvrait la grille en fer forgé et qu'elles montaient dans la cabine. Mais tout ce qu'il a obtenu en demandant aux avocats de ne pas effectuer les modifications que j'avais demandées, c'est de me mettre en colère. Il m'exaspère, quand il agit comme cela.

— Il ne souhaite que ton bonheur ; il t'aime énormément.

— Je sais, maman. Je n'en doute pas le moins du monde. Mais j'ai parfois l'impression qu'il m'étouffe. Rez-de-chaussée, s'il vous plaît, ajouta-t-elle à l'intention du liftier avant de se retourner vers sa mère. Je lui ai déjà dit je ne sais combien de fois que j'allais épouser Bernard. Ma décision est prise. Juste ciel ! Il me connaît depuis ma naissance. N'a-t-il donc toujours pas compris que, lorsque j'ai quelque chose en tête, il est inutile d'essayer de me faire changer d'avis ?

— Oh, si, il le sait, assura Henrietta dans un soupir tandis que l'ascenseur commençait à descendre. Crois-moi, ma chérie, il le sait.

2

Sauf intervention de la police, la House With the Bronze Door, cercle de jeu illégal, restait ouverte jusqu'à l'aube. Comme la chance continuait à lui sourire, Christian était resté aux tables de poker, de sorte que le soleil se levait sur Manhattan quand il s'était écroulé dans son lit de l'hôtel Waldorf. C'est McIntyre qui l'avait réveillé en milieu d'après-midi.

— Désolé, Monsieur, murmura à son oreille son valet de chambre à l'accent écossais si charmant, mais lady Sylvia Shaw est là.

Christian marmonna une réponse qu'il espérait suffisamment éloquente. Mais le sommeil avait dû l'empêcher d'être assez clair car quelqu'un fit irruption dans la chambre au moment où McIntyre sortait. Quelqu'un de beaucoup moins sensible à son besoin de repos.

— Christian, réveille-toi.

Il entendit nettement la voix impérieuse de sa sœur mais garda les yeux fermés. Hélas, Sylvia n'était pas du genre à se laisser ignorer.

— Grands dieux ! Pourquoi faut-il donc que tu dormes toujours comme une souche ? Réveille-toi.

— Arrête, Sylvia, je t'en conjure, grommela-t-il en roulant de l'autre côté du lit pour lui tourner le dos. Je comptais passer te voir chez les Windermere tout à l'heure. Qu'est-ce qui te prend de surgir ici à une heure aussi matinale ?

— Ce n'est plus le matin, l'informa-t-elle en le secouant pour le réveiller. Et je n'en reviens pas que tu sois venu à New York sans me le faire savoir. Pire, tu arrives la veille de mon départ ! Que se passe-t-il ?

Il dormait encore. Il n'avait aucune envie de satisfaire la curiosité de sa sœur séance tenante. Il se secoua pour la repousser et se raccrocha au sommeil.

— D'ailleurs, qu'est-ce qui te prend de descendre au Waldorf ? Tu aurais très bien pu séjourner chez les Windermere, sur Park Avenue, comme moi. Si tu m'avais écrit pour m'annoncer ta venue, j'aurais pu organiser cela. Je suis certaine que Delores Windermere aurait été enchantée de t'accueillir. Quant à ses filles, elles auraient été folles de joie.

— Précisément.

Il voulut tirer les couvertures sur sa tête mais il n'en avait pas saisi le bord qu'elle chuchota, tout contre son oreille :

— Si tu ne te lèves pas immédiatement pour me recevoir, mon cher frère, voilà ce qu'on lira à la une des gazettes mondaines : « Le nouveau duc de Scarborough prêt à se remarier. Mais qui sera l'heureuse élue ? »

— Seigneur !

Il se redressa d'un bond et Sylvia dut reculer pour ne pas recevoir un coup sur le nez.

— Tu n'oserais pas !

— Ah, tu crois ?

Elle s'assit dans le premier fauteuil venu et arrangea autour d'elle ses jupes de crêpe noir en lui adressant ce sourire qu'il connaissait si bien. Le même que celui qu'elle arborait le jour où, quand il avait dix ans et elle huit, elle avait livré son chien aux enfants de l'orphelinat. Il avait eu toutes les peines du monde à récupérer son brave Scruff. Bref, un sourire capable de tout.

— Très bien, très bien, capitula-t-il en renonçant au sommeil maintenant qu'il était complètement réveillé. Je ne sais pas ce qu'il y a de si important mais il n'est pas question que je discute avec toi sans m'être d'abord habillé. Demande à McIntyre de me faire monter du thé et de venir m'aider à me préparer, s'il te plaît.

Un quart d'heure plus tard, vêtu d'un pantalon noir, d'une chemise blanche et d'une veste d'intérieur noire elle aussi, Christian entrait dans le salon de sa suite. Il y trouva sa sœur, assise dans l'un des deux canapés qui se faisaient face, en train de servir le thé. Il traversa la pièce, prenant au passage la tasse qu'elle lui tendait.

— Très bien, Sylvia, dit-il en s'asseyant en face d'elle. Qu'y a-t-il de si important pour que tu fasses ainsi irruption chez moi, que tu n'attendes pas la réponse de mon valet de chambre et que tu me tires du lit avec si peu de ménagement ?

— Comment peux-tu me poser la question ? Tu es à New York ! Et il a fallu que je l'apprenne dans la rue !

— Je ne suis arrivé qu'hier et tu pars ce soir. Je n'ai pas jugé utile de t'avertir, d'autant que je t'ai vue aux obsèques d'Andrew il y a à peine trois mois et que je te reverrai à Scarborough Park à la Pentecôte.

— Oh, Christian ! Il ne t'est pas venu à l'idée que tu pouvais me manquer ? Je me demande bien pourquoi, d'ailleurs, ajouta-t-elle en fronçant les sourcils. En réalité, tu n'avais pas l'intention de venir me voir avant mon départ, si ?

— Comme je te l'ai dit, je comptais passer te voir un peu plus tard à Park Avenue, assura son frère mal à l'aise.

— Après que j'aurais embarqué, sans doute ! Ne le nie pas, c'était ton plan.

Il but une gorgée de thé tout en la regardant dans les yeux par-dessus le bord de la tasse.

— Je ne vois pas du tout ce que tu veux dire.

— Allons, Christian, cela ne fonctionne jamais avec moi, et tu le sais.

— Quoi donc ?

— Cet air innocent. D'autres femmes s'y laissent peut-être prendre ; moi, je te connais trop bien. À chaque fois que je te vois faire cette tête, j'ai l'impression que nous sommes redevenus enfants et que tu essaies de me cacher le fait que Scruff a mis en pièces ma poupée préférée.

Il soupira, résigné.

— Je n'avais pas envie de te voir parce que je savais que tu voudrais savoir comment s'était déroulé mon entretien avec le régisseur.

Elle le considéra un moment en se mordillant la lèvre avant de parler.

— À ce point ? Que t'a dit Saunders ? A-t-il examiné les comptes ? Quels sont nos revenus ?

— Nous n'avons pas de revenus.

Elle le fixa, ahurie.

— Mais Minnie...

— Les revenus de Minnie ne sont pas liés au domaine. Dans la mesure où Andrew et elle n'ont pas d'enfant, l'allocation qu'elle versait au domaine a pris fin avec la mort d'Andrew.

— Tout de même, notre frère disposait de fonds, il avait fait des investissements...

— Certes, mais de mauvais. Lui qui n'a cessé de me sermonner sur mon goût du jeu a pris des paris lui aussi. Sauf qu'aux cartes et aux chevaux il préférait les mines d'or de Tanzanie qui se sont révélées ne rien valoir. Sans parler des ranchs frauduleux en Argentine.

— Donc tout l'argent que nous avons apporté par nos mariages respectifs...

— S'est évaporé, confirma-t-il. Toutes les propriétés qui ne sont pas inaliénables sont déjà hypothéquées et vont devoir être vendues. Elles ne génèrent pas suffisamment de revenus pour payer les intérêts de la dette – et encore moins pour leur entretien.

Elle porta une main à sa bouche. Son gant de veau noir souligna les yeux bleu-gris de famille agrandis par l'effarement.

— Et Cinders ? murmura-t-elle derrière sa paume, évoquant sa villa tout près de Londres. Et Scarborough Park ?

— Cinders ne fait pas partie des biens inaliénables. Cependant, le testament de notre père stipulait qu'Andrew ne pouvait pas l'hypothéquer. Tu en as l'usufruit à vie. Quant à Scarborough Park, il est inaliénable, bien sûr, et ne peut être ni hypothéqué ni vendu. Cependant, pour couvrir les dépenses du domaine, il va falloir le louer. Indéfiniment.

Sylvia était plus forte qu'il n'y paraissait. Elle baissa la main et se redressa. Il ne lui fallut qu'un instant pour recouvrer son sang-froid.

— Eh bien la situation est nettement plus grave que je ne l'imaginais. Quoi qu'il en soit, cela explique ta présence à New York. Ce que je ne comprends pas, en revanche, c'est ce qui t'a pris de te croire capable d'entreprendre cela sans mon aide. Cependant…

— Non, Sylvia, la coupa-t-il. Je suis très sensible à ton geste, mais ce n'est pas nécessaire. Je n'ai pas besoin du genre d'aide auquel tu penses.

— Mais, seul, tu n'y arriveras pas ! Cela fait dix ans que tu ne fréquentes plus la société new-yorkaise et…

— Je ne suis pas là pour faire des mondanités, mais pour étudier de possibles investissements. Pas des mines d'or sans valeur ni des ranchs frauduleux : de bons investissements solides qui pourraient rapporter des bénéfices dans l'avenir. Et c'est ici, en Amérique, qu'on les trouve.

— Des investissements ? Mais avec quel capital ?

— En effet, c'est là la difficulté. J'ai bien un peu d'argent de côté, mais qui sera loin de suffire. Donc, une fois que j'aurai choisi les entreprises dans lesquelles je souhaite investir, je rentrerai en Angleterre et je ferai l'inventaire des biens familiaux pour voir ce qui peut être vendu – bijoux, tableaux, meubles…

— Grâce à Roger, je dispose de revenus indépendants ; je serai heureuse de contribuer dans la mesure de mes moyens.

Elle s'interrompit pour boire une gorgée de thé, avec une lenteur délibérée, comme si elle cherchait comment formuler ce qu'elle s'apprêtait à dire.

— Mais ne crois-tu pas qu'il existe une solution préférable à la vente de nos biens ?

C'était bien pour cela qu'il répugnait à parler de la situation avec sa sœur.

— Non. Je ne crois pas.

— Christian, il faudra bien te remarier un jour.

Il serra les dents.

— Non.

Elle se leva et vint s'asseoir à côté de lui. Puis elle lui prit la main, comme s'ils étaient encore deux petits enfants livrés à eux-mêmes dans la nursery.

— Cela fait douze ans qu'Evie n'est plus là, fit-elle valoir. N'est-il pas temps que tu cesses de te punir ?

Il dégagea vivement sa main. Soudain, il avait besoin de quelque chose de plus fort que du thé. Il se leva et s'approcha du meuble à alcools à côté de la fenêtre. Il ouvrit une carafe de whisky dont il versa une rasade dans un verre. Aussitôt, il en but une bonne gorgée. La brûlure du liquide ne réussit pas à faire passer son ressentiment.

— Tu sais aussi bien que moi que, la seule solution, c'est que tu fasses un bon mariage.

— Est-ce vraiment une solution ? objecta-t-il en se retournant vers elle, son verre à la main. Nous avons tous les trois épousé de riches Américains, en songeant égoïstement que cela résoudrait les problèmes de notre famille couverte de dettes. Ce que nous ignorions, toi et moi, quand nous nous sommes vendus et avons donné le produit à Andrew, c'était le mauvais usage qu'il en ferait. Je me suis marié une fois pour remplir les coffres de la famille ; je ne renouvellerai pas l'expérience.

— Il n'y a pas que la question de l'argent, tu le sais. Il faut que tu aies un héritier.

— C'est notre cousin Thomas, mon héritier. Il aura le titre. Et Scarborough Park. S'il veut de ce tas de pierres délabré, je lui donne ma bénédiction.

— Ne dis pas cela. C'est notre maison.

— Ah oui ? Pour ma part, je ne m'y suis jamais senti chez moi. Peut-être en serait-il autrement si le portrait de famille accroché dans la grande galerie ne nous représentait pas, moi, le second fils, et toi, le sexe faible, à l'arrière-plan tandis qu'Andrew et notre père trônent comme des dieux du Soleil destinés à régner sur l'univers. C'est tout juste si nous existions mais il a tout de même fallu que nous fassions notre devoir envers la famille après la faillite du père de Minnie. Au moins, tu as rendu Roger heureux, je crois. Alors que, moi, je n'ai même pas réussi cela.

— Tu as toutes les raisons d'être amer, je le sais…

— Amer ? Tu te trompes, Sylvia. Il y a bien longtemps que je ne suis plus amer. Je me moque de Scarborough Park. Je me moque de la restauration de l'aile sud autant que de ce que l'on servira lors de la garden-party annuelle. Je me moque de savoir qui sera élu à la Chambre des communes. Tout cela m'est égal.

— Il faut pourtant que tu t'en préoccupes, désormais ; c'est toi, le duc.

Bien qu'il ait fini par accepter l'inévitable, la colère continuait de bouillir en lui. Car, en réalité, il s'en préoccupait – bien malgré lui.

— Ce titre t'octroie des responsabilités que tu ne peux ignorer, ajouta-t-elle comme il ne disait rien.

— Il n'est pas question que je me prostitue une nouvelle fois pour sauver Scarborough Park. Quoi ? fit-il comme elle laissait échapper un murmure d'impatience. Je sais que nous avons reçu une noble éducation, mais est-ce une raison pour ne pas appeler un chat un chat ?

— Quel mal y aurait-il à te laisser séduire par une jolie jeune fille bien dotée ? Mais il semble que tu préfères boire, jouer aux cartes et fréquenter des femmes de petite vertu. Tu accuses Andrew de s'être conduit de façon irresponsable mais, maintenant que tu es duc, sauras-tu faire mieux ? Pour investir, il faut des capitaux, et l'on n'est jamais sûr de réussir. Notre famille et les gens qui travaillent pour nous comptent sur toi pour assurer leur avenir.

— Comme Andrew l'a fait ?

— Fais un beau mariage, énonça-t-elle comme s'il n'avait rien dit. Place intelligemment la dot de ton épouse, prouve que tu es meilleur duc que lui et va de l'avant.

— Pour quoi faire ? Pour élever une génération de plus de lis des champs ?

— Il me semble que c'est la façon dont tu les élèveras qui fera que tes enfants seront ou non des lis des champs.

Au lieu de répondre, Christian se retourna vers la fenêtre et s'absorba dans la contemplation de la circulation sur la Cinquième avenue en songeant à Hiram J. Burke, qui était devenu millionnaire en moins de dix ans.

— Quel pays extraordinaire que l'Amérique... murmura-t-il au bout d'un moment. On dirait que les gens n'arrêtent pas de faire fortune, ici, non ? Comment s'y prennent-ils ?

— Mon Dieu ! Je l'ignore.

Elle réfléchit quelques instants avant de conclure, d'un ton dubitatif :

— J'imagine qu'ils gagnent de l'argent.

— Ce que nous autres, aristocrates anglais, semblons bien incapables de faire.

— Tout de même, un gentleman ne peut pas gagner sa vie en s'abaissant à travailler. C'est inconcevable.

— Oui, il est vrai qu'il est bien plus honorable de faire un mariage d'argent.

Il baissa la tête et appuya le front contre la vitre fraîche.

Oh, Evie, si je pouvais tout recommencer, j'agirais différemment. Je vous le jure.

— Christian ?

Tiré de ses pensées par la voix de Sylvia, il releva la tête et se tourna vers elle.

— Hmm ?

— Je ne veux pas...

Elle s'interrompit et le considéra, hésitante, avant de reprendre :

— Je ne voudrais surtout pas que tu épouses quelqu'un à qui tu ne serais pas attaché.

— Attaché ? répéta-t-il. Quel mot horrible.

— Il est vrai que je souhaiterais te voir te remarier, mais, si cela devait te rendre malheureux, j'en serais très peinée. L'attachement peut se transformer en amour, tu sais. J'aimerais tant que tu le croies...

Elle parlait maintenant d'un ton conciliant, presque timide. Il se rendit compte qu'elle cherchait à faire la paix. Et il allait accepter. Sa vision optimiste du mariage venait de ce que, même si Roger et elle s'étaient mariés pour des raisons matérielles de part et d'autre, Sylvia avait par la suite réellement aimé son mari. Lui, en revanche, n'avait jamais eu l'occasion d'aimer Evie. Ou plutôt si, corrigea-t-il *in petto*, mais il n'avait pas su saisir cette chance.

— Christian ? Je pourrais changer mon billet pour rester un peu plus, proposa sa sœur. Si j'ai réservé une cabine sur l'*Atlantic* ce soir, c'est parce que je suis censée assister au mariage de Rumsford – qui aura lieu à bord.

— Drôle d'endroit.

— D'après la rumeur, la mariée voulait que la cérémonie ait lieu à Londres plutôt qu'à New York, mais Rumsford est trop gêné de cette alliance pour en faire un événement public. Il paraît qu'elle et sa famille sont de nouveaux riches.

— C'est bien son genre, tiens, d'être gêné, repartit Christian moqueur. Ce qui m'étonne, en revanche, c'est qu'un représentant de notre famille soit invité.

— De la même façon que tu as fait tes études avec Rummy, j'étais en classe avec sa sœur Maude.

— Ce n'est pas la raison. La raison, c'est que tu représentes une relation très utile pour cette fille.

— C'est possible. Mais rien ne m'oblige à assister au mariage. Il est encore temps que je m'excuse et que je reste ici avec toi pour te présenter et… ce genre de chose.

— L'espoir fait vivre, murmura-t-il avec ironie.

— Il n'empêche que je connais énormément de monde à New York. Pas toi. Même si tu es décidé à ne faire que des affaires, je pourrai t'être utile. Et puis, ajouta-t-elle avec un sourire irrépressible, sache que les Américaines sont extrêmement jolies. Si jamais il t'arrivait de tomber amoureux de l'une d'elles, tu pourrais l'épouser sans déroger à tes principes.

— J'ai déjà eu une épouse. Et elle est morte. Il n'y en aura pas d'autre.

— Tu n'es pas responsable de la mort d'Evie. C'est parce qu'elle a perdu le bébé que…

— Il n'y en aura pas d'autre, la coupa-t-il. Le sujet est clos, Sylvia.

Elle scruta longuement son visage avant de hocher la tête.

— Très bien. M'accompagneras-tu au bateau, dans ce cas ?

— Bien sûr. À quelle heure embarques-tu ?

— À cinq heures et demie.

Il jeta un coup d'œil à la pendule posée sur le manteau de cheminée.

— Nous avons donc tout le temps de déjeuner. Veux-tu prendre une collation ici ? Il paraît que le Waldorf est particulièrement réputé pour une certaine salade. Avec des pommes et du céleri, je crois.

Elle fit la grimace.

— Après ce que tu m'as dit, je ne sais pas si nous avons les moyens de déjeuner au Waldorf. Du reste, ne vaudrait-il pas mieux que tu loges ailleurs ? Chez les Windermere ? Ce serait plus raisonnable.

— Seulement sur le plan matériel, Sylvia. Or nous sommes tellement endettés qu'un séjour de plus ou de moins au Waldorf ne changera rien. Préfères-tu que nous descendions ou que nous fassions monter notre déjeuner dans la chambre ? Figure-toi que cela se fait, ici. On appelle cela le « service d'étage ».

Avant qu'elle ait pu répondre, on frappa à la porte.

— Quel défilé ! marmonna Christian. On se croirait aux courses de Doncaster. Si c'est ce fameux service d'étage, il faudra que je fasse compliment à la direction de sa ponctualité.

McIntyre entra par la porte de la chambre.

— Recevez-vous, Monsieur ? s'enquit-il.

Christian jeta un coup d'œil à sa sœur.

— Si c'est une jeune Américaine accompagnée de sa mère, non. Dites que je suis sorti.

Son valet de chambre, un Écossais au visage en lame de couteau et dépourvu de sens de l'humour, se contenta de s'incliner.

— Bien, Monsieur.

Christian et Sylvia attendirent dans le salon, caché de l'entrée par un paravent oriental peint, tandis que McIntyre allait répondre à la porte. Un échange se fit à voix basse, puis la porte se referma et le valet revint, une carte à la main.

— Un certain M. Ransom demande à vous voir, Monsieur le Duc. Il dit qu'il ne sera pas long. Voulez-vous le recevoir ?

— Ransom ? répéta-t-il, étonné. Arthur Ransom ? Oui, faites-le entrer.

McIntyre hocha la tête et s'éclipsa.

— Arthur Ransom est l'oncle d'Annabel Wheaton, murmura Sylvia. La jeune fille dont nous parlions. L'héritière que va épouser Rumsford. Que peut-il te vouloir ?

— Je n'en ai pas la moindre idée, avoua Christian avant de s'avancer pour accueillir l'avocat. M. Ransom. En voilà une surprise.

Il désigna Sylvia qui s'était approchée à son tour.

— Connaissez-vous ma sœur, lady Sylvia Shaw ?

— Je n'ai pas cet honneur, répondit M. Ransom en souriant et en baisant la main de Sylvia sans rien faire pour dissimuler son admiration. Très heureux.

— Bonjour, monsieur. Je crois que votre nièce s'apprête à épouser lord Rumsford, et le comte a eu la bonté de m'inviter…

Elle s'interrompit car il n'y avait pas à se tromper sur le sens de la grimace de Ransom à l'évocation du prochain mariage de sa nièce. Sylvia eut la finesse de changer de sujet aussitôt.

— Désirez-vous une tasse de thé ? proposa-t-elle au visiteur.

— Merci, madame, mais le thé n'a jamais été vraiment ma tasse de… thé. D'autre part, j'avoue qu'il ne s'agit pas vraiment d'une visite de courtoisie. Je viens voir monsieur le duc pour affaires. Du moins, si vous le voulez bien, ajouta-t-il à l'adresse de Christian.

— Bien sûr, répondit ce dernier en coulant un regard en biais à Sylvia.

— Eh bien je vous laisse vous entretenir, déclara cette dernière en prenant son sac à main. Il faut que j'aille faire mes bagages. Je me fais une joie de vous revoir à bord, monsieur Ransom. Christian, j'enverrai ma femme de chambre t'avertir quand je serai prête à partir ?

Il hocha la tête. Dès que Sylvia fut sortie de la suite, il accorda toute son attention à son visiteur. Il le fit asseoir sur le canapé qu'elle avait libéré et se dirigea vers le meuble à alcools.

— Vous buvez quelque chose ? lui proposa-t-il. Il y a du bon whisky écossais, de l'irlandais convenable…

— Si vous avez du bourbon, c'est avec plaisir.

— Du bourbon ? répéta-t-il en examinant les carafes. Hmm, je ne…

— Vous permettez, Monsieur ? intervint McIntyre qui venait de raccompagner Sylvia.

Il prit la place de Christian, qui alla s'asseoir.

— J'avoue que votre visite m'intrigue, monsieur Ransom.

— Je l'espérais bien.

L'avocat s'interrompit un instant comme s'il se demandait comment formuler ce qu'il avait à dire, puis reprit :

— Comme vous le savez déjà, ma nièce va épouser lord Rumsford dans six jours. Je suis assez observateur, monsieur le duc, et, d'après ce que j'ai pu constater hier soir, je crois pouvoir me risquer à dire que le comte et vous n'êtes pas les meilleurs amis du monde.

— Il serait plus exact de dire que nous nous haïssons cordialement. Ce serait moins poli, sans doute, mais plus précis.

— Dans ce cas, cela nous fait un point commun.

— Ah oui ?

Ransom prit le verre de bourbon que McIntyre lui apportait sur un plateau et en but une gorgée.

— Moi non plus, je ne peux pas le supporter. Oh, cette façon de prendre tout le monde de haut, de me lancer ce petit sourire moqueur à chaque fois que je le vois, de se conduire comme s'il nous rendait à tous un grand service en épousant ma nièce… Bon sang, il me hérisse !

Il posa son verre si brutalement que tout le service à thé en fut ébranlé.

— Nous sommes donc d'accord : Rumsford est un imbécile, conclut Christian en prenant son verre. Vous n'avez pas de veine : il va entrer dans votre famille. Je crains que les dîners de Noël ne soient plus aussi agréables qu'avant.

— C'est précisément la raison de ma visite. J'ai le sentiment que vous pourriez m'aider à éviter cette calamité.

Pourvu qu'il ne soit pas là pour essayer de jouer lui aussi les entremetteurs ! Dans le doute, Christian commença à formuler mentalement quelques réponses polies mais fermes destinées à souligner son aversion contre le mariage.

— N'en doutez pas, je serais ravi de voir Rumsford se faire remettre un peu à sa place. Toutefois, je ne vois pas en quoi je pourrais vous aider.

— Je compte sur vous pour empêcher ma nièce de l'épouser.

Christian le regarda, stupéfait.

— Cher monsieur, je n'ai aucune raison de le faire. Si vous croyez le contraire, si vous imaginez par exemple que je pourrais invoquer la rupture de promesse de mariage, vous vous trompez. Je n'ai jamais rencontré miss Wheaton, et encore moins ...

— Je vous paierai un demi-million de dollars.

Christian faillit en lâcher son verre.

Ransom eut le bon sens de se taire et de laisser sa proposition faire son effet. Christian prit une longue gorgée de whisky, calcula le taux de change et but encore un peu avant de lâcher :

— Je vous écoute. Il est difficile de refuser une proposition comme la vôtre.

— Elle vous montre à quelle extrémité je suis réduit. J'ai tout essayé, en vain. Annabel refuse d'entendre raison.

— Est-elle majeure ?

— Oui, elle a vingt-cinq ans.

— Elle peut donc légalement se marier sans votre autorisation.

— Oui. Selon le testament de son père, elle n'aura le contrôle de son héritage que le jour de ses trente ans ou de son mariage. Je suis l'un de ses curateurs, avec son beau-père, George Chumley, et un autre avocat du nom de William Bentley. Pour se marier avant ses trente ans, il lui faut l'accord de deux d'entre nous. Bentley sait qu'il a intérêt à rester dans les bonnes grâces d'Annabel s'il ne veut pas qu'elle se passe de ses services une fois qu'elle sera mariée et aura tout pouvoir sur sa fortune. Quant à Chumley, il ne peut rien lui refuser. Il la connaît depuis qu'elle est toute petite et il n'a jamais été capable de dire non. Je suis le seul à lui tenir tête. Je me suis efforcé de persuader Annabel de prendre son temps, de prolonger ses fiançailles, mais plus j'insiste, plus elle résiste. Elle est têtue comme une mule.

Devant l'air déterminé de son interlocuteur, Christian devina aisément de quel côté de la famille la jeune fille avait hérité ce trait de caractère.

— C'est Rumsford qui insiste pour se marier sans délai ?

— Non, reconnut Ransom à contrecœur, je ne dirais pas cela. Il est endetté jusqu'au cou, certes, mais je crois savoir que ses créditeurs ne se font pas encore trop pressants. Néanmoins, il ne voit pas de raison d'attendre, et Annabel non plus. J'ai essayé de lui faire comprendre qu'il n'en voulait qu'à son argent, mais… Notre entretien ne s'est pas très bien passé, conclut-il dans un soupir.

— Je n'en suis pas très surpris. Dire à une femme qu'un homme ne s'intéresse qu'à son argent revient à lui dire qu'elle n'a rien d'autre de désirable.

— Exactement. Et Annabel semble se moquer éperdument des dettes de son futur mari. Elle estime que cela n'a pas d'importance tant elle est riche. Et puis, à la croire, vous autres, aristocrates, êtes tous endettés.

— C'est vrai, hélas, confia Christian. Et les femmes ? ajouta-t-il en songeant à sa conversation de la veille au soir avec Rumsford.

— Je l'ai fait suivre par des détectives privés, j'ai parlé à Annabel de ses anciennes maîtresses, mais cela non plus ne semble pas la déranger. S'il voit d'autres femmes, il ne m'en donne pas de preuves de nature à convaincre Annabel.

— Est-elle amoureuse de lui ?

— Elle dit qu'elle est attachée à lui, répondit Arthur Ransom avec ironie. Est-ce une raison suffisante pour épouser quelqu'un, je vous le demande !

— Certains affirment que oui. Écoutez, reprit-il après avoir bu une autre gorgée de whisky, je compatis à votre situation – mais je ne vois pas trop ce que je peux faire pour vous en sortir.

— Avant de venir, je me suis un peu renseigné sur votre compte. Il circule pas mal de rumeurs.

Christian crispa la main sur son verre.

— Voilà qui ne présage rien de bon. Que dit-on par les temps qui courent ? Hélas, ma sœur ne m'informe pas des ragots dont je suis l'objet.

— On dit que vous savez y faire, avec les femmes, quand vous le voulez – ce qui n'arrive pas souvent, surtout quand il s'agit de jeunes filles à marier.

— Pour une fois, assura-t-il en levant son verre, les rumeurs sont conformes à la réalité, murmura-t-il avant de boire.

— On dit aussi que vous avez fait un mariage d'argent, il y a longtemps, avec une riche Américaine qui n'était pas de votre milieu. On dit qu'elle a été malheureuse – tellement malheureuse que…

— Poursuivez, enjoignit-il d'une voix dure à son interlocuteur qui s'était interrompu. Je vous en prie, ne vous arrêtez pas. Que dit-on d'autre ?

— On dit qu'elle était si malheureuse qu'elle… qu'elle s'est donné la mort.

Christian savait tout cela, mais l'entendre aussi nettement lui coupa le souffle. Aujourd'hui, douze ans après, cela faisait toujours aussi mal. Comme un coup de poing dans le plexus, comme un couteau dans le cœur. Il vida son verre, le posa et se leva.

— Vous avez tort d'écouter les commérages. Bonne journée, monsieur Ransom.

L'intéressé ne fit pas un mouvement pour s'en aller.

— Je ne sais pas si c'est vrai, précisa-t-il en regardant Christian, mais je ne veux pas que ma nièce soit un jour à ce point malheureuse.

— Allez au diable. Votre nièce peut épouser qui elle veut : ce ne sont pas mes affaires. Vous pouvez m'agiter tout l'argent du monde sous le nez, cela n'y changera rien. Il y a des choses qui ne s'achètent pas. En revanche, il est assez facile de s'acheter un titre. Si votre nièce en a les moyens, pourquoi ne pas la laisser faire ?

— Nous n'avons pas toujours été riches. Sa mère – ma sœur – et moi sommes d'origine plus que modeste. Tout comme son père et son beau-père. Nous vivions tous dans la même petite ville du Mississippi. Jack Wheaton, son père, a toujours été un bon à rien et un coureur de jupons ; ma sœur a fini par être obligée de divorcer de lui. Il est réapparu dans une mine d'or sept ans plus tard et il a fait fortune par le plus grand des hasards. Il est mort tout de suite après en léguant tout à Annabel alors qu'il ne l'avait pas revue depuis qu'elle était enfant. Quant à moi, je suis un petit avocat rural autodidacte. Mon père était métayer. Ma sœur et moi avons été élevés dans une sorte de maison au toit de tôle. C'est d'ailleurs dans cette habitation qu'Annabel est née. Aujourd'hui, nous sommes très riches, mais la première fois que l'on a acheté une robe à Annabel dans un magasin, elle avait quatorze ans. Dans le Sud, on appelle les gens comme nous des « moins que rien ». Quand nous sommes devenus riches, rien n'a changé. Mais Annabel pense qu'épouser un comte va lui apporter ce que l'argent ne lui a pas permis d'acquérir.

— On dirait qu'elle sait ce qu'elle veut. Et beaucoup de gens se marient pour des raisons qui n'ont rien à voir avec l'amour. Vous ne me semblez pas quelqu'un de particulièrement romantique. S'il lui est égal de ne pas faire un mariage d'amour, pourquoi cela vous ennuie-t-il à ce point ?

— Mais parce que je tiens à elle ! Annabel n'est jamais allée en Angleterre. Avant de rencontrer Rumsford, elle ne connaissait pas d'Anglais. Je ne pense pas qu'elle se rende compte de la vie que vous vivez, vous autres. Moi non plus, remarquez, précisa-t-il avec un regard astucieux. En revanche, je pense que vous savez mieux que personne ce qui attend Annabel si jamais elle épouse Rumsford. J'aimerais que vous le lui expliquiez.

Seigneur... Christian se rassit en soupirant. Il ne pouvait pas se permettre de prendre de haut des hommes aussi riches, se rappela-t-il.

— Voyons si je vous comprends bien. Vous voulez que je m'arrange pour faire la connaissance de votre nièce et que je lui fasse part de mon expérience, que je la convainque que se marier sans amour à quelqu'un d'un autre milieu ne peut que la rendre malheureuse ? C'est cela, votre idée ?

— Plus ou moins.

— Je vous crois sincère, assura-t-il. Toutefois, mon cher monsieur, l'intimité du mariage est un sujet que je ne peux guère aborder avec une jeune fille. Cela ne se fait pas.

— Je ne vous aurais pas cru sensible à ce genre de considération.

— Est-ce de la fourberie délibérée ou ne comprenez-vous vraiment pas ce que je veux dire ? Je ne peux pas parler de ce genre de chose avec elle devant des tiers, précisa-t-il. Il faut que je sois seul avec elle.

— Du moment que vous vous conduisez en gentleman, vous avez ma bénédiction. Dieu sait que je vous paie assez pour que vous soyez irréprochable. Évidemment, si j'apprenais que ce n'était pas le cas...

Il s'interrompit en souriant. Son visage bienveillant semblait soudain impitoyable.

— ... non seulement je ne vous paierais pas, acheva-t-il, mais je vous tuerais.

— C'est toujours utile à savoir, mais ce n'est pas là non plus où je veux en venir. Si quelqu'un nous voyait ensemble, si la situation était mal interprétée, je me verrais dans l'obligation de l'épouser – ce que je ne veux pas faire.

Ransom eut un reniflement résolu.

— Mon Dieu, je l'espère bien ! Ce serait passer de Charybde à Scylla.

Fallait-il être soulagé de sa réponse ou s'en offenser ? Christian hésitait.

— Et si cela ne fonctionnait pas ? Si je ne parvenais pas à la faire changer d'avis ?

— Vous ne seriez pas payé et il faudrait que je commence à me documenter sur l'annulation d'un mariage et le divorce au cas où je ne me serais pas trompé sur cet homme.

Christian le considéra un moment avant de demander :

— Et je n'ai que six jours ? C'est un peu court.

— Je vous paierai même si vous ne parvenez qu'à lui faire repousser la date du mariage de quelques mois. Tout ce que je demande, c'est qu'elle prenne le temps de bien comprendre à quoi elle s'engage. Elle pourrait voyager un peu en Angleterre, s'y faire des amis, voir par elle-même ce que c'est que de vivre dans votre monde. Si, après cela, elle tient toujours à épouser Rumsford, je…

Il s'interrompit, fronça les sourcils et reprit son verre qu'il finit d'un trait.

— … je me ferai une raison.

— Qu'est-ce qui vous fait croire que vous pouvez me faire confiance ? J'ai déjà fait un mariage d'argent ; je pourrais recommencer. Si je faisais exprès d'entacher sa réputation, par exemple, j'aurais l'excuse idéale pour l'épouser moi-même et mettre la main sur son argent…

— Le contrat de mariage n'accorde à Rumsford qu'une certaine somme par an. Vous n'auriez pas mieux. Annabel est peut-être têtue, mais ce n'est pas le sens des affaires qui lui manque. À vrai dire, c'est tout le problème. Elle envisage cette union bien plus comme une association professionnelle que comme un mariage. Quant à vous, il paraît que vous répétez à qui veut l'entendre que vous ne vous remarierez jamais. Même si les femmes ne le croient pas, un homme qui répète tout le temps la même chose est généralement sincère. Du reste, si vous cherchiez une épouse américaine, vous n'auriez jamais laissé passer l'occasion de rencontrer la fille de Hiram, une vraie beauté, qui est encore plus riche qu'Annabel.

— Je vois que vous avez bien réfléchi.

— Oui. Un demi-million de dollars, c'est un capital suffisant pour réaliser les investissements que vous souhaitez, de façon à ce que vous ne soyez pas obligé de faire un mariage d'argent. Et si vous souhaitez des conseils sur les investissements en Amérique, je me ferai un plaisir de vous aider. Je n'ai pas fait faire de mauvaises affaires à Annabel.

Christian se prit à admirer la minutie de son interlocuteur.

— Il reste le risque que l'on me voie avec elle. Même si nous ne faisons que parler, si nous n'avons pas de chaperon, sa réputation pourrait se trouver salie.

Ransom soupira.

— Je le sais, mais je suis à court de solutions. Et je dirais qu'à tout prendre il vaut mieux une réputation salie qu'une vie de malheur auprès d'un homme qui ne l'aime pas et n'en veut qu'à son argent.

À ces mots, Christian se dressa sur ses pieds et marcha d'un pas déterminé jusqu'à la fenêtre. Au lieu de son reflet pâle dans la vitre sur fond de Cinquième avenue, il vit Londres et le grand bal de charité du 1er mai. Une jeune fille blonde en robe de soie bleue. Une jeune fille au sourire charmant, timide et adorable, terriblement innocente. Alors, la culpabilité l'écrasa.

Evie, pardonnez-moi. Il posa le doigt sur le verre comme pour suivre les contours de ce visage perdu, pour effacer les larmes. Ah, s'il pouvait tout recommencer, différemment. *Si vous saviez comme je m'en veux…*

Il ferma les yeux. S'il pouvait empêcher une autre jeune fille de commettre la même erreur qu'Evie, peut-être…

Il se retourna.

— Êtes-vous certain que Rumsford ne l'aime pas ? vérifia-t-il.

— Absolument certain.

Christian hocha lentement la tête. Lui aussi. Les coureurs de dot se reconnaissaient toujours entre eux.

— Très bien dit-il. Je vais faire mon possible.

3

Christian décida de ne pas révéler à Sylvia qu'il s'était fait embaucher pour empêcher un mariage transatlantique. Elle ne serait jamais d'accord, malgré l'énormité de la somme que lui proposait l'oncle de la fiancée. Non, elle l'accablerait de remarques sur les convenances et les implications morales, lui répéterait qu'il n'avait pas à s'en mêler, qu'il risquait la réputation de la jeune fille – et finirait par déclarer qu'il ferait bien mieux de se chercher une héritière à épouser. Non, vraiment, mieux valait se taire.

En revanche, quand il lui annonça qu'il rentrait aussitôt en Angleterre pour pouvoir continuer à parler affaires avec Arthur Ransom sur le bateau qui les ramenait à Londres, son petit sourire ravi témoigna qu'elle n'avait pas perdu tout espoir de le voir se ranger à son avis. Après tout, ce n'était pas les beaux partis qui manquaient, à Londres, pendant la saison mondaine.

Sa sœur devait déjà être en train de dresser la liste des candidates possibles, songea-t-il sur le balcon de la suite qu'ils partageaient à bord de l'*Atlantic*.

Il profitait du beau soleil de la fin d'après-midi en regardant le quai s'éloigner à mesure que le remorqueur tirait le paquebot hors du port. À l'intérieur, Sylvia surveillait sa femme de chambre et le valet de Christian qui défaisaient leurs bagages. Son esprit devait bouillir : passer en revue les jolis visages de Londres, sélectionner certains noms, calculer des dots...

Dire que sa sœur était mercenaire n'aurait pas été juste, songea-t-il en se tournant du côté de Staten Island. Au fond, elle était le pur produit de son éducation. Un mariage qui ne constituât pas une alliance intéressante était inconcevable dans leur milieu. Il y a cent ans, on entendait par là accumulation de terres et préservation du sang bleu. Aujourd'hui, c'était ni plus ni moins une question de survie. Les fermages qui faisaient vivre leurs aïeux se tarissaient sous l'effet de la crise agricole et des progrès technologiques, si bien que, depuis quelques générations, épouser une fille bien dotée était aussi incontournable pour un gentleman que de faire sa scolarité dans une pension chic et de visiter le continent. Comme tous les autres aristocrates, Christian avait été élevé dans l'idée qu'il était parfaitement acceptable, et même honorable, d'assurer l'avenir du domaine familial en épousant une riche héritière sans grande considération pour l'amour et l'affection.

Si Evie n'était pas morte, sans doute serait-il toujours de cet avis. Mais son décès lui avait montré quelles sordides conséquences de tels arrangements pouvaient avoir, de sorte que les convictions dont il avait été abreuvé toute sa vie avaient disparu avec elle.

— Monsieur ?

Il se retourna et découvrit son valet de chambre derrière lui, dans l'encadrement de la porte ouverte.

— Oui, McIntyre, qu'y a-t-il ?

— Il y a un malentendu concernant vos affaires, Monsieur le Duc. Madame affirme qu'il vous faut deux tenues de soirée pour le voyage en plus de vos vêtements habituels. J'ai eu beau lui expliquer que le salon de cartes du bateau ne requérait rien d'aussi formel, lady Sylvia…

Par tact, il laissa sa phrase en suspens.

— Je comprends, assura Christian. Lorsque ma sœur se met une idée en tête, il est inutile de discuter. Si vous ne sortez pas deux habits de soirée, elle le fera à votre place. Du reste, ajouta-t-il, elle n'a pas tort. Je ne suis pas certain de beaucoup jouer aux cartes durant la traversée.

McIntyre était trop discret pour réagir autrement que par un léger haussement de ses sourcils roux.

— Bien, Monsieur, fit-il avant de retourner au travail sous la direction de lady Sylvia.

Christian retourna dans la contemplation de la vue.

Il se pencha en avant, les avant-bras appuyés sur la rambarde du balcon, et se tourna vers la poupe. La statue de la Liberté apparaissait maintenant, monumentale. Elle semblait s'élever de Bedloe's Island tel un cri de triomphe et symbolisait parfaitement ce pays hardi et impertinent. De là où il se trouvait, il distinguait également Ellis Island où arrivaient les immigrants venus chercher une nouvelle vie. Quel pays débordant de vitalité et d'espoir que l'Amérique... Par comparaison, l'Angleterre faisait figure de vieille haridelle fatiguée. Qu'est-ce qui poussait toutes ces jeunes Américaines à quitter leur patrie si vivante, si passionnante, pour un lieu où régnait l'ennui, où les jours s'écoulaient dans une interminable morosité ?

Juste en dessous de lui, une porte claqua, le tirant de ses pensées, et une voix féminine s'éleva jusqu'à ses oreilles.

— Dinah ? Dinah, où es-tu ?

C'était une Américaine, il l'entendit aussitôt. Et elle venait du Sud. C'était drôle comme sa voix illustrait parfaitement sa réflexion du moment. Car malgré sa cadence lente, presque traînante, elle communiquait bien plus d'énergie que l'accent sec de Christian et de tous les Anglais bien élevés n'y parviendrait jamais. Elle parlait un peu comme Arthur Ransom, songea-t-il. Serait-il possible qu'elle fût sa nièce ?

Il baissa les yeux vers le pont inférieur au moment où sortait une silhouette féminine vêtue de lainage jaune pâle. Elle s'arrêta quelques mètres devant lui et piqua dans les planches la pointe de son ombrelle, dont elle tenait la poignée d'ébène sculptée dans sa main gantée de blanc. Elle regarda des deux côtés du pont promenade, presque désert à cette heure.

— Dinah ? appela-t-elle encore. Seigneur, marmonna-t-elle comme personne ne lui répondait. Où est-elle passée ?

Son chapeau, une énorme construction de paille jaune ornée de plumes et de rubans noirs et jaunes, cachait son visage. En revanche, rien ne l'empêchait de détailler sa silhouette – pour sa plus grande satisfaction. Si ces courbes parfaites appartenaient bien à miss Wheaton et si ses traits étaient aussi délicieux, il n'était pas étonnant que Rumsford l'ait préférée aux jeunes filles du clan Knickerbocker. Cela dit, à l'inverse, si elle était disposée à se contenter de lui – ce qui semblait être le cas – elle ne devait pas être aussi jolie que cela.

La porte claqua de nouveau et la jeune femme jeta un coup d'œil par-dessus son épaule.

— Ah ! Te voilà enfin ! s'exclama-t-elle alors qu'une fillette d'une dizaine d'années entrait dans le champ de vision de Christian.

Il évalua son âge non seulement à sa petite taille, mais à sa robe à col marin plus courte et au fait que ses cheveux n'étaient pas relevés. Libres sur ses épaules, ils étaient protégés de la brise et des embruns par le petit canotier à bords recourbés qu'elle portait dans le dos.

— Je t'ai cherchée partout, s'écria la femme en jaune. Où étais-tu passée ?

— J'explorais les environs. Tu sais qu'il y a un marchand de bonbons sur le bateau ? révéla la petite en sortant une sucette de sa poche. Juste là, précisa-t-elle en agitant la friandise en direction des cabines arrière.

— Alors c'est à cela que tu t'es occupée pendant que nous défaisions tes bagages ? À visiter le bateau et à dépenser ton argent de poche en sucreries ? Et à les manger, j'imagine, de sorte que tu n'auras plus faim pour le dîner.

La fillette, qui avait commencé à défaire le papier rouge de sa sucette, s'interrompit.

— Tu ne vas pas le dire à maman, hein ?

— Lui dire quoi ?

La femme en jaune inclina la tête, offrant à Christian un aperçu aussi délicieux que rapide de son cou et du bas de son visage, mais guère plus.

— Il y a quelque chose que je devrais dire à maman ?

En riant, la petite Dinah engouffra sa sucette.

— Je t'adore, Nan.

L'aînée fit la moue. Elle ne paraissait pas très émue par la déclaration d'affection de celle qui devait être sa sœur.

— Si tu m'adores, aie la gentillesse de te conduire comme une petite fille bien élevée et d'ôter cette sucette de ta bouche quand tu me parles, Dinah Louise.

La petite obéit, le temps de lâcher un « Bien, madame » quelque peu insolent qui lui valut un coup de coude assez sec dans les côtes.

— Aïe ! protesta-t-elle.

— As-tu toujours le plan que t'a donné le commissaire de bord quand nous avons embarqué ? demanda la jeune femme. J'aimerais le consulter.

Dinah remit le bonbon dans sa bouche et sortit de sa poche le document en question. Elles le déplièrent et se mirent côte à côte pour l'examiner en tenant chacune une extrémité pour qu'il ne soit pas emporté par la brise. Elles tournaient le dos à Christian.

— Qu'est-ce que c'est que cela ? demanda la jeune femme en tapotant du manche de son ombrelle au milieu du plan, entre elles.

Puis elle se pencha, sans doute pour lire un mot écrit en petits caractères.

— Un bain turc. Voilà qui fait très exotique. Je me demande bien ce que cela peut être.

— Je sais ! lança l'enfant en ôtant sa sucette de sa bouche. J'y suis allée tout à l'heure. Il y avait une femme de chambre, en train de sortir des serviettes. Elle m'a tout raconté. C'est une pièce entièrement carrelée avec de gros radiateurs et pas de fenêtre, qu'on remplit de vapeur.

— Pas d'eau ?

Dinah secoua la tête.

— Non, rien que de la vapeur, parce que ce n'est pas un vrai bain. Il n'y a pas de baignoire ni rien, seulement de grands fauteuils d'osier pour s'asseoir.

— Mais si ce n'est pas un bain, pourquoi ce nom ? Et à quoi cela sert-il ?

— Il paraît que cela fait transpirer pour... pour faire sortir les... toxines du corps, récita-t-elle avec application. D'après la femme de chambre, cela détend tellement qu'il y a des gens qui s'endorment.

— Et c'est tout ? demanda sa sœur qui semblait un peu déçue. On s'assied dans une pièce pleine de vapeur pour transpirer et s'endormir ? Mais quel est l'intérêt ? Pff, on peut avoir un résultat similaire à Gooseneck Bend en allant à l'église certains dimanches d'été.

Christian ne put retenir un éclat de rire qui, par chance, fut couvert par la trompette annonçant le dîner une heure plus tard.

Dinah sembla trouver ce qu'avait dit sa sœur aussi amusant que lui.

— Je ne crois pas que ce soit comme à l'église, Nan, corrigea-t-elle en gloussant. La femme de chambre m'a dit qu'il fallait se déshabiller. Personne ne vient nu à l'église, si ?

— Hélas, non, marmonna Christian en contemplant les hanches délicieuses de la jeune femme en jaune.

— Comment cela, Dinah ? demanda cette dernière d'un ton stupéfait. Ne me dis pas qu'il faut se déshabiller complètement !

Se rendant sans doute compte qu'elle avait haussé la voix en posant cette question, elle regarda autour d'elle pour s'assurer qu'il n'y avait personne pour l'entendre. Heureusement pour Christian, elle ne leva pas la tête en se retournant. Ainsi rassurée, à tort, elle reprit sa conversation quelque peu osée sur les bains turcs.

— Il faut ôter tous ses vêtements ? s'enquit-elle un ton plus bas. Même ses dessous ?

Dinah haussa les épaules.

— Bah, peut-être que, les dessous, on peut les garder. La femme de chambre a dit « dévêtu ». J'imagine que ça veut dire tout nu. Allez, ajouta-t-elle en reprenant sa sucette et en tirant le plan de la main de sa sœur pour le replier. Le dîner a été annoncé. Il faut nous habiller, sinon maman ne sera pas contente.

Elle rangea le plan dans sa poche, ouvrit la porte et s'arrêta en se rendant compte que sa sœur ne la suivait pas.

— Tu viens, Nan ?

L'aînée secoua la tête et s'éloigna en direction du bastingage tribord pour admirer la vue sur Staten Island.

— Vas-y, répondit-elle. J'ai envie de rester ici encore un peu.

Dinah disparut. Christian, lui, ne bougea pas. Il regarda la jeune femme lever les bras pour ôter son chapeau après avoir retiré l'épingle qui le fixait, dans un geste qui souligna la perfection de sa silhouette. S'il s'agissait effectivement de miss Wheaton, c'était du gâchis. Jamais Rumsford ne saurait apprécier de si belles courbes à leur juste valeur. En avait-elle conscience ? S'en souciait-elle ?

L'autre soir, quand il ne savait rien d'elle, il avait conclu un peu vite que ce devait être une créature douce et malléable qui faisait ce qu'on lui disait. En parlant avec Ransom, il avait compris son erreur. Manifestement, elle savait ce qu'elle voulait et elle ne se pliait aux injonctions de personne – pas même à celles de ses proches. Elle était également intelligente, à en croire son oncle, et très, très riche. Elle avait une voix de miel et, découvrait-il, un corps splendide. Qu'est-ce qui pouvait pousser une telle femme à se contenter d'un Rumsford ? Les explications d'Arthur ne le satisfaisaient pas totalement.

Il se pouvait qu'elle ne soit pas jolie, bien sûr. À New York comme à Londres, la concurrence entre les jeunes filles à marier était si rude qu'une fille ordinaire et sans relations pouvait avoir du mal à trouver un aristocrate qui veuille bien l'épouser, même si elle était riche comme Crésus. Oui, c'était sans doute cela. Après s'être regardée dans un miroir, miss Wheaton avait dû se rendre à l'évidence et conclure qu'elle ne pouvait pas espérer mieux que Rumsford.

— Annabel ?

Elle se retourna, confirmant par là même son identité, et pencha un peu la tête en arrière pour regarder la femme qui l'avait appelée du balcon voisin de celui de Christian. Il s'était encore trompé. Sur toute la ligne.

C'était une beauté.

Sans son chapeau, ses cheveux passaient, au soleil de cette fin d'après-midi, de l'auburn à un roux flamboyant. Elle avait le teint pâle et lumineux qui accompagnait habituellement cette couleur de cheveux. En revanche, à cette distance, il ne voyait pas si elle avait les yeux verts ni si son nez était semé de taches de rousseur. Il était joliment retroussé, cependant, ce qui donnait à la jeune femme un air un peu insolent. Elle avait une bouche pulpeuse, rose, qui s'élargissait en un sourire si radieux que le cœur que Christian n'était pas censé posséder s'arrêta un instant.

Quoi ? C'était elle, la fiancée de Rummy ? Cet être si plein de vie, si voluptueux, allait se marier avec ce crétin raide et pontifiant ? C'était absurde. C'était une de ces farces dont la vie avait le secret.

— Oui, maman ?

Elle souleva son chapeau pour se protéger les yeux du soleil, cachant du même coup son visage au regard scrutateur de Christian. Mais il l'avait vue assez longtemps et assez bien pour être certain de n'avoir pas rêvé.

— Annabel Mae, ordonna la femme. Remets ton chapeau, jeune fille, et ouvre ton ombrelle ! Bonté divine, tu veux avoir des taches de rousseur ? D'ailleurs, que fais-tu encore sur le pont ? Le dîner est dans moins d'une heure. Il faut que tu te changes.

— Je sais, maman, répliqua Annabel en glissant son ombrelle sous son bras le temps de remettre son chapeau. Je monte dans deux minutes, c'est promis.

Elle se retourna et se remit à contempler Staten Island. Christian inspira profondément et chercha à comprendre l'incompréhensible.

Il songea à Rumsford, la veille au soir, à son visage tout rouge et à son air d'Anglais un brin pervers quand il lui avait raconté avec force clins d'œil complices avoir rendez-vous avec une courtisane. Sur le moment, Christian avait jugé cette attitude un peu puérile à la fois amusante et assez écœurante. Maintenant qu'il avait eu un aperçu de la silhouette de rêve et du ravissant visage de miss Wheaton, il ne voyait qu'une seule explication à la conduite de Rumsford. Le fiancé d'une femme aussi sublime devait être plongé dans un état de désespoir permanent en attendant la nuit de noces. En avait-elle conscience ? se demanda-t-il.

Il l'observa encore un petit moment puis s'écarta de la rambarde, lissa sa cravate et boutonna sa veste. Le moment était venu d'aller faire connaissance avec la mariée.

C'était la première fois qu'Annabel montait sur un bateau. Oh, elle avait bien canoté dans une vieille barque délabrée à Goose Greek – mais une barque si petite qu'on en aurait fait tenir au moins douze comme elle dans une seule des chaloupes de sauvetage amarrées le long des flancs de l'*Atlantic*.

Ce luxueux paquebot était aussi éloigné de la vieille embarcation de son enfance qu'elle-même l'était de la petite fille qui ramait sur Goose Creek et attrapait des poissons-chats. Mais il lui restait encore un peu de chemin à faire.

Le contrat de mariage avait été corrigé et signé, au grand dam de son oncle. Sa robe était repassée et n'attendait qu'elle, les fleurs et les gâteaux attendaient dans les réserves réfrigérées du navire. Maimie Paget et Virginia Vanderbilt seraient du nombre des invités.

Dans six jours, elle serait comtesse. Et dans sept, elle débarquerait de ce bateau pour entamer une nouvelle vie. Elle serait lady Rumsford et elle vivrait dans une propriété plus vieille que son pays. Une fois mariée, elle gérerait elle-même son argent. Elle allait pouvoir s'en servir pour faire tant de choses extraordinaires... Elle s'occuperait de bonnes œuvres et contribuerait à l'école et à l'hôpital du village. Elle aiderait Bernard à rendre à Rumsford Castle sa splendeur passée. Ensemble, ils donneraient de grandes réceptions et des bals ; tant pis si ses avocats étaient contre. Ses enfants mangeraient des scones et des *pies* et ils connaîtraient les Noëls anglais des romans de Dickens. Mais, surtout, leur condition leur vaudrait le respect de tous.

Son oncle Arthur ne voyait pas les choses de cette façon mais c'était parce qu'il voulait la protéger. Ce qu'il ne comprenait pas, c'était qu'elle n'en avait pas besoin. Elle savait à quoi elle s'engageait. C'était d'ailleurs pourquoi elle avait laissé glisser les arguments qu'il lui opposait comme de l'eau sur les plumes d'un canard. Ce qu'il trouvait à reprocher à Bernard ne la dérangeait pas, elle.

Certes, il était un peu ennuyeux – inutile de le nier. Et alors ? Un homme ennuyeux était moins dangereux, plus prévisible et plus facile à diriger. Son amie Jennie Carter, qui avait épousé un marquis français, lui avait écrit que les femmes mariées étaient bien plus libres en Europe qu'en Amérique. Ici, une femme n'était pour ainsi dire maîtresse que de sa maison. Là-bas, elle pouvait diriger tout ce qu'elle voulait, pourvu qu'elle soit capable de diriger son mari. C'était bien ce que comptait faire Annabel.

Certes, Bernard avait déjà eu une maîtresse ou deux, mais c'était longtemps avant leur rencontre. Et son passé à elle n'était pas des plus chastes.

Elle savait aussi que Bernard ne l'aurait pas demandée en mariage si elle avait été pauvre. Les filles d'extraction modeste n'épousaient pas les garçons de bonne famille, elle l'avait appris à ses dépens.

« *T'épouser ?* » Huit ans après, la voix incrédule de Billy John lui résonnait encore aux oreilles, aussi nettement que si c'était hier. Elle n'en souffrait plus, mais elle se rappelait parfaitement la douleur qui l'avait transpercée à l'époque. Elle ne pouvait pas changer le passé, mais elle avait su en tirer les leçons qui s'imposaient.

Elle n'était pas amoureuse de Bernard et elle priait le ciel pour ne plus jamais être amoureuse. Quand on était amoureuse, surtout quand on était une jeune fille, on perdait la tête et on faisait les pires erreurs. Maintenant, elle était adulte, lucide et parfaitement satisfaite de la façon dont sa vie évoluait. Bernard lui offrait une chose bien plus importante que l'amour. Une chose à laquelle elle aspirait depuis toujours. Le respect. Cela, elle ne pouvait pas le refuser.

Tout un monde nouveau allait s'ouvrir à elle. Elle allait avoir un mari, des enfants à chérir et une maison – un château, en réalité – à tenir. Ce serait elle qui gérerait son argent, et elle ne manquait pas de projets. Elle financerait des orphelinats, des hôpitaux, des écoles consacrées à l'éducation des filles pauvres. Elle était impatiente. La vie ne faisait que commencer.

Une sirène puissante retentit, la tirant de ses pensées. Annabel tourna la tête et découvrit un navire tout aussi imposant que l'*Atlantic* qui rentrait au port. Une épaisse fumée noire s'échappait de ses cheminées rouges. Quoi de plus magnifique que ces paquebots qui évoquaient l'aventure et ces destinations lointaines, presque exotiques, qu'elle avait hâte de découvrir ? Londres, pour commencer, bien sûr, puis le reste de l'Angleterre. Ensuite, Bernard avait promis de lui faire visiter l'Europe, l'Égypte et peut-être même l'Orient. Tout excitée à la perspective des choses merveilleuses qui l'attendaient, elle se mit à rire.

— Vous feriez mieux de ne pas rester ici, miss Wheaton.

S'entendant appeler par son nom, elle se retourna. Un homme qu'elle n'avait jamais vu se tenait dans l'encadrement de la porte qui permettait d'accéder aux cabines de première classe du pont A. Une épaule négligemment appuyée contre le chambranle, les mains dans les poches, il la regardait. Non, vraiment, son visage aux traits acérés, sa beauté d'un genre ténébreux ne lui rappelaient rien.

Elle fronça les sourcils, perplexe.

— Je vous connais ? l'interrogea-t-elle.

— Vous en auriez envie ? répondit-il du tac au tac.

Elle se raidit. Oh, ce n'était pas la première fois qu'on se permettait des familiarités avec elle. Avant le temps de la bonne société et de ses chaperons, elle avait souvent eu affaire à des hommes comme lui, des hommes qui croyaient pouvoir profiter des filles.

— Non, pas du tout, contra-t-elle en lui tournant le dos et en se penchant par-dessus le bastingage pour continuer d'admirer le bateau qui arrivait.

— Je ne vous donne pas tort, assura-t-il sans paraître décontenancé. Beaucoup de gens qui me connaissent préféreraient que ce ne soit pas le cas. Cela dit, j'ai suffisamment fréquenté les paquebots pour savoir que vous seriez mieux à l'intérieur avec moi que dehors.

— J'en doute fort, répliqua-t-elle.

Elle n'avait aucune envie de se rapprocher de lui. Cependant, comme il ne disait plus rien, elle ne put résister à la tentation de jeter un coup d'œil par-dessus son épaule pour voir s'il était toujours là.

Il n'avait pas bougé. Il se pencha en avant pour regarder à son tour le paquebot.

— Vous feriez mieux de vous dépêcher, ma chère, lui conseilla-t-il en se redressant. Vous n'avez pas beaucoup de temps. Deux minutes au maximum, je pense.

Malgré son élégance et son noble accent, Annabel sentit d'instinct que cet homme ne pouvait lui attirer que des ennuis. Alors, quand il la regarda avec insistance et se tourna de côté dans le couloir en lui faisant signe de le rejoindre, elle ne bougea pas.

Il soupira.

— Vous n'êtes pas du genre confiant, vous, observa-t-il. Je vois qu'il va falloir que je m'explique.

Il sortit sur le pont et la porte se referma derrière lui en battant. Légèrement inquiète, Annabel regarda autour d'elle. Il n'y avait personne. Alors, quand il s'approcha d'elle, elle lui fit face et dirigea la pointe de son ombrelle vers l'endroit où elle pourrait lui faire le plus mal.

— Approchez encore, mon joli, et vous n'aurez plus qu'à devenir moine, le prévint-elle.

Il s'arrêta et considéra la pointe de métal qui frôlait son pantalon. Mais, quand il releva la tête, il affichait un demi-sourire amusé qui faisait pétiller son regard gris.

— Plutôt mourir, murmura-t-il. Je crains de ne pas être fait pour le célibat.

Il s'appuya au bastingage à côté d'elle en ayant soin de respecter la distance fixée par son ombrelle et sortit de la poche intérieure de sa veste un étui à cigarettes en argent. Il en prit une, ainsi qu'une allumette. Puis il porta la cigarette à ses lèvres, rangea l'étui et gratta l'allumette sur la rambarde corrodée par l'eau de mer.

— Le vent vient du sud-est, remarqua-t-il en protégeant la flamme de sa main en coupe pour allumer sa cigarette.

Il jeta l'allumette par-dessus bord, ôta sa cigarette de ses lèvres et exhala un nuage de fumée vers le haut. La brise le déchira aussitôt en lambeaux qui flottèrent vers la porte par laquelle il était sorti.

— Vous voyez ?

Elle voyait bien la fumée, mais pas où il voulait en venir. Quel était l'intérêt de savoir d'où venait le vent ?

— Cela vous arrive souvent, répliqua-t-elle en passant à l'offensive, d'aborder les femmes quand elles sont seules ?

— À chaque fois que l'occasion se présente, assura-t-il sans la moindre honte. Cependant, en l'occurrence, j'essaie d'être chevaleresque.

— Bien sûr !

— Comme vous voudrez.

Il tira encore une bouffée de sa cigarette avant de la jeter à la mer en fixant encore l'autre paquebot.

— Maintenant, il vous reste environ quinze secondes, annonça-t-il en regagnant la porte qu'il ouvrit d'un coup d'épaule. Ensuite, cette magnifique création de Worth que vous portez sera perdue. Mais c'est à vous de voir.

Elle finit par comprendre et, avec un regard inquiet au navire qui se trouvait maintenant à tribord du leur, et surtout à la fumée noire que crachaient ses cheminées, elle courut jusqu'à la porte. L'homme recula tout en la lui tenant ouverte pour la laisser entrer. Le battant à peine refermé, un gros nuage noir fondit sur le pont promenade, juste là où ils se tenaient un instant plus tôt. En regardant par la vitre, elle imagina dans quel état serait son bel ensemble jaune si elle était restée dehors.

— On l'a échappé belle, non ? murmura-t-il derrière elle, tout près de son oreille.

Bien qu'il ne la touchât pas, Annabel sentait combien il était proche. C'était comme s'il émanait de son corps une chaleur qui passait à travers leurs vêtements. Une chaleur comme elle n'en avait pas ressenti depuis huit ans. Celle-là même qui enflammait les filles de l'intérieur et les laissait réduites à un petit tas de cendres.

Son premier mouvement aurait été de prendre ses jambes à son cou – mais pour aller où ? Alors elle se retourna et le regarda dans les yeux, en tenant son ombrelle d'une main ferme au cas où elle en aurait besoin.

— C'est abominable, cette poussière de charbon, poursuivit-il. Elle pénètre à travers les vêtements pour former une pellicule de crasse sur la peau.

Il avait les cils épais et aussi noirs que la suie qu'il décrivait. Il les baissa pour lui couler un regard si brûlant qu'elle rougit. Elle reconnaissait ce regard. C'était le même, lent, en coin, que celui de Billy John. Et, à chaque fois, elle avait les jambes en coton.

— Tenez, dit-il avec un petit sourire. Je ne suis même pas sûr que la vapeur d'un bain turc permettrait de s'en débarrasser.

Ces mots éteignirent l'incendie que son regard avait allumé en elle aussi sûrement qu'un seau d'eau glacée.

— Vous avez écouté ma conversation avec ma sœur ? s'indigna-t-elle.

— Pardon. Je n'ai pas pu m'en empêcher. Le balcon de ma cabine est juste au-dessus, expliqua-t-il en pointant un doigt vers le haut.

Annabel regarda le plafond puis elle se tourna de nouveau vers lui en fronçant les sourcils.

— C'est la suite de mon oncle, objecta-t-elle.

— Oui. Une affaire urgente m'oblige à avancer mon retour en Angleterre. Or, à cause de votre mariage, il n'y avait plus une cabine de première disponible. Apprenant mes difficultés, M. Ransom a eu la gentillesse de nous proposer d'échanger sa suite contre la cabine de ma sœur.

— L'oncle Arthur n'a pas ce genre de geste pour des inconnus.

— Oh, mais je ne suis pas un inconnu, miss Wheaton.

— Pour moi, si. Et comment connaissez-vous mon nom ?

— Je connais votre fiancé, expliqua-t-il comme si cela répondait à sa question. Il n'est pas inhabituel qu'un duc et un comte se connaissent.

— Vous êtes duc ?

Annabel poussa un petit soupir. Elle n'y croyait pas une seconde. Malgré ses vêtements parfaitement coupés, son accent impeccable et sa présence en première classe, il y avait chez lui une espèce de rudesse qui collait mal avec le rang qu'il prétendait être le sien. D'ailleurs, un duc n'écouterait certainement pas les conversations privées de deux sœurs. Et, si jamais cela lui arrivait, il n'aurait pas la grossièreté d'y faire allusion.

— C'est difficile à imaginer, je sais, assura-t-il en sortant une carte de visite. Le duc de Scarborough, pour vous servir, se présenta-t-il en s'inclinant.

Hésitante, elle ne prit pas sa carte. Bien entendu, elle savait qui était le duc de Scarborough. Sa sœur, lady Sylvia Shaw, faisait partie des invités de Bernard. Tout de même, il lui semblait difficilement concevable que cet homme puisse être le frère d'une dame comme elle. Il ne portait même pas de gants ! Comment pouvait-il être duc ? Ou même gentleman ? Un gentleman, elle le savait, ne sortait jamais sans gants.

Sceptique, elle prit sa carte – une carte très élégante de papier de lin blanc au bord argenté, gravée de son titre. Oh, bien sûr, avoir des cartes de visite chics ne voulait rien dire. Celles d'Annabel l'étaient tout autant mais cela ne faisait pas d'elle une lady.

— Christian Du Ques…

Elle s'interrompit en trébuchant sur son nom de famille, certaine qu'elle n'allait pas savoir le prononcer. Quand elle leva les yeux, son grand sourire lui apprit qu'elle avait déjà fait une faute.

Il lui indiqua comment prononcer Du Quesne avant d'ajouter :

— Si vous entrez dans l'aristocratie, il va falloir apprendre à prononcer les noms de famille anglais. Ou, plutôt, français. Beaucoup d'entre nous sommes d'origine normande – donc, française. Votre fiancé est l'exception qui confirme la règle. Rummy est saxon jusqu'au bout des ongles.

Elle n'aimait pas beaucoup ce surnom qu'il donnait à Bernard.

— Vous avez l'avantage sur moi, monsieur. Vous semblez très bien connaître mon fiancé et mon oncle. Pourtant, il ne me semble pas que nous ayons été présentés.

— C'est un mystère, en effet, convint-il.

Comme il ne développait pas, elle fronça les sourcils, sentant qu'il jouait avec elle.

— Vous ne faites pas très duc, remarqua-t-elle.

— Je le prends comme un compliment. Du reste, votre scepticisme est compréhensible. Il n'était pas prévu que j'accède à ce titre, comprenez-vous. Aussi n'est-il pas étonnant que je ne corresponde pas très bien au rôle. Je suis le second fils, la doublure, l'assurance. Sans aucune autre utilité pour la famille. Je n'ai donc appris qu'à boire, à jouer aux cartes, à faire la noce et à salir notre nom – ce dont je m'acquittais à merveille il y a encore trois mois. Et puis, soudain, mon frère a eu la mauvaise idée d'expirer et de me léguer toutes ses responsabilités. Les Scarborough ne vont plus faire que décliner, désormais, conclut-il d'un air contrit.

Que répondre à cela ? Il n'était pas tendre avec son frère disparu et semblait dédaigner assez cavalièrement son titre et son rang. Bernard, lui, était toujours gentil avec ses sœurs et prenait très au sérieux son rôle de comte.

— J'ai beau être duc, conclut-il, je ne vous serai pas très utile si vous souhaitez des conseils pour être une comtesse comme il faut.

— Tant mieux car je ne comptais pas vous en demander. Je devrais ?

— À mon avis, non. Les comtesses comme il faut sont à périr d'ennui. Je serais désolé de vous voir en devenir une, mais c'est inévitable, hélas. Voyez-vous, je connais bien Rummy, sa mère et ses sœurs ; je peux pratiquement affirmer qu'ils ne vont pas vouloir que vous restiez telle que vous êtes. Ils vont vouloir vous faire changer, vous modeler à leur idée. Vous devrez vous habiller autrement, bouger autrement, parler autrement…

— Que reprochez-vous à ma façon de parler ?

Tout en parlant, elle se rendit compte que son accent américain était toujours aussi fort et, frustrée, elle se mordit la lèvre. Malgré un mois de cours de diction, elle ne pouvait pas s'empêcher d'étirer les voyelles, surtout quand elle était contrariée.

— Allons, ma chère, inutile de vous renfrogner ainsi, protesta-t-il d'un ton amusé. Il n'y a rien à reprocher à votre façon de parler. Vous avez une voix délicieuse, absolument magnifique.

Il se moquait d'elle. Forcément. Elle avait un accent vulgaire, grossier, qui lui venait de ses dix-huit premières années passées dans un trou perdu du Mississippi. Il n'était assurément ni délicieux ni magnifique.

— Hélas, poursuivit-il, j'imagine que les leçons de diction ne vont pas tarder à faire partie de votre programme quotidien.

Tout plutôt que de lui avouer que c'était déjà le cas, se renfrogna la jeune femme. Et à la demande de Bernard !

— Ne faites pas cela, insista-t-il en se penchant vers elle d'un air soudain grave. Je pensais ce que je vous ai dit. Vous avez une voix magnifique. Ne les laissez pas la transformer. Ne les laissez pas vous transformer.

Annabel retint son souffle, décontenancée par la soudaine intensité de son discours. Dans la faible lumière du couloir, les yeux de cet homme plongés dans les siens semblaient luire d'un éclat argenté. Il lui sembla que, malgré les efforts qu'elle faisait pour ressembler à une lady, il voyait la fille mal à l'aise qui ne portait jamais de chaussures en été parce qu'elle n'avait pas les moyens d'en acheter. Plus étrange encore, elle eut l'impression qu'il aurait bien aimé cette fille.

C'était absurde. Il ne la connaissait même pas.

— Je…

Elle s'interrompit et passa la langue sur ses lèvres soudain sèches. Elle se sentait troublée.

— Je ne vois pas du tout ce que vous voulez dire, affirma-t-elle.

— Je crois que si. Et, le plus triste, c'est que je crois que vous avez envie de changer.

— Eh bien moi, je trouve que vous êtes un grossier personnage, énonça-t-elle avec soin.

— C'est exact, convint-il aimablement. Mais je ne peux pas résister à la tentation de parler aux jolies femmes – et vous en êtes une, c'est indéniable.

— Qu'espérez-vous gagner à me faire ce genre de compliment ? rétorqua-t-elle. Je suis fiancée.

— Je sais, fit-il en promenant sur elle un lent regard chargé de regrets. Et c'est bien dommage.

Elle sentit la chaleur s'intensifier et se répandre en elle. Seigneur ! Ce regard la faisait littéralement fondre. Billy John aurait des leçons à prendre.

Elle avala sa salive avec difficulté et s'efforça de reprendre ses esprits. C'était de la folie. Elle n'avait jamais rencontré cet homme. Elle ne savait rien de lui. En revanche, elle ne savait que trop bien ce qu'il lui faisait ressentir. Elle avait de nouveau dix-sept ans et elle ne se doutait pas que le plus grand bourreau des cœurs de Gooseneck Bend allait la laisser tomber. Cet homme-ci était également un bourreau des cœurs, un don Juan. Le genre qui jouait avec les filles comme un chat avec les souris, sans se préoccuper de savoir si elles étaient à quelqu'un d'autre. Il était duc, certes, mais il ne pourrait lui attirer que des ennuis. Le genre d'ennuis qu'elle ne voulait plus jamais connaître.

Elle se força à sourire, de ce sourire faussement gentil que connaissaient désormais les avocats de chez Cooper, Bentley et Frye.

— Et j'imagine que, si je n'étais pas déjà fiancée, vous mourriez d'envie de faire plus ample connaissance avec moi ? ironisa-t-elle.

— Ma belle, n'importe quel homme un brin lucide rêverait de vous connaître. Je suis de ceux-là.

Annabel sourit plus encore. Il était toujours réconfortant de voir que l'on ne s'était pas trompé sur les défauts d'un homme, même s'il y avait quelque chose d'irritant à découvrir que l'on n'était pas insensible à son charme.

— Je suis tout aussi lucide, mon joli, susurra-t-elle, et je vous vois venir à des kilomètres.

Si sa perspicacité le troublait, il n'en laissa rien paraître. Au contraire.

— Parfait, déclara-t-il. Ainsi, nous savons à quoi nous en tenir. C'est un bon début pour notre amitié, il me semble.

Elle voulut répliquer qu'il n'y avait ni début ni amitié, mais il ne lui en laissa pas le temps.

— Cependant, précisa-t-il, il nous faudra attendre quelques années avant de reprendre nos relations. D'ici là, j'imagine que le diadème aura perdu de son éclat.

— Comment cela ?

— Eh bien c'est toujours ainsi, affirma-t-il avec sérieux, sans la moindre trace de désinvolture. Vous autres, Américaines, vous vous faites toutes sortes d'idées romantiques sur votre mariage avec un lord et la vie de château. Et puis, au bout d'un an ou deux, vous vous rendez compte qu'il est assommant d'être mariée avec l'un de nous, que les engelures, c'est très douloureux et qu'il peut faire diablement froid dans un château au mois de décembre.

Annabel n'était pas dupe. Elle ignorait ce qu'étaient des engelures ; en revanche, elle reconnaissait un vaurien au premier coup d'œil. Et elle voyait parfaitement à quel genre d'amitié il faisait allusion.

— Donc, fit-elle de son accent du Mississippi le plus prononcé, quand je serai mariée avec Rumsford, que je m'ennuierai et que j'aurai le mal du pays, vous voudrez bien consoler mon petit cœur désenchanté ?

— J'aimerais bien.

— Sans blague ?

Sa réplique ne le dissuada pas de préciser :

— Toutefois, comme je vous l'ai dit, il va nous falloir attendre plusieurs années. Tout aristocrate tient à ce que son héritier soit son fils et pas celui d'un autre. Il faudra donc que je résiste vaillamment à vos charmes jusque-là, hélas.

— Quelle noblesse d'âme...

— La noblesse n'a rien à voir là-dedans, ma chère. Rummy est terriblement vieux jeu et il serait du genre à me provoquer en duel si j'étais le père du prochain comte de Rumsford. Or il se trouve que c'est une fine gâchette. Je tiens trop à la vie pour courir ce risque.

Toujours sans la laisser parler, il enchaîna :

— Malheureusement pour vous, il est aussi terriblement ennuyeux. Alors, quand vous aurez donné à la nursery un héritier et sa doublure, et que Rummy vous fatiguera autant qu'il fatigue tout le monde, j'espère que vous viendrez me voir, miss Wheaton. Vous n'aurez qu'un mot à dire de votre si belle voix et je tomberai à vos pieds, et dans votre lit. Je vous assure que Rummy ne cillera même pas. Ce sont les mœurs anglaises. C'est la règle du jeu.

Annabel se trouva partagée entre l'envie de s'offusquer devant tant d'audace et lui demander à quelle règle du jeu il faisait allusion. Mais il lui tourna le dos avant qu'elle ait pu se décider, s'éloigna et disparut au coin du couloir. Un instant plus tard, elle entendit ses pas dans l'escalier qui montait à la coursive desservant les cabines au-dessus.

Cela valait sans doute aussi bien. Certes, cela faisait longtemps qu'elle avait perdu sa vertu à cause d'un vaurien de son espèce ; sa réputation, en revanche, était intacte, et elle tenait à ce qu'elle le reste. Cependant, force lui était d'admettre que certaines des choses qu'il avait dites piquaient sa curiosité. Elle interrogerait Bernard à la première occasion. Si le mariage à l'anglaise comportait des règles qu'elle ignorait, mieux valait les apprendre au plus vite. Car elle n'avait pas droit à l'erreur.

4

La grande salle à manger des premières classes de l'*Atlantic*, fantaisie baroque aux ornements de stuc et aux colonnes de faux marbre, formerait le cadre idéal pour un mariage. Sa triple hauteur de plafond surmontée d'un dôme de verre coloré lui conférait des airs de cathédrale qui ajouteraient une note de solennité à la cérémonie.

En descendant le grand escalier au bras de Bernard pour dîner, Annabel ne put se retenir d'imaginer ce qu'elle éprouverait en faisant le même parcours dans un nuage de satin et de tulle. Puis, au pied de l'escalier, en attendant qu'un placeur les conduise à leur table, elle se représenta les bouquets de fleurs de magnolia rosées et le chemin de pétales de roses qui fendrait la moquette bleu roi. Ce jour-là, Bernard ne serait pas auprès d'elle, comme maintenant. Il l'attendrait sur une estrade au bout de la longue et élégante salle.

Les tables rondes feraient très bien l'affaire, nota-t-elle avec satisfaction. Vissées dans le sol, elles ne pouvaient pas être déplacées. Les gens devraient peut-être tendre le cou pour suivre la cérémonie, ce qui inquiétait un peu sa mère. Mais pas Annabel. Les Knickerbocker supporteraient aisément cet inconfort dans l'espoir de voir cette parvenue de mariée se prendre les pieds dans sa robe ou commettre quelque autre faux pas épouvantable, chose qu'ils ne rateraient pour rien au monde.

Annabel n'avait nulle intention de leur faire ce plaisir. Elle tenait enfin l'occasion de sceller sa place et celle de sa famille dans la haute société. Rien ne ferait obstacle.

C'est à cet instant qu'elle avisa le duc de Scarborough, à quelques mètres à peine. À la vue de sa silhouette élancée et de son air désinvolte, elle tressaillit. Elle ne s'était pas trompée, tout à l'heure. Il était follement séduisant. Et, sans doute, tout aussi dangereux.

Il était accompagné d'une grande brune superbe qui lui ressemblait tant que ce devait être sa sœur, lady Sylvia Shaw. Elle bavardait avec un groupe d'amis parmi lesquels Virginia Vanderbilt et Maimie Paget. Annabel l'observa un instant, admirative de son aisance. Pour sa part, elle avait toujours si peur de ne pas prononcer les voyelles comme il fallait ou de commettre un impair qu'elle préférait encore ne rien dire en présence des impitoyables dames du clan Knickerbocker. La sœur du duc, elle, devait avoir le même accent que son frère et que Bernard, cette façon de parler des aristocrates que tout le monde respectait et dont personne ne se moquait jamais. Si seulement elle pouvait apprendre à s'exprimer ainsi…

Elle regarda à nouveau Scarborough et ce qu'il lui avait dit tout à l'heure lui revint en mémoire.

« Ne les laissez pas vous transformer. »

L'intensité de son regard, à ce moment-là, la frappait encore. Qu'est-ce que cela pouvait lui faire ? Il ne la connaissait même pas. Et comment diable pouvait-il lui trouver une jolie voix alors qu'elle avait un accent aussi affirmé ? Mais non, lui avait dit qu'elle avait une voix magnifique.

Elle se sentit soudain envahie par la même vague de chaleur qui l'avait submergée cet après-midi. Elle s'efforçait de la réprimer quand le duc leva les yeux.

Comme s'il s'était senti observé, il se détourna de son groupe et la fixa. Il murmura quelque chose à sa sœur et à son entourage immédiat avant de venir vers elle. Annabel se sentit gagnée par la panique. Non seulement son regard gris était bien trop déstabilisant, mais, surtout, Scarborough et elle n'avaient jamais été présentés officiellement. Depuis sept ans qu'elle compulsait des livres de bonnes manières, elle avait appris qu'un homme ne devait pas aborder une femme tant qu'ils n'avaient pas été présentés dans les formes – mais elle le soupçonnait d'avoir suffisamment le goût du scandale pour passer outre les convenances.

Elle se raidit à mesure qu'il approchait, prête à nier lui avoir jamais parlé. Elle avait tort de s'inquiéter, car il fit un petit signe de tête à Rumsford, passa devant elle sans même la regarder et tendit la main à son oncle Arthur.

Soulagée et dépitée à la fois, elle vit ce dernier l'accueillir avec chaleur.

— Permettez-moi de vous présenter Henrietta, ma sœur, et son mari, George Chumley, dit-il. Vous connaissez déjà lord Rumsford, bien sûr. Avez-vous rencontré sa fiancée, miss Annabel Wheaton, ma nièce ?

Scarborough secoua la tête.

— Hélas, je n'ai pas eu ce plaisir. Miss Wheaton, ajouta-t-il en s'inclinant.

— Monsieur le duc, répondit-elle avec une révérence polie. J'ignorais que vous connaissiez des ducs, oncle Arthur.

— Je n'en connaissais aucun, jusqu'à hier soir, lui précisa-t-elle. Nous nous sommes rencontrés autour d'une partie de cartes. Le duc de Scarborough est un fameux joueur de poker. Il a battu Hiram.

— Oh, j'ai eu un coup de chance, intervint aimablement Scarborough.

— Heureux au jeu, malheureux en amour, glissa Rumsford.

Annabel fronça les sourcils. N'y avait-il pas une certaine malice dans la remarque de son fiancé ? En tout cas, le duc ne sembla pas en prendre ombrage.

— Ah, repartit-il, c'est pour cela que mon dernier amour a mis fin à notre liaison en me lançant un vase de fleurs à la figure.

Tout le monde rit de cette sortie, même Bernard. Annabel entrevit la conséquence d'une conversation si amicale… Si cela continuait, il allait dîner avec eux.

— Souhaitez-vous vous joindre à nous pour dîner, monsieur le duc ? proposa en effet son oncle. Avec madame votre sœur, bien entendu.

Le duc jeta un coup d'œil à Annabel qui se raidit, préparée au pire. Mais, soulagée, elle le vit refuser l'invitation.

— Non, merci. Nous avons déjà un engagement. Une autre fois, peut-être. Si vous voulez bien m'excuser, je vois que le placeur s'approche de notre groupe.

Sur quoi il s'inclina et alla rejoindre ses amis. Quelques instants plus tard, le placeur les installait, elle et sa famille – pas trop près de la table de Scarborough, heureusement. Cependant, lorsqu'on lui indiqua un siège qui se trouvait précisément dans le champ de vision du duc, elle hésita et regarda autour d'elle.

Comme elle ne pouvait pas changer de place sans attirer l'attention, elle se résigna. D'ailleurs, le menu devant elle la protégeait un peu de son regard anthracite.

Menu qu'elle n'avait d'ailleurs pas besoin de lire puisque Bernard allait commander pour eux deux, comme toujours. Elle avait appris le lendemain soir de leurs fiançailles qu'il était habituel qu'au restaurant un homme commande non seulement pour lui-même, mais également pour sa fiancée ou son épouse. Sur le moment, elle l'avait accepté sans sourciller, et parce que c'était ce qui se faisait, et parce que les menus étaient le plus souvent rédigés en français – une langue qu'elle étudiait depuis deux ans mais dans laquelle elle était encore loin de se sentir à l'aise. Elle avait horreur de se tromper et ne voulait surtout pas le faire devant Bernard.

Le laisser commander pour elle était donc la solution de facilité. Cependant, un détail la frappait soudain. Il ne la consultait jamais avant de le faire. Tandis qu'elle le regardait choisir les divers hors-d'œuvre, potages, poissons, entrées et entremets, une petite voix s'insinua en elle et s'imposa bientôt telle un cri de rébellion.

« Ne les laissez pas vous transformer. »

— Pardon, dit-elle au moment où le serveur allait s'éloigner. Attendez, s'il vous plaît. J'aimerais mieux l'agneau plutôt que le bœuf.

À côté d'elle, Bernard s'agita, gêné.

— Annabel, protesta-t-il, si vous choisissez la selle d'agneau à la place de l'entrecôte, il va falloir changer tout le reste.

Il émit un petit rire et regarda le serveur avant de se retourner vers elle.

— J'ai choisi le vin, la salade et même le sorbet pour une parfaite harmonie avec le bœuf, souligna-t-il. L'agneau aurait entraîné des choix tout à fait différents.

— Je le sais, mon ami, et la parfaite harmonie de vos choix ne manque jamais de m'impressionner. Que personne ne se sente obligé de m'accompagner, mais j'ai envie d'agneau, ce soir. Sans sauce à la menthe. Et avec des pois à la place des asperges.

Elle vit que Bernard s'apprêtait à insister. Mais son oncle Arthur fut plus rapide.

— Vous savez quoi ? intervint-il. Moi aussi, je crois que je vais prendre de l'agneau avec des pois. J'apprécie beaucoup le goût avec lequel vous choisissez les menus, mon cher Rumsford, et je suis certain qu'Annabel aussi, mais cet agneau me paraît diablement tentant. Ne changez pas tout le reste à cause de nous, surtout. Cela ne nous dérange pas, Annabel et moi, de rompre un peu l'harmonie une fois de temps en temps. N'est-ce pas, ma chérie ?

Son oncle la regardait en souriant. Elle lui fit un clin d'œil. Elle se sentait étrangement contente d'elle. Ce n'était pas grand-chose, elle le savait. Mais la vie était faite de petits détails qui s'ajoutaient les uns aux autres. En parcourant le reste du menu, il lui fut impossible de trouver les autres plats moins tentants parce qu'ils n'étaient pas censés être servis avec l'agneau. Qui décrétait que certains vins ne se mariaient qu'avec certaines viandes, après tout ? se demanda-t-elle. Ou que la fortune de Virginia Vanderbilt était plus aristocratique que la sienne, d'ailleurs ?

« C'est la règle du jeu. »

— Bernard ? demanda-t-elle brusquement en se tournant vers lui. Qu'est-ce que c'est que des engelures ?

— Quoi ?

Il rit mais parut plus étonné qu'amusé par sa question. Mal à l'aise, il se tourna vers les autres convives qui étaient absorbés dans d'autres conversations.

— Qu'est-ce qui peut bien vous mettre ce sujet en tête ? lui demanda-t-il à mi-voix.

— Oh, j'ai entendu quelqu'un en parler tout à l'heure. Qu'est-ce ?

— Rien du tout. Ne vous en faites pas, Annabel.

— Il paraît que c'est douloureux.

Elle ne savait pas pourquoi elle insistait mais elle était soudain gagnée par une légère appréhension. Si elle n'avait rien à craindre, pourquoi ne lui disait-il pas tout simplement de quoi il s'agissait.

— Qu'est-ce ? voulut-elle savoir.

Il fronça légèrement les sourcils.

— Ma chère, il y a des choses dont on ne parle pas. Surtout à table.

Ce n'était pas une réponse. Elle ouvrit la bouche pour le lui faire observer, mais, le voyant se renfrogner davantage, elle se tut. Elle connaissait suffisamment Bernard pour savoir qu'avec lui l'approche directe n'était pas la meilleure. Par chance, elle savait faire preuve de subtilité et contourner les obstacles quand il le fallait.

Elle découvrirait ce que signifiait ce mot sans son aide, décida-t-elle en se remettant à manger son dessert. Un salon de lecture était à la disposition des passagers de première classe. Elle y trouverait bien un dictionnaire. Dès que l'occasion s'en présenterait, il faudrait aussi qu'elle demande à Bernard si, en Angleterre, le mariage s'assortissait de règles qu'il fallait qu'elle connaisse.

Quant au duc de Scarborough, elle avait la troublante impression qu'il n'était pas aussi facile à manier que son fiancé.

Annabel lui jeta un coup d'œil par-dessus l'épaule de son oncle et découvrit avec un certain désarroi qu'il l'observait. Lorsque leurs regards se croisèrent, il lui sourit. De nouveau, elle sentit son cœur battre plus fort et une bouffée de chaleur l'envahir. Seigneur ! Le sourire de cet homme était un alcool fort.

Elle se tourna vers Bernard.

— Mon ami, que savez-vous du duc de Scarborough ?

Son interlocuteur fit la grimace.

— Il ne vaut pas cher. Vraiment pas. Et depuis toujours.

Elle hocha la tête. Sa réponse ne la surprenait pas. Cela dit, elle ne se réjouissait pas d'avoir ainsi confirmation que, quand un homme l'attirait, c'était forcément un mauvais sujet.

— C'est bien ce qu'il me semblait, murmura-t-elle. Il a un peu l'air d'un vaurien.

— Vous êtes très perspicace, bravo. Il a épousé une Américaine, du reste. Une certaine miss Evelyn Tremont, de Philadelphie.

Annabel se figea un instant, sa cuiller de crème caramel à la main.

— Ah oui ? fit-elle la voix étranglée.

Elle posa sa cuiller pour boire une gorgée d'eau. Alors seulement, elle fut capable de l'interroger du ton détaché qui convenait.

— Scarborough est marié ?

— Il l'a été, corrigea Bernard. Sa femme est morte. Elle s'est noyée, la malheureuse. Scarborough était en Europe quand c'est arrivé. En train de jouer, de boire et de faire la noce, sans aucun doute.

— Mais c'est affreux ! Quand est-ce arrivé ?

— Oh, cela doit faire... dix ou douze ans, maintenant.

— Tant que cela ?

Annabel posa son verre et reprit sa cuiller.

— Il ne s'est jamais remarié ? s'enquit-elle d'un ton aussi indifférent que possible.

— Non. À en croire la rumeur, la vie conjugale lui a tellement déplu qu'il ne se remariera jamais. Cela dit, je ne vois pas comment il va pouvoir faire autrement, désormais. Il est duc et n'a ni héritier direct ni revenus. Il faut qu'il se marie et qu'il fasse un beau mariage. C'est son devoir.

— Peut-être ne se soucie-t-il pas de son devoir, avança-t-elle.

— Exact. Tout à fait exact. Scarborough est bien du genre à ignorer les responsabilités inhérentes à son titre, confirma Bernard en souriant. Nous sommes du même avis sur tant de sujets, ma chère... En règle générale, il se tient à distance de la bonne société. Cependant, quand il décide de se montrer, il y a toujours des femmes pour le trouver séduisant. Cela me semble inexplicable, mais c'est un fait.

— Certaines femmes sont attirées par les hommes peu recommandables.

— C'est juste. Je suis heureux que ce ne soit pas votre cas, Annabel, ajouta-t-il après une pause.

— Moi aussi, assura-t-elle avec emphase tout en jouant avec sa cuiller et en regardant le duc à la dérobée. Moi aussi.

Scarborough était beau, malicieux et indomptable – le plus dangereux des mélanges. Et mieux valait s'abstenir de flirter avec le danger.

Après dîner, les messieurs se retirèrent dans le fumoir pour boire un cognac en fumant le cigare tandis que les dames restaient bavarder dans la salle à manger où on leur servit du café.

Annabel décida que le moment était tout trouvé. Elle s'excusa auprès de sa mère et quitta la table. Elle sortit par une porte de côté, passa devant les toilettes des dames et monta à l'étage pour se rendre dans le salon de lecture. Des journaux étaient disposés sur les tables de bois sculpté et des rayonnages garnis de livres couvraient deux des murs. Un rapide examen lui permit de trouver le volume qu'elle cherchait.

Elle le feuilleta jusqu'au mot sur lequel elle s'interrogeait. Hélas, la définition ne la rassura nullement.

« Engelure : inflammation due à une exposition répétée au froid, parfois accompagnée de rougeurs ou de lésions douloureuses. »

Horrifiée, elle gardait les yeux rivés à la page. Inflammation ? Lésions douloureuses ?

— C'est épouvantable, n'est-ce pas ?

Elle sursauta, se retourna et découvrit le duc de Scarborough.

— Encore vous ? Vous n'êtes pas censé être au fumoir avec les messieurs ?

— Et vous en train de prendre le café avec les dames ? Manifestement, nous ne sommes capables ni l'un ni l'autre de faire ce que l'on attend de nous.

Il appuya une épaule aux rayonnages et désigna d'un mouvement de tête le livre qu'elle tenait à deux mains.

— Vous feriez mieux de troquer vos jolis bas de soie contre de grosses chaussettes de laine : elles vous protégeront mieux les pieds.

Annabel résista à l'envie de cacher le dictionnaire derrière son dos et opta pour un air de dignité nonchalante.

— Je ne vois pas de quoi vous parlez, affirma-t-elle.

— J'ai réussi à piquer votre curiosité, non ?

— Vous vous trompez, répliqua-t-elle en ayant soin de tenir le volume de façon à lui en cacher le titre. Je cherchais quelque chose à lire, voilà tout.

— Bien sûr, répondit-il avec gravité. C'est très divertissant, le dictionnaire.

Elle le ferma d'un coup sec.

— Décidément, on ne peut pas se débarrasser de vous. Êtes-vous seulement pénible ou réellement pernicieux ?

— Je vois que ma réputation me précède. Mais vous vous êtes renseignée sur moi ; sans doute faut-il que j'en sois flatté.

— Non, je n'ai rien fait de tel. Je n'en ai pas eu besoin. J'ai un flair infaillible pour sentir les canailles.

— C'est fou ce que vous êtes ombrageuse. Ma belle, si vous épousez un Anglais, vous feriez mieux de cultiver votre sens de l'humour. Vous allez en avoir besoin.

— Je ne manque pas d'humour, susurra-t-elle avant de marquer une pause et de le gratifier de son plus gentil sourire. Je ne vous trouve pas drôle, c'est tout.

Au lieu de s'offusquer, il réagit avec une bonne humeur exaspérante.

— D'accord ! lança-t-il en riant. Vous ne manquez pas non plus de toupet. Rumsford connaît-il ces aspects de votre caractère ? Je suppose que non. Et, quand il les découvrira, il ne sera pas enchanté.

— Je saurai le manœuvrer à ma guise.

Elle n'avait pas fini de prononcer ces mots qu'elle les regrettait déjà.

— Le manœuvrer ? répéta Scarborough d'un air amusé. Hmm. Je comprends que vous le pensiez. Il a le menton assez fuyant. Mais vous êtes injuste d'associer ce trait physique à un manque de caractère. D'ici à quelques jours, poursuivit-il sans écouter ses protestations indignées devant ce commentaire sur le menton de Bernard, après que vous aurez dit « oui », vous tomberez sans doute d'accord avec moi. Les hommes, même ceux qui ont le menton fuyant, sont souvent plus difficiles à manœuvrer une fois qu'ils ont obtenu ce qu'ils voulaient – surtout quand il s'agit d'un contrat de mariage en acier trempé dans un pays où le divorce est quasiment impossible.

Annabel fut soudain assaillie par le doute. Y avait-il du vrai dans ce qu'il disait ? Mais elle secoua la tête pour chasser cette inquiétude.

— Vous racontez n'importe quoi !

— C'est possible. Cela m'arrive souvent. Mais je m'interroge : êtes-vous du genre à être heureuse avec un homme que vous pourrez « manœuvrer », comme vous dites ?

Ce fut à son tour de rire, parce qu'elle commençait à voir où il voulait en venir.

— Selon vous, je serais plus heureuse avec un autre homme – un homme intelligent, charmant, charmeur, toujours prêt à faire assaut d'esprit avec moi ? Un homme tel que…

Elle s'interrompit et le fixa d'un regard de biche.

— … un homme tel que vous, par exemple ?

— C'est possible. Même moi, une femme pourrait me manœuvrer. À condition de bien s'y prendre.

L'allusion à peine dissimulée de sa réponse lui mit le feu aux joues. Pour qu'il n'en devine rien, elle se retourna vers les rayonnages et fit mine d'examiner les livres.

— Et puis je me targue d'avoir un peu plus de conversation que Rummy.

— Vous avez tort : ce n'est pas le cas.

— Bien. Vous devez donc adorer écouter les dissertations sur les rouages du Parlement. Maintenant que me voilà rabroué, je dois renoncer à tout espoir de vous conquérir. Je vais partir, mon cœur et mes rêves brisés, mais, avant, puis-je me permettre de vous recommander la mousseline ? Pour panser les engelures, c'est ce qu'il y a de mieux.

Cette allusion lui rappela ce qu'elle venait de lire.

— C'est… c'est ce qu'il faut faire ? Des pansements ?

— Ne vous en faites pas : vos futures belles-sœurs vous montreront comment faire. Comme toutes les

Anglaises, elles ont une grande habitude de cette affection. Toutes les Anglaises, sauf ma sœur, précisa-t-il. Il y a longtemps que nous avons fait installer des radiateurs, ainsi que des lampes à gaz, des salles de bains avec de l'eau chaude et des toilettes avec chasse d'eau. Ce n'est hélas pas le cas à Rumsford Castle. Ils en sont encore au charbon et aux chandelles. Quant aux chasses d'eau, il n'y en a pas non plus. Il n'y a eu aucune amélioration de ce genre depuis que les douves ont été comblées.

Elle avala sa salive avec difficulté. Quoi ? Pas de chauffage central ? Pas de salle de bains ? Bernard ne l'avait pas prévenue. Mon Dieu ! Elle avait l'impression de retrouver les conditions de vie rudimentaires de son enfance dans le Mississippi, mais sous un climat bien plus rigoureux... À quoi bon être un aristocrate si l'on devait encore se servir d'un pot de chambre et se laver dans une bassine ?

Le duc de Scarborough la regardait en souriant, comme s'il lisait dans ses pensées. Elle releva le menton pour se donner contenance.

— Cela fait partie des projets que nous avons, avec lord Rumsford. Nous allons moderniser Rumsford Castle.

Ce n'était pas tout à fait vrai, car ils n'avaient parlé que de restaurer le château. Jamais d'y installer le confort moderne – notamment parce qu'Annabel imaginait que la maison d'un comte en était forcément pourvue. Quoi qu'il en soit, maintenant qu'elle connaissait la situation, elle savait quels allaient être ses premiers investissements. Les restaurations prévues par Bernard attendraient.

— Notre maison disposera de toutes les commodités de la vie moderne, affirma-t-elle.

— Hmm. Ce n'est pas gagné d'avance. La comtesse douairière est une farouche opposante à la modernité. Elle a toujours accordé bien plus d'importance à la tradition qu'au confort. Je crois qu'elle aimerait que les ceintures de chasteté soient encore en vogue, précisa-t-il à mi-voix en se penchant vers elle.

— Vous exagérez.

Il haussa les épaules et se tourna vers les rayonnages.

— Manifestement, vous ne la connaissez pas.

Il prit un livre qu'il commença à parcourir d'un air détaché.

— Peut-être faudrait-il que vous la rencontriez, ajouta-t-il avec une nonchalance qui suffit à éveiller ses soupçons. Si vous pouviez le faire avant le mariage, vous vous épargneriez bien des chagrins et des rhumes de cerveau.

— J'ai peine à croire qu'une femme, surtout âgée, préfère vivre dans une maison glaciale quand elle pourrait y faire installer le chauffage central.

— Je vous l'ai dit : c'est la tradition, et on ne déroge pas à la tradition.

Il marqua sa page d'un doigt et referma le livre avant de la regarder à nouveau, de haut, le volume pressé contre la poitrine.

— Nous n'avons jamais eu le chauffage central, madame, fit-il d'une voix solennelle.

Il avait l'air aussi convenable et guindé qu'un majordome anglais tel qu'elle se les était toujours représentés. C'était tellement incongru qu'elle dut se pincer les lèvres pour ne pas sourire, car cela n'aurait fait que l'encourager.

— Et nous ne l'aurons jamais, plût au ciel. Pour nous réchauffer les pieds, nous avons les chiens.

— Les chiens ? Vous voulez dire les chiens de chasse à courre ?

— Non, non. Cela, c'est encore autre chose. Ils appartiennent au domaine. Ce sont des biens inaliénables, si vous voulez, tout comme le toit qui fuit ou l'inévitable douairière qui ne supporte pas que sa belle-fille prenne sa place. Non, je vous parle des chiens de compagnie de Rummy. Il en a neuf.

— Neuf ? répéta-t-elle en le regardant avec une certaine inquiétude. Neuf chiens ?

— Des carlins. De petites bêtes féroces. Je crois que c'est à cause des chiens que lady Seaworth a été obligée de rompre avec lui.

Elle sourit.

— Si vous espérez me choquer, vous vous fourvoyez. Je suis au courant de sa liaison avec lady Seaworth. Mon oncle Arthur m'a déjà dit qu'elle avait été la maîtresse de Bernard avant notre rencontre.

— Vous avez entendu parler de lady Seaworth mais pas des chiens ?

Il se rapprocha encore en adoptant un air de confidence.

— D'après la rumeur publique, les chiens dormaient avec eux, précisa-t-il. Au bout d'un moment, elle n'a plus supporté leurs ronflements. Ni leur façon de baver sans arrêt.

— Vous inventez !

— Si vous ne me croyez pas, demandez à Rummy.

— Rummy – Bernard, s'empressa-t-elle de corriger, me l'aurait dit, s'il avait des chiens.

— Il n'a peut-être pas voulu vous faire fuir. S'ils sont du genre à vous baver dessus en pleine nuit quand vous êtes au lit…

— Ils ne me baveront pas dessus, déclara Annabel les dents serrées. Pas dans mon lit, en tout cas.

— Voilà comment il faut réagir ; bravo ! approuva-t-il en reprenant son ton enjoué. Ah, la verve américaine… Mettre les domaines anglais au goût du jour… affronter les hivers du Northumberland sans même un carlin sur les pieds : rien ne vous effraie. Tout cela est admirable, mais je me pose tout de même une question.

Il reposa son livre sur l'étagère et se rapprocha d'Annabel.

— Pourquoi a-t-il fallu que vous cherchiez des renseignements sur les engelures dans le dictionnaire ? Vous me semblez assez franche et sûre de vous, pourtant. Pourquoi n'avez-vous pas demandé à votre fiancé ? À moins que vous l'ayez fait mais que Rummy ait refusé de vous répondre ? ajouta-t-il avec un regard de biais.

Il était trop perspicace ! C'était exaspérant. Néanmoins, elle n'allait pas admettre qu'il avait encore raison.

— Tout cela est fort intéressant, monsieur le duc, mais j'étais venue ici chercher un livre. Si vous voulez bien m'excuser ?

Elle rangea le dictionnaire là où elle l'avait pris et s'approcha de la section des romans. Bien entendu, il n'eut pas la discrétion de saisir son allusion et de s'en aller.

— À mon avis, insista-t-il en la suivant, Rummy trouve que les engelures sont un sujet trop grossier pour que l'on puisse en parler avec une jeune femme. C'est un peu comme l'absence de chasses d'eau à Rumsford Castle. J'imagine qu'il ne vous a pas non plus mise en garde contre les mains baladeuses de son oncle Henry ? Quoi qu'il en soit, je vous conseille de garder vos distances avec ce vieux satyre. Malgré ses quatre-vingts ans, il demeure fort leste. Il passe son temps dans la bibliothèque, la seule pièce dans laquelle on fasse du feu toute la journée. Si vous n'y entrez pas, il ne devrait rien vous arriver.

Il s'interrompit et inclina la tête sur le côté d'un air dubitatif.

— Hmm. Enfin, ce n'est pas certain. Un jour, Henry a tenté de coincer ma sœur dans un placard sous l'escalier. Elle l'a frappé avec un club de golf.

— Je pense que rien de tout cela n'est sérieux. Vous vous moquez de moi, dit-elle en se détournant pour examiner les rayonnages.

— Demandez à Sylvia, si vous ne me croyez pas. Je vais vous présenter à elle. Elle vous confirmera tout ce que je vous ai dit. L'oncle de Rumsford est un coureur de jupons notoire. En la matière, il est un peu comme notre roi.

Elle le considéra, horrifiée.

— Le roi d'Angleterre n'est pas comme cela ! s'indigna-t-elle.

— Vous aurez intérêt à filer sur le continent quand Rummy recevra Sa Majesté dans le Northumberland pour une partie de chasse, reprit-il sans tenir compte de ses protestations. En tout cas, ne restez pas dans les parages. Si le roi vous voit, il saura certainement faire en sorte que Rumsford s'efface.

Malgré elle, Annabel éprouva une pointe d'effroi car elle avait vu des photographies de ce monarque grassouillet et barbu.

— Il ne pourrait pas faire une chose pareille ! se défendit-elle. Mon mari s'interposerait.

— Noblesse oblige, ma belle enfant. Cela aussi, c'est la règle du jeu.

— La règle du jeu, la règle du jeu, répéta-t-elle à bout de nerfs. Qu'est-ce donc que cette règle du jeu que vous évoquez sans arrêt ?

— Celle qui régit la vie des Britanniques. Elle est très spécifique et tout aussi inviolable. Si vous y dérogez, la partie sera finie pour vous.

Annabel sentit son inquiétude redoubler. Elle ne pouvait pas se permettre le moindre faux pas. Ce serait un désastre. Mais fallait-il croire le duc de Scarborough ? Tout ce qu'il disait avait l'air d'une plaisanterie. Et ses intentions étaient sans doute loin d'être désintéressées.

— J'ai lu les chroniques mondaines de votre pays, des ouvrages sur l'étiquette et autres choses de ce genre. J'ai beaucoup appris sur l'Angleterre. Et nulle part il n'était fait mention de votre règle du jeu.

— Je doute fort que quiconque se soit donné la peine de la rédiger. Il le faudrait, pourtant. Cela vous éviterait bien des déconvenues, à vous autres Américaines. Tiens, en voilà une bonne idée, ajouta-t-il comme pour lui-même. Si j'écrivais un traité de ce genre, un « Guide matrimonial britannique à l'usage des Américaines », vos compatriotes en achèteraient à la pelle. Ce serait peut-être un moyen de gagner ma vie honnêtement. Quel agréable changement…

La façon dont il gagnait sa vie, honnêtement ou pas, ne la concernait en rien.

— Bernard ne m'a jamais parlé de ces règles, souligna-t-elle. Il l'aurait sûrement fait, puisque nous allons nous marier.

— Ce serait fort inconvenant. S'il a bien une ou deux qualités qui le rachètent, Bernard est beaucoup trop convenable pour parler franchement de quoi que ce soit.

Annabel choisit de ne pas relever cette remarque désagréable sur son fiancé. Elle ne voulait pas se laisser distraire du sujet principal.

— Arrêtez de jouer avec moi ! Allez-vous me dire quelles sont ces règles, oui ou non ?

— Je ne sais pas.

Il prit un air hésitant qui ne fit que confirmer ce qu'elle pensait déjà de lui.

— J'imagine que vous allez me demander quelque chose en échange de ces renseignements ? devina-t-elle.

— Eh bien, miss Wheaton... Quelle délicieuse suggestion.

— J'aurais dû m'en douter. Un vrai goujat espère toujours quelque chose en retour d'un service rendu à une femme.

— C'est vous qui l'avez évoqué, rappela-t-il. Malgré cela, je vais résister à cette tentation de ma nature la plus vile et me faire un plaisir de vous donner la règle du jeu sans contrepartie. Sauf que je ne vois pas très bien comment cela va pouvoir se faire.

— Comment cela ?

— Je vous l'ai dit : ce n'est pas un sujet convenable. Je ne pourrai pas l'aborder avec vous en présence de chaperons – et surtout pas de votre mère.

Vu ce qu'il lui avait déjà dit du roi, elle en convenait volontiers. Cependant, elle ne voyait pas le problème.

— Dans ce cas, pourquoi ne pas le faire tout de suite ?

Comme pour répondre à sa question, un bruit de voix se fit entendre. Annabel jeta un coup d'œil inquiet en direction de la porte ouverte. Il ne fallait à aucun prix qu'elle soit surprise seule avec un homme. Surtout celui-ci. Par chance, les gens qui parlaient passèrent devant le salon de lecture sans s'arrêter ni même regarder à l'intérieur. Mais mieux valait ne pas s'attarder. D'un autre côté, elle avait très envie de connaître cette fameuse règle du jeu. Et si, à peine arrivée à Londres, elle commettait un terrible impair qui lui valait d'être mise au ban de la bonne société ? Elle aurait donc fait tous ces efforts pour rien ? Oui, s'il y avait bien une règle, s'il ne s'était pas moqué d'elle, il fallait absolument qu'elle sache de quoi il s'agissait.

— Venez me retrouver après-demain, chuchota-t-elle en prenant un roman. À 10 heures, devant le fumoir des deuxième classe. Nous serons dimanche ; j'imagine que tout le monde sera à la messe. Je prétexterai une migraine. De toute façon, il est peu probable que des gens que nous connaissions se trouvent sur le pont des deuxième classe.

— Vous êtes prête à me voir seul à seul ? s'étonna-t-il.

— Du moment que vous n'avez pas de geste déplacé, répliqua-t-elle en tournant les talons avant de s'éloigner sans se retourner, le rire du duc dans son dos.

5

Lorsque Christian arriva dans le fumoir à 9 h 30 le dimanche matin, il trouva la pièce déserte. Mais cela n'avait pas grande importance. Les femmes n'avaient pas le droit d'y entrer. Du reste, même si ç'avait été le cas, Annabel et lui n'auraient pu espérer y être tranquilles. Ils ne pourraient pas non plus rester parler au milieu de la coursive. Comme il l'avait fait observer à Arthur Ransom, il y avait trop de risques que quelqu'un ne les surprenne et ne se mette à faire circuler la rumeur. Il était donc arrivé un peu en avance à leur rendez-vous afin de trouver un endroit où parler avec elle en privé.

Après s'être procuré un plan auprès du commissaire de bord, il passa la demi-heure suivante à inspecter un certain nombre de pièces et de cages d'escalier et, après avoir enfin trouvé un lieu adéquat, il regagna le fumoir devant lequel il trouva Annabel qui l'attendait.

D'après ce qu'il avait pu observer jusqu'à maintenant, la description qu'Arthur Ransom faisait de sa nièce était assez exacte. Christian avait déjà eu l'occasion de se faire une idée de son entêtement. Maintenant, en s'approchant d'elle, il constatait avec plaisir que Ransom ne se méprenait pas non plus sur le reste. Elle avait troqué ses luxueuses robes de chez Worth contre un chemisier blanc et une jupe bleu marine, et tressé ses cheveux roux foncé. Vêtue avec simplicité, elle se fondait parfaitement parmi les voyageurs de deuxième et troisième classes. Autrement dit, elle ne manquait pas de bon sens. Certes, elle n'en usait guère dans sa vie sentimentale, mais c'était pour cela qu'il était là.

— Bonjour, dit-il à mi-voix.

Elle se posa l'index sur les lèvres pour lui faire signe de se taire.

— Il y a un homme à l'intérieur, articula-t-elle presque en silence.

Il regarda derrière elle, dans le fumoir, et découvrit un homme d'allure militaire, avec une grosse moustache, qui fumait le cigare en lisant le *New York Times*. Il avait bien fait de venir en reconnaissance, conclut-il.

— Ce que c'est contrariant, ces gens qui ne vont pas à la messe, commenta-t-il tout bas avant de lui prendre le bras. Venez.

Il l'entraîna vers l'entrepont, en troisième classe, et entra avec elle dans une réserve qu'il avait repérée parce qu'elle se trouvait tout au bout d'une coursive peu fréquentée. Il jeta un coup d'œil à l'intérieur pour s'assurer qu'il n'y avait personne puis s'effaça et fit un signe de tête à miss Wheaton.

— Attention où vous mettez les pieds, la mit-il en garde quand elle entra.

La pièce était encombrée de caisses et d'ustensiles de nettoyage.

Il entra à son tour et bloqua la porte avec une caisse bien lourde.

— Je me doutais que le fumoir ne ferait pas l'affaire, expliqua-t-il. J'ai donc trouvé un meilleur endroit. C'est bien joué, n'est-ce pas ?

Elle renifla comme s'il n'y avait pas là de quoi l'impressionner.

— Vous avez manifestement l'habitude des rencontres clandestines avec des femmes, commenta-t-elle.

— C'est vrai, admit-il. Mais pas avec des jeunes filles non mariées. C'est l'une de ces fameuses règles, que même les canailles de mon espèce respectent. Du moins, précisa-t-il en la regardant, presque toujours.

Elle lui fit un sourire ironique.

— Il y a à Gooseneck Bend une canaille qui ne serait pas de votre avis, murmura-t-elle sur un ton qui lui fit penser qu'il s'agissait peut-être d'une expérience vécue.

Ransom était-il au courant ? Non, sans doute pas.

— Que s'est-il passé ? s'enquit-il, curieux.

Le sourire de miss Wheaton fit place à un masque impassible.

— Ce qui arrive généralement aux écervelées de dix-sept ans, répondit-elle en haussant les épaules. Il m'a brisé le cœur, voilà tout.

Elle s'efforçait de faire comme si cela n'avait aucune importance mais, à voir son air un peu trop neutre, il comprit qu'il n'en était rien. La plaie était toujours vive.

— Bien, reprit-elle, rompant le silence. Jusque-là, Londres ne semble pas si différent que cela de New York. À Gooseneck Bend, garçons et filles peuvent être seuls ensemble sans que personne n'y trouve rien à redire. Mais, quand je suis arrivée à New York, j'ai eu l'impression d'entrer dans un autre monde. On ne peut pas imaginer un endroit plus guindé. Et plus froid. Pas froid au sens d'un château en décembre, précisa-t-elle avec un petit sourire. Froid au sens de peu accueillant, voire d'hostile pour les étrangers.

— Je comprends, assura-t-il en allant s'adosser au mur. Pourtant, vous souhaitez être acceptée dans ce milieu ?

Elle fixa sur lui un regard ébahi.

— Évidemment.

— Mais pourquoi ?

Cette question la déstabilisa manifestement. Elle ouvrit la bouche comme pour répondre, la referma et se détourna. Il attendit. Elle finit par se décider à parler.

— Tout le monde veut être accepté, fit-elle valoir sans le regarder.

— Même par des gens froids et guindés ?

— Vous ne saisissez pas.

— Je m'y efforce.

Il songea à Evie, si différente de tempérament de miss Wheaton, mais avec des aspirations tellement semblables…

— J'appartiens à la « bonne société » depuis ma naissance, miss Wheaton, et je ne vois vraiment pas pourquoi quiconque pourrait souhaiter y entrer.

— Mais c'est parce que vous en faites déjà partie.

— Nous désirons tous ce qui est hors de notre portée ? C'est cela, la raison ?

— Sans doute, mais ce n'est pas ce que je veux dire.

Elle le regarda de nouveau, d'un air grave et ardent à la fois.

— Vous n'avez jamais été rejeté par ce milieu ; vous n'imaginez pas ce que cela fait. Vous traversez la vie avec confiance, certain d'être accepté partout, en toute circonstance. Vous ne savez pas ce que c'est que de voir les gens vous battre froid, se moquer de la façon dont vous parlez ou de l'endroit où vous êtes né. Vous prendre de haut, vous traiter, votre famille et vous, comme des moins que rien. On n'a pas ce genre d'attitude envers une comtesse, conclut-elle en relevant le menton avec dignité.

Oh, si, songea Christian. Même si elle épousait Rumsford, il se trouverait toujours des gens pour la prendre de haut et se moquer d'elle. Si elle se conduisait à la perfection, ils ne la tiendraient peut-être pas à l'écart. Mais il faudrait des années avant qu'ils la considèrent comme l'une des leurs. Elle allait devoir se battre bec et ongles et respecter toutes les règles si elle voulait se faire une place dans la société. Et son mari ne lui serait pas d'une grande aide.

Comment lui faire comprendre que le jeu n'en valait pas la chandelle ?

— Bien, commença-t-il en réfléchissant aux moyens de la faire changer d'avis, une fois comtesse, vous devrez accepter d'endosser le rôle de chaperonne. C'est une énorme responsabilité. Si jamais une jeune fille que vous chaperonnez se trouvait au centre d'un scandale, vous seriez très sévèrement blâmée.

— Cela ne devrait pas me poser trop de problèmes, assura-t-elle avec une note d'humour. Je flaire toujours le loup dans la bergerie.

Le regard éloquent dont elle accompagna sa réponse le fit sourire.

— C'est à cause des bons chaperons que les hommes célibataires ne s'aventurent pas dans le beau monde – du moins tant qu'ils ne sont pas prêts à se marier, bien sûr.

— Et vous, c'est ce que vous allez faire ?

Il cligna des yeux, un instant interdit.

— Mon Dieu, non. Qu'est-ce qui peut vous avoir mis une telle idée en tête ?

— Je...

Elle s'interrompit et haussa les épaules.

— Simple supposition, reprit-elle. Après tout, vous êtes duc. N'êtes-vous pas obligé de vous marier ?

— Non, grâce au ciel. J'ai un cousin mâle. Même dans le cas contraire, cela n'aurait pas d'importance. Je n'ai aucune intention de me remarier.

— On verra bien, diraient certains.

Il laissa échapper un grondement agacé et frappa de la tête contre la cloison derrière lui.

— Pourquoi faut-il que les femmes s'obstinent à faire cela ? Quand elles ne cherchent pas à se marier, elles cherchent à marier les autres. Écoutez, ajouta-t-il en se redressant pour la regarder d'un air sévère. Le mariage, ce n'est pas pour moi.

— Mais vous avez été marié... objecta-t-elle

— Précisément.

Il ignora le soupir impatient que cette repartie tira à la jeune femme et ajouta :

— Pourrions-nous revenir au sujet de vos devoirs de comtesse ? Vous devrez recevoir généreusement, et souvent. De votre réussite dans ce domaine dépendra en grande partie votre succès dans le monde. Mais c'est plus compliqué qu'il n'y paraît. Ainsi, ayez soin de ne jamais inviter lord et lady Ashburton ensemble : il y a plus de vingt ans qu'ils ne se sont pas adressé la parole. Et ne placez pas Mme Bedford-Jones à proximité du vicomte de Rathmore – ils se détestent. Mais comment l'éviter si le protocole l'exige ? Non, mieux vaut inviter M. Smythe à la place… Ah, non. Attendez. Il est amoureux de miss Grey et si miss Graham apprend qu'il a dîné à côté d'elle, cela va jeter de l'huile sur le feu…

Il s'arrêta devant son air hébété.

— Un bal, c'est pire encore, assura-t-il, impitoyable. Mais vous devrez en donner. Rummy comptera sur vous. Mais méfiez-vous : c'est horriblement compliqué.

Elle s'assit sur une caisse en soupirant.

— Oh, je le sais. Lorsque nous avons appris que nous étions riches, nous nous sommes installés à Jackson où nous avons acheté une grande et belle maison et nous avons voulu donner un bal pour mon entrée dans le monde.

— Cela ne s'est pas bien passé ?

— On peut le dire, oui, murmura-t-elle en regardant ses mains. Personne n'est venu.

Devant cet aveu chuchoté la tête baissée, il fut pris d'une colère aussi violente qu'un coup de poing au plexus. Voilà ! C'était pour ce genre de chose qu'il méprisait tant cette société si compartimentée.

Il vint s'asseoir sur une autre caisse à côté de la sienne.

— Comment cela, « personne n'est venu » ? Vraiment personne ?

— Jugez un peu notre ignorance, fit-elle en relevant la tête avec un petit rire.

C'était un rire forcé, il le savait. Ce qu'elle venait de raconter n'avait rien d'amusant. C'était consternant.

— Nous pensions que donner un bal à Jackson, c'était la même chose que d'organiser une fête dansante chez nous, raconta-t-elle le regard perdu dans le vide. Nous ne savions pas qu'il fallait envoyer des invitations écrites deux semaines à l'avance. À Gooseneck Bend, personne ne le faisait ; pas même les Harding. Nous n'avions jamais entendu parler d'une chose pareille. Alors nous avons procédé comme les gens que nous connaissions. Nous avons lancé les invitations à la sortie de la messe. Ce que nous étions bêtes…

Il ne savait que dire, mais une condamnation de la société ne serait pas très réconfortante.

— Non, vous n'étiez pas bêtes. Vous ignoriez seulement les usages.

— Exactement.

Elle se tourna vers lui et, dans sa voix, l'amertume et la peine firent place à la détermination.

— C'est pour cela que je suis ici. Je veux apprendre toutes les règles pour ne jamais me retrouver dans une salle de bal vide à Londres comme cela m'est arrivé à Jackson. Je ne veux plus jamais ressentir ce que j'ai ressenti ce soir-là.

Il la regarda avec désarroi. Sa mission allait être plus difficile qu'il ne l'avait imaginé. En l'acceptant, il était loin de se douter que l'ambition de cette jeune femme avait une autre origine que le simple désir d'ascension sociale – en l'occurrence des blessures anciennes et profondes. Pour réussir, il allait devoir rouvrir ces blessures, raviver son sentiment d'insécurité et semer le doute dans son esprit. Soudain, il fut tenté de renoncer sans se soucier des conséquences.

Et puis, soudain, il se rappela sa rencontre avec Rumsford à la House With the Bronze Door et son clin d'œil salace, un souvenir qui révolta son âme pourtant cuirassée. Elle ne méritait pas de se trouver enchaînée à pareil crétin pour le restant de ses jours. Il fallait qu'elle s'en rende compte et il emploierait pour cela tous les moyens nécessaires, décida-t-il. Il fallait néanmoins qu'il fasse preuve de subtilité. Autrement, elle se braquerait comme elle l'avait fait avec son oncle.

— Très bien, fit-il, rompant le silence. Vous avez raison. Une femme avertie en vaut deux.

— Pas à New York. Il m'a suffi de trois mois pour comprendre comment fonctionnait cette ville ; pourtant, cinq ans plus tard, cela ne m'avait toujours servi à rien.

— C'est pour cela que vous avez jeté votre dévolu sur un comte anglais.

— Je n'ai pas jeté mon dévolu sur lui ! protesta-t-elle en se redressant, visiblement contrariée par cette accusation. Une femme ne court jamais après un homme. Jamais. Croyez-moi, c'est une leçon que j'ai apprise il y a bien longtemps.

— Ah ! De cette canaille que vous avez connue à Gooseneck Bend, sans doute ?

— Ma mère m'a répété depuis ma plus tendre enfance qu'il ne fallait pas courir après les garçons.

Elle marqua une pause avant de conclure, avec un sourire ironique :

— Ce qu'il y a, c'est que je ne l'ai pas toujours bien écoutée.

— Ah oui ?

Il fixa sa bouche en réfléchissant.

— Auriez-vous un faible pour les canailles ? finit-il par demander.

Elle sauta sur ses pieds, répondant ainsi à sa question.

— Comptez-vous vous conduire en gentleman ?

Il ignora sa question.

— Je suis heureux de le savoir, murmura-t-il en se levant. Cela me donne de l'espoir.

Elle le fixa en plissant les yeux.

— Vous n'avez rien à espérer. De ma part, en tout cas. Même lorsque le diadème aura perdu de son éclat.

— « On verra bien », disiez-vous ?

— Je vous serais reconnaissante de ne pas vous éloigner du sujet. Nous parlions de ma future vie de comtesse de Rumsford.

— Oui, bien sûr.

Il marqua un instant de réflexion.

— Vous pourriez croire qu'être mariée va vous donner plus de liberté. Eh bien ce n'est pas le cas.

— Ah non ?

Elle paraissait déçue ; il se hâta d'en profiter.

— Non. On surveillera encore plus vos moindres faits et gestes quand vous serez comtesse, d'autant que vous serez nouvelle. Et ce seront les jeunes filles qui seront les plus promptes à vous poignarder dans le dos. De leur point de vue, vous leur aurez volé un beau parti. Elles auront grand plaisir à vous voir vous ridiculiser. « Ah, ces Américaines… diront-elles. Elles ne savent pas se tenir. » Il ne vous sera pas facile de vous faire des amies.

— Mais j'ai déjà des amies. Une fois installée, je compte en faire venir certaines et les lancer dans la société anglaise.

— Certainement. Mais il faut des années pour acquérir l'influence nécessaire.

— Des années ? gémit-elle. Combien d'années ?

Il haussa les épaules.

— Certaines mettent une vie entière à se construire la position et l'influence que vous décrivez. En attendant, il est possible que le statut de femme mariée vous confère une plus grande liberté, mais vous n'oserez pas en profiter, même dans les choses les plus simples. Par exemple, vous serez autorisée à boire plus d'un verre de vin ; cependant, si vous apparaissiez ne serait-ce qu'un petit peu éméchée, ce serait retenu contre vous.

— Ce n'est pas bien grave, fit-elle, soulagée. Je n'aime pas beaucoup le goût de l'alcool, de toute façon.

Il lui sourit et se rapprocha un peu.

— C'est ce que vous dites pour l'instant, mais les longues soirées d'hiver dans le château glacial vous feront peut-être changer d'avis. Ne vous étonnez pas si vous vous mettez à apprécier le cognac d'ici à Noël. Enfin, si vous n'aimez vraiment pas l'alcool… Il y a d'autres moyens de se réchauffer.

Il promena son regard sur elle et se mit à imaginer des moyens de réchauffer ses courbes voluptueuses. Aussitôt, la chaleur du désir se répandit dans son corps à lui. Hélas, il n'était pas question de céder à la tentation ; il y avait tout de même un demi-million de dollars en jeu. À contrecœur, il se ressaisit et se força à n'étudier que son visage.

Elle fronçait les sourcils.

— Écoutez, mon joli, je n'ai pas toute la vie devant moi. Alors ne perdez pas de temps à m'étudier de cet air gourmand.

— Désolé.

Il n'était pas vraiment désolé, mais elle n'avait pas tort. Et si c'était la seule façon de la convaincre de ne pas sauter dans le précipice dans lequel elle s'apprêtait se jeter ? Il ne fallait pas qu'il se laisse distraire par son corps de rêve.

À moins que le meilleur moyen de la faire changer d'avis soit justement de lui montrer qu'un de perdu, dix de retrouvés… Par un badinage inoffensif, ne lui prouverait-il pas qu'elle était attirante, que rien ne l'obligeait à épouser Rumsford, qu'elle pouvait prendre tout son temps avant de se marier ? Cette idée lui plaisait. Oui, songea-t-il en contemplant le généreux renflement de sa poitrine sous son chemisier blanc si sage, cela valait la peine d'essayer.

À la voir croiser les bras, il comprit que ce n'était pas le moment. Elle le fixait, les yeux étrécis, les lèvres réduites à une ligne réprobatrice.

Il improvisa une explication.

— Ce qu'il y a, c'est que je ne sais pas trop par où commencer. Il y a tant de façons de se discréditer…

Elle en resta bouche bée, l'inquiétude faisant place à la contrariété.

— Combien ?

— Oh, des centaines. Des milliers.

— Ciel ! fit-elle dans un souffle, avec une appréhension qu'il ne lui avait pas encore vue. Et si vous classiez ces règles par ordre d'importance ? suggéra-t-elle. Quelle serait la plus importante ?

— Avoir un fils, répondit-il du tac au tac.

— Mais c'est une chose sur laquelle je n'ai aucun contrôle !

— Que ce soit juste ou non, il est dans votre intérêt d'avoir un fils. Cela vous aidera beaucoup à vous faire une place dans la société. Par ailleurs, tant que vous n'aurez pas de fils, vous serez contrainte à une fidélité absolue.

— Mais cela va de soi ! Je n'ai pas besoin de vous pour m'expliquer que, l'adultère, c'est mal, et qu'une femme ne doit pas tromper son mari !

— Sauf que ce n'est pas réciproque. Vous devrez rester chaste, alors que Rumsford aura le droit d'avoir autant de maîtresses qu'il pourra en entretenir, dès lors qu'il reste discret et n'en fait pas étalage devant vous.

Elle ne réagit pas tout à fait comme il l'avait espéré.

— Il arrive que les hommes aient des maîtresses, fit-elle d'un ton égal.

Christian porta la main à sa bouche et toussa un peu.

— C'est vrai. Mais Rumsford pourra utiliser les revenus qu'il recevra de vous pour entretenir ses maîtresses. Il pourra leur acheter des maisons, des bijoux, des vêtements avec votre argent.

— Jamais de la vie, contra-t-elle les dents serrées.

— Comment l'en empêcherez-vous ? Avez-vous inscrit dans votre contrat de mariage une clause qui le prive de tout revenu au cas où il prendrait une maîtresse ?

Visiblement désarçonnée, miss Wheaton ouvrit la bouche et la referma sans rien dire. Il lui fallut un petit moment pour répondre.

— Bien sûr que non ! Cela ne m'a même pas traversé l'esprit ! Mais, tout de même…

Elle s'interrompit. Quand elle se passa le bout de la langue sur les lèvres, il y lut un signe de doute et d'appréhension – le plus encourageant qu'elle lui ait donné jusque-là.

— Tout de même, reprit-elle, je ne vais sûrement pas en avoir besoin. Bernard ne… il n'utiliserait pas mon argent pour… pour d'autres femmes.

Profitant de cet avantage, Christian lui adressa exprès un regard de pitié.

— Vous en êtes sûre ?

— Oui ! répliqua-t-elle sur la défensive. Oui, absolument.

Il haussa les épaules, comme s'il n'y avait aucun enjeu pour lui.

— C'est votre fiancé. Vous le connaissez mieux que moi, sans doute. Néanmoins, quel argent utilisera-t-il, si ce n'est le vôtre ? Il n'en a pas. Et puis ces arrangements sont la norme, en Grande-Bretagne. Personne n'y trouve rien à redire. Franchement, vous vous rendriez ridicule si vous vous plaigniez de le voir dépenser votre argent pour ses maîtresses. Nous autres, Anglais, avons horreur des gens qui font des histoires. Vous devrez donc tout supporter avec le sourire en jouant en toute circonstance le rôle de l'épouse comblée.

Elle releva le menton, avec cet air qu'il commençait déjà à connaître et dont sa famille devait avoir l'habitude.

— Je ne vous crois pas. Il serait acceptable de s'offrir une maîtresse avec l'argent de sa femme ? Mais c'est abominable. C'est indécent. C'est... c'est... injuste ! Vous mentez, forcément.

Malheureusement, non. Tout au plus exagérait-il un peu, ce qui n'était pas la même chose.

— Injuste ? répéta-t-il avec une note d'amusement forcée. Si vous espérez une union juste en épousant un Anglais, vous feriez mieux d'annuler pendant que vous le pouvez encore.

— Pourquoi ? contra-t-elle en haussant un sourcil sceptique. Parce que vous êtes du genre à ne jamais mentir à une femme ?

Curieusement cette pique le blessa. Il s'était révélé excellent menteur quelques années plus tôt... Et le résultat avait été désastreux. Quoi qu'il en soit, il n'allait pas risquer de lui révéler son trouble.

— En l'occurrence, je ne vous mens pas. Il est vrai que je prends tout à la légère et que je dis souvent n'importe quoi – mais pas là. Si vous abordez ce mariage en songeant que votre situation va être différente – que votre mariage sera mieux, plus heureux, plus juste que celui des Américaines qui vous ont précédée –, vous ne serez que plus malheureuse. Parce que ce qui rend le plus malheureux, dans la vie, ce sont les espoirs déçus.

Elle prit une brusque inspiration.

— Bernard ne dépenserait pas mon argent pour ses maîtresses, affirma-t-elle comme si elle cherchait plutôt à se convaincre elle-même. Il ne me traiterait jamais de la sorte.

Christian sentait malgré tout poindre le doute dans sa voix. Il joua le tout pour le tout.

— Si c'est vrai, murmura-t-il, il doit vous aimer profondément.

Elle fit une grimace et aussitôt se détourna. Mais trop tard. Il l'avait vue.

— C'est le cas, n'est-ce pas ? insista-t-il.

Sans le regarder, elle se leva pour partir. Mais la caisse qui barrait la porte était trop lourde. Elle se retourna vers lui, mal à l'aise.

— Non, il ne vous aime pas, conclut Christian. Et vous le savez.

— Bernard a beaucoup d'affection pour moi, assura-t-elle d'un air pudibond.

— De l'affection ? répéta Christian avec un rire grave. Voilà qui garantit qu'il va vous traiter avec respect, ironisa-t-il.

En voyant à son expression qu'il l'avait blessée, il se rappela, trop tard, son profond besoin d'être respectée. Elle recula d'un pas et heurta la cloison derrière elle. Pourtant, même blessée, même acculée, elle n'était pas du genre à s'avouer vaincue.

— Je n'ai pas besoin que vous vous moquiez de moi.

— Je veux bien admettre qu'il ait de l'affection pour vous, reprit Christian d'une voix plus douce, mais cela ne l'empêchera pas de dépenser votre argent comme bon lui semblera. Il pourra s'en servir pour entretenir ses maîtresses et ses bâtards. Il pourra boire, jouer, voyager sans vous. Et il le fera.

— Comment en êtes-vous si sûr ?

— Les hommes sont les hommes, lâcha-t-il en haussant les épaules. Disons que c'est une autre règle.

Elle le foudroya du regard, comme si c'était lui le responsable.

— Tous les hommes ne manquent pas de respect à leur femme de la façon que vous décrivez !

— Je suis navrée de détruire les illusions romantiques que vous pouviez avoir sur notre sexe, mais, dans l'ensemble, nous faisons ce qui nous plaît dans la mesure où nous ne risquons pas d'en subir de conséquences désagréables.

— Et vous ?

Surpris par sa question, il cligna des yeux.

— Je vous demande pardon ?

— Vous avez été marié avec une héritière. Avez-vous dépensé son argent pour d'autres femmes ?

Il se détourna. Une image d'Evie s'imposait à son esprit. Un visage d'ange en forme de cœur, des cheveux dorés, des yeux bleus qui le contemplaient avec bien plus d'adoration qu'il n'en méritait...

Il prit une profonde inspiration.

— Non, admit-il content, tout de même, qu'il demeure une once de vérité dans un mariage qui reposait sur un tissu de mensonges. Je l'ai dépensé pour beaucoup d'autres choses, mais jamais pour d'autres femmes. C'est dur à croire d'une fripouille de mon espèce, je sais, ajouta-t-il avec un rire amer en la regardant à nouveau pour chasser l'image d'Evie. Cela dit, ma femme n'est morte que trois ans après notre mariage. Je n'ai guère eu le temps de la tromper. Autrement, j'aurais certainement fini par le faire, ajouta-t-il en se noircissant à dessein. Tout le reste, je l'ai fait. Et pourquoi ? J'étais un aristocrate disposant d'énormes revenus, j'avais accès à toutes sortes de distractions et mon code moral ne prévoyait pas que je doive résister à la tentation. Alors qu'est-ce qui aurait pu me retenir ? L'amour ? Ma femme et moi n'étions pas amoureux. En tout cas...

Il s'interrompit un instant avant d'avouer une vérité qu'il n'avait eu aucune intention de révéler.

— En tout cas, moi je ne l'étais pas.

— Je vois.

Son animosité semblait s'être dissipée. Elle le dévisageait d'un regard scrutateur et il eut l'impression qu'elle voyait clair en lui, qu'elle n'était pas dupe de ses airs désinvoltes et qu'elle percevait la vérité : il se méprisait profondément.

— Diable ! Comment se fait-il que nous déviions sans cesse de notre sujet ? se força-t-il à lancer avec légèreté pour rompre le silence pesant. Nous parlions de la réussite future de votre mariage. Pas de l'échec du mien. Donc...

— Ce fut un échec ?

Il y avait dans sa question quelque chose qui ressemblait à un doute. À une réticence. Comme si elle ne le croyait pas.

Décidément, avec son caractère volontaire, elle ne ressemblait pas à la romantique et douce Evie. Cependant, les deux femmes avaient en commun un défaut fatal. La vulnérabilité.

Cela se lisait sur les traits de son visage, dans ses grands yeux couleur caramel, sa bouche expressive, les petits plis d'incertitude entre ses sourcils, la détermination de sa mâchoire délicate. Derrière cette saisissante beauté, le visage d'Annabel Wheaton était un livre ouvert. Elle se souciait trop de ce que les gens pensaient d'elle. Elle était trop persuadée qu'elle pouvait faire de sa vie ce qu'elle voulait. Elle croyait trop que les gens étaient intrinsèquement bons et agissaient bien. Mais, surtout, surtout, au fond de son cœur, elle croyait qu'un débauché pouvait se réformer. Les filles dans son genre étaient le rêve des coureurs de dot.

Christian prit une profonde inspiration.

— Oui, finit-il par reconnaître. Mon mariage a été un échec. Je n'aimais pas ma femme. Je l'ai épousée pour son argent.

Il laissa l'horrible vérité faire son effet avant de conclure, avec une brutalité calculée :

— Et c'est pour cela que Rumsford vous épouse.

Il s'attendait qu'elle s'en défende avec véhémence, mais elle n'en fit rien.

— Je sais que c'est en partie vrai, admit-elle. Il ne m'épouserait pas si j'étais pauvre, c'est certain.

Ce n'était pas vrai qu'en partie. C'était toute la vérité.

— Cela vous ennuie-t-il ? voulut-il savoir.

— Pas particulièrement, répondit-elle les dents serrées.

Il en fut étonné. Les jeunes filles ne rêvaient-elles pas toutes du prince charmant et d'une histoire de conte de fées ? Cela allait avec le château, après tout.

— Tous les mariages doivent être fondés sur l'amour, miss Wheaton. Au moins au début. Vous ne voulez pas d'amour ?

Elle émit un murmure d'impatience.

— Vous avez l'air de me prendre pour une oie blanche, pleine d'un espoir naïf. Je ne suis pas comme cela. Je vous l'ai dit, je sais que Bernard ne m'aime pas. En revanche, il a de l'affection pour moi et…

— Et vous ? l'interrompit-il. L'aimez-vous ?

Elle fut une fraction de seconde trop longue à répondre.

— Bien sûr.

— À quel point ?

— Suffisamment pour lui être fidèle.

— Autrement dit, pas du tout.

Il se pencha vers elle, assez près pour que son souffle agite une des adorables bouclettes qui lui encadraient le visage, assez près pour respirer son délicat parfum français. Presque assez pour que ses lèvres touchent les siennes. À nouveau, le désir s'empara de son corps. Mais il sentit que la résolution de la jeune femme se raffermissait déjà et que les chances qu'il avait de la faire changer d'avis s'amenuisaient. Il fallait qu'il se contrôle. Il tenta encore une fois de lui montrer qu'elle aurait tort d'épouser Rumsford.

— Vous n'avez pas vraiment envie de vous marier avec lui, si ?

— Bien sûr que si, fit-elle dans un souffle. Pourquoi dites-vous cela ?

— Et si vous commettiez une erreur ?

— Mais laquelle ? repartit-elle avec un sourire entendu. Vous estimez que c'est vous que je devrais épouser, pour vous donner tout mon argent ?

— Je vous l'ai dit : je ne veux pas me marier. Néanmoins, ajouta-t-il en s'efforçant de maîtriser la passion qui menaçait de prendre le pas sur sa raison, je suis de ceux que vous pourriez asservir si vous le décidiez.

— C'est vrai ?

Elle entrouvrit les lèvres et baissa à demi les paupières. Quand elle reprit la parole, ce fut dans un souffle grave.

— On dirait une proposition...

— Il y a toutes sortes de propositions, répondit-il en s'avançant.

Il ne prit conscience de ce qu'il avait failli faire que quand elle sursauta, comme revenue à elle, et plaqua la main sur son torse avant qu'il ait pu l'embrasser.

— Qu'est-ce qui m'arrive ? murmura-t-elle en le dévisageant avec horreur.

Il sourit.

— Je crois que vous étiez sur le point de me laisser vous embrasser.

Elle ne chercha pas à le nier.

— Quelle idiote ! Mais quelle idiote je fais ! Reculez, ajouta-t-elle en le repoussant.

Oui. Oui, c'était ce qu'il fallait faire. Elle avait raison, songea-t-il en fixant ses lèvres à regret.

— Allez, mon joli, ajouta-t-elle en lui posant les doigts sur la bouche comme il ne bougeait pas.

Malgré les flammes qui le dévoraient, il eut presque envie de sourire. Elle voulait se donner des airs d'assurance, faire croire qu'elle avait la situation en main, mais sa voix à peine audible et un peu haletante la trahit.

— J'apprécie les renseignements que vous m'avez donnés. Vraiment. Je suis convaincue qu'ils me seront très utiles. Mais...

Elle s'interrompit et retira sa main douce et chaude.

— Mais, des renseignements, c'est tout ce que vous allez me donner. J'espère que c'est compris.

Maintenant, ajouta-t-elle en passant à côté de lui pour se rapprocher de la porte, ayez la bonté de déplacer cette caisse afin que je puisse sortir.

Christian obtempéra. Aussitôt, elle fila, courant dans la coursive en direction de l'escalier.

Il ne la suivit pas. Il ne pouvait pas. Pas encore. Il était un peu étourdi de son départ si rapide, et, surtout, en proie à une érection qui ne lui permettait pas de circuler sur le bateau.

Il s'assit sur la caisse, adossé au mur, et se passa une main sur le visage. Comment diable était-ce arrivé ? Alors qu'il lui déroulait tranquillement les règles du jeu, il avait failli enfreindre la seule qu'il s'était fixée à lui-même.

Il ne couchait jamais avec des femmes qui n'étaient pas mariées. Jamais. Le risque était trop grand, les possibles conséquences trop coûteuses.

Il changea de position avec une grimace de douleur. Ce qui était fou, c'était que malgré cette résolution à laquelle il ne dérogeait jamais, il savait que, si miss Wheaton était restée un instant de plus, il aurait volontiers couru ce risque sans se soucier des conséquences.

Annabel monta prestement les trois étages. Le claquement de la semelle de ses bottines sur les degrés de métal formait un contrepoint au martèlement de son cœur. La voix du duc de Scarborough, indolente et brûlante de désir à la fois, résonnait encore dans sa tête quand elle prit la coursive du pont A pour regagner sa cabine. Une fois à l'intérieur, elle referma la porte. Mais elle ne pouvait chasser ses mots de son esprit.

« Vous ne voulez pas d'amour ? »

Le souffle court, elle s'adossa au battant en se demandant si elle ne perdait pas la tête. La bêtise qu'elle avait faite avec Billy John ne lui suffisait-elle pas pour toute une vie ? Ne suffisait-il pas d'un homme capable de la déshabiller du regard pour lui faire voir la vérité ? Sa famille la disait têtue. Il n'y avait pas d'autre explication. À l'évidence, elle avait la tête trop dure pour qu'aucune leçon n'y entre.

Pourtant, elle le savait que les hommes comme lui ne causaient que de la peine.

Elle se tapa la tête à trois reprises contre la porte.

« Vous ne voulez pas d'amour ? »

L'amour ? songea-t-elle avec un rire ironique. Il ne savait certainement pas ce que c'était. L'amour physique, à n'en pas douter, mais cela n'avait rien de comparable.

Quelle était la différence, d'ailleurs ?

Mon Dieu, l'entendre parler des façons de se réchauffer en hiver avait suffi à la rendre brûlante de désir. Elle avait cru fondre sur place. Ensuite, quand il avait failli l'embrasser, elle s'était sentie fiévreuse. Elle avait mal partout et tenait à peine sur ses jambes en coton. Comment avait-elle fait pour reprendre ses esprits et s'en sortir sans qu'il l'embrasse ? Cela tenait du miracle.

Pour ce qui était de baratiner les filles, Billy John Harding n'aurait rien eu à apprendre au duc de Scarborough – ce qui n'était pas rien car Billy John était le plus beau parleur de tout l'État du Mississippi.

Elle serra les dents et donna encore un coup de tête dans la porte. Elle savait mieux que personne ce que c'était que de se faire avoir par des yeux bleus, un sourire charmeur et des mots doux. Elle savait aussi ce que cela faisait de se retrouver à genoux, à pleurer toutes les larmes de son corps alors que l'homme qui venait de la prendre s'éloignait, et de rester seule, la fierté, la vertu et le cœur en miettes. Oui, elle savait ce que cela faisait d'être jetée après avoir été utilisée.

Annabel réprima un sanglot et, frustrée, pressa les doigts sur ses lèvres gonflées de désir, consciente qu'elle était passée bien près de trahir Bernard.

« Suffisamment pour lui être fidèle. »

Ses propres mots lui revinrent comme pour se moquer d'elle. Oh, la belle assurance avec laquelle elle les avait prononcés ! Mais ce qu'elle avait ressenti quand le duc de Scarborough avait failli l'embrasser prouvait que ses paroles n'étaient que bravade.

Elle respira profondément pour calmer les battements désordonnés de son cœur et reprendre ses esprits. Il n'y avait pas eu de baiser, se rappela-t-elle. Elle n'avait rien fait de mal. Pour l'instant.

Elle se mariait dans quatre jours. D'ici là, il fallait surtout qu'elle évite de se mettre à l'épreuve, et, donc, qu'elle garde ses distances avec le duc de Scarborough. Faudrait-il pour cela qu'elle reste enfermée dans sa cabine jusqu'au mariage ?

6

Hélas, elle ne pouvait pas rester enfermée dans sa cabine. Elle avait pour les jours à venir des engagements qui l'en empêchaient. Du reste, lors de ses rares moments de solitude, ses pensées se mettaient à vagabonder – et se tournaient bien trop souvent vers l'homme qu'elle faisait tout pour éviter. Elle s'efforça de passer le plus de temps possible avec Bernard. Hélas, il lui semblait que, lorsqu'elle se trouvait avec son fiancé, elle remettait tout en question : les sentiments de celui-ci à son égard, ses opinions, même son menton. Elle commença à remarquer la façon dont il évitait de répondre à ses questions quand il les jugeait déplacées, dont il prenait des décisions qui la concernaient sans qu'ils se soient même concertés : des indélicatesses qui l'irritaient au plus au point. De sorte que, au lieu d'être rassurée par les moments passés avec lui, elle se rendit compte que sa compagnie ne faisait que renforcer les doutes que le duc de Scarborough avait semés dans son esprit.

Finalement, ce qui la confortait le mieux dans sa décision, c'était la présence de sa sœur. Car c'était en grande partie pour Dinah qu'elle faisait tout cela. N'empêche que, malgré tous ses efforts pour les faire taire, ses inquiétudes persistaient. À la veille de la cérémonie, elles avaient pris des proportions telles qu'elle hésitait plus que jamais. Restait à espérer que la petite réception qui devait avoir lieu à l'heure du thé la rassurerait autant qu'elle en avait besoin.

Pour l'occasion, les cadeaux de mariage avaient été exposés sur des tables drapées de velours dans une salle à manger privée. En évoluant avec Bernard parmi l'argenterie, la vaisselle de porcelaine et la cristallerie qu'on leur avait offertes, elle s'efforçait de se représenter en train de s'en servir. Elle buvait du thé et mangeait de petits sandwichs au concombre avec les dames du clan Knickerbocker tout en remerciant Virginia Vanderbilt pour sa ravissante théière en argent et Maimie Paget pour son paravent de soie chinoise très original – tout cela avec ce qu'elle espérait être une dignité de comtesse. En écoutant Bernard et ses sœurs évoquer Rumsford Castle et les magnifiques paysages du Northumberland, elle fit son possible pour songer que c'était désormais aussi chez elle. À mesure que l'après-midi passait, elle commençait de croire que ses efforts n'avaient pas été vains et que son équilibre revenait peu à peu. C'est alors que Maude annonça la visite du roi à Rumsford Castle à l'automne.

Annabel se tourna vers sa future belle-sœur avec horreur. Les paroles du duc de Scarborough résonnaient dans sa mémoire.

« Si le roi vous voit, il saura certainement faire en sorte que Rumsford s'efface. »

L'angoisse lui fit comme une boule au ventre.

— Annabel ? Annabel, ça va ?

Elle sursauta, tirée de ses sinistres pensées par la voix de Millicent. Elle se tourna vers la troisième sœur de Bernard et s'efforça de sourire comme si de rien n'était, sans y parvenir.

— Je suis désolée, Millicent, fit-elle d'une voix étranglée. Je... je...

Elle se tut, incapable de dire un mot de plus.

Curieusement, les trois sœurs de Bernard se mirent à rire.

— Tiens, commenta Alice, on dirait que la perspective d'une visite du roi la rend nerveuse.

Nerveuse ? Annabel avait la nausée.

— Ne vous en faites pas, Annabel, intervint Maude en souriant. Il est vrai qu'une visite royale, c'est toujours un peu intimidant. Mais je suis certaine que vous vous en sortirez très bien. Le roi adore les Américaines.

Annabel reposa bruyamment sa tasse dans sa soucoupe et se leva d'un bond. Elle avait beau sentir tous les regards braqués sur elle, y compris celui de Bernard, elle était incapable de se rasseoir.

— Pardonnez-moi, bredouilla-t-elle. Je ne me sens pas très bien. J'ai besoin de prendre l'air.

Elle sortit précipitamment en maudissant Scarborough et ses règles imbéciles. C'était à cause de lui qu'elle avait le trac.

Plutôt que de sortir sur le pont, elle chercha refuge dans sa cabine. Sur le balcon, elle respira l'air marin tout en surveillant d'un œil vigilant le pont-promenade en dessous, prête à se réfugier à l'intérieur si elle voyait arriver quelqu'un qu'elle connaissait – et surtout le duc de Scarborough.

Bientôt, elle eut repris ses esprits et se sentit prête à redescendre à la salle manger. Après le thé, elle fit même quelques pas sur le pont avec sa mère. Elle aperçut bien Scarborough qui se promenait avec sa sœur ; heureusement, il ne chercha pas à engager la conversation. Elle craignait trop l'effet qu'avait son regard bleu-gris sur elle.

Elle préféra donc ne pas prendre le risque de dîner dans la grande salle à manger et pria sa mère de réserver un petit salon privé et de les excuser auprès de Bernard et de ses sœurs. Elle ne se sentait pas très bien et préférait ne pas se montrer à eux autrement qu'au mieux de sa forme, plaida-t-elle. Car elle ne pouvait dire la vérité. Comment avouer que, si elle n'avait pas envie de voir Bernard ce soir, c'était parce qu'elle remettait en doute leur mariage ?

Henrietta fit ce qu'elle lui demandait. Cependant, durant le dîner, Annabel se rendit compte que sa mère et son oncle Arthur la considéraient d'un air pensif. Résultat, elle passa le repas à se répéter qu'il ne s'était rien passé entre le duc de Scarborough et elle. Elle n'avait aucune raison d'avoir des craintes. Pourtant, elle ne parvenait pas à les chasser.

« Je crois que vous étiez sur le point de me laisser vous embrasser. »

À chaque fois qu'elle se remémorait ces mots, elle était envahie par la même chaleur que la première fois qu'il les avait prononcés. Résultat, elle ne tenait pas en place. Elle promenait ses haricots verts dans son assiette du bout de sa fourchette, réduisait son pain en miettes et sa charlotte en bouillie. Elle avait beau savoir que sa mère et son oncle l'observaient, elle ne pouvait s'empêcher de se tortiller sur sa chaise. Avant la fin du repas, Dinah elle-même se rendit compte que quelque chose n'allait pas.

— Miséricorde, Nan, qu'est-ce qui t'arrive ? demanda-t-elle en fronçant les sourcils. C'est fou ce que tu es nerveuse, ce soir.

— Tout va bien, Dinah. Mange ton dessert.

— Ah, elle est nerveuse ? fit George qui n'était pas le plus fin observateur. Qu'est-ce qui se passe, mon petit ? s'inquiéta-t-il, le nez au-dessus de sa charlotte.

— Rien. Tout va bien. C'est la veille de mon mariage, après tout.

— C'est vraiment tout, Annabel ? insista son oncle Arthur en la dévisageant d'un regard pénétrant. Tu n'es pas en train de changer d'avis ?

— Non !

Elle fit la grimace, sentant sa réponse un peu trop catégorique pour être vraiment sincère.

— Non, oncle Arthur, reprit-elle d'un ton plus calme, mais ferme. Je ne suis pas en train de changer d'avis.

— Autrement, précisa-t-il comme si elle n'avait rien dit, mieux vaudrait maintenant qu'après le mariage.

— Pourquoi changerais-je d'avis ? Épouser Bernard, c'est la meilleure chose à faire, ajouta-t-elle plus bas, d'une façon qui lui parut bien peu convaincante.

Ce baiser qu'elle avait presque accepté lui brûlait les lèvres.

Elle prit son verre d'eau. *Presque, cela ne compte pas*, se répéta-t-elle en buvant de longues gorgées. *Presque, cela ne compte pas.*

— Tu n'es pas obligée de l'épouser, insista George avec une gentillesse qui ne fit qu'empirer les choses.

Seigneur ! Si son beau-père se rendait compte que quelque chose n'allait pas, c'était qu'elle était transparente comme du verre.

— Il n'est pas trop tard pour annuler, Annabel, fit-il valoir.

L'angoisse qui ne la quittait pas depuis le matin lui noua un peu plus l'estomac.

— Je ne peux pas annuler, répliqua-t-elle soudain, inexplicablement malheureuse. Je ne peux pas ! insista-t-elle comme ils la regardaient tous d'un air grave.

Elle sentit lui monter aux yeux des larmes de frustration, de peur, de doute. Jamais elle ne s'était posé autant de questions sur ses fiançailles. Tout cela à cause de cet homme. Avant qu'elle le rencontre, son avenir lui paraissait limpide. Elle avait perdu la raison ! Un don Juan qu'elle ne connaissait que depuis quelques jours la mettait dans tous ses états et lui faisait remettre en question ce à quoi elle avait toujours aspiré !

— Je ne veux pas annuler, affirma-t-elle le plus dignement possible. Et, même si c'était le cas, je ne ferais pas une chose pareille à Bernard. Cela le briserait.

Elle surprit le regard qu'échangèrent sa mère et son oncle. C'en était trop.

— Non, je n'annulerai pas ! s'écria-t-elle en jetant sa serviette, à bout de nerfs. Je sais que c'est ce que vous voudriez, oncle Arthur, mais je vais épouser Bernard, un point, c'est tout. Maintenant, si vous voulez bien m'excuser, je vais me coucher. Une grosse journée m'attend demain ; il faut que je me couche tôt.

Et, pour la troisième fois en moins de vingt-quatre heures, Annabel s'enfuit. Elle regagna sa cabine avec, cette fois, la ferme intention d'y rester jusqu'au moment de la cérémonie. Elle demanda à Liza de lui faire couler un bain dans l'espoir que l'eau chaude l'aiderait à se détendre. Elle commanda également un lait chaud qu'elle but en chemise de nuit, pendant que Liza lui brossait les cheveux. Puis elle congédia sa femme de chambre pour la nuit et se glissa entre les draps de sa couchette en se répétant que tout ce qu'il lui fallait, c'était une bonne nuit de sommeil. Demain, il ferait jour. Elle aurait les idées claires. Elle saurait à nouveau ce qu'elle voulait. Son trouble de ce soir serait dissipé. D'ailleurs, il lui paraîtrait ridicule.

Faute d'être discipliné, Christian était réaliste. Il était également joueur, domaine dans lequel il excellait. Il savait d'instinct quand sa bonne fortune l'abandonnait et qu'il était temps d'arrêter la partie. À la fin de la soirée, il en était là.

Comment convaincre Annabel Wheaton de ne pas épouser ce crétin de Rummy s'il ne pouvait même pas lui parler ? Après sa conversation avec elle l'autre matin dans la réserve, il avait cherché à la revoir, en vain. Elle avait passé les trois derniers jours cramponnée à son fiancé ou à sa petite sœur telle une bernique, ou terrée dans sa cabine sans lui laisser aucune possibilité d'essayer encore une fois de la faire changer d'avis. Il n'en aurait sans doute pas davantage l'occasion le lendemain matin, d'autant que la cérémonie avait lieu à 10 heures.

Il passa donc la soirée de la veille dans la grande salle de bal. S'il parvenait à danser avec elle, il pourrait faire une dernière tentative. Sauf qu'elle avait dîné en famille dans un salon privé et qu'Arthur Ransom était venu le trouver pour lui annoncer leur défaite : sa nièce était allée se coucher.

Christian ne voyait plus que faire, si ce n'était débouler dans sa chambre au moment où elle mettrait sa robe de mariée pour tenter une dernière fois de lui faire entendre raison.

C'était presque tentant, songea-t-il en regagnant sa suite assez tard et en refermant la porte derrière lui. En souriant à demi, il l'imagina devant lui, dans des dessous de dentelle blanche, tandis qu'il ôtait son frac et son gilet et desserrait son nœud papillon.

Elle apparaîtrait dans un nuage de dentelle et de tulle, songea-t-il en s'adossant à la porte et en fermant les yeux. Le soleil qui entrerait par le hublot serait comme de l'or dans sa chevelure. Celle-ci cascaderait sur ses épaules. À mesure que la scène se précisait dans son esprit, le désir qu'il avait ressenti le jour où il avait failli l'embrasser et qu'il avait mis trois jours à faire taire l'envahit de nouveau. Bon sang, il avait l'imagination trop fertile.

N'empêche que faire irruption dans sa cabine était fort tentant. Mais cela ne servirait à rien. Annabel Wheaton était aussi têtue que l'avait assuré son oncle. Il y avait peu de chances qu'elle change d'avis au dernier moment. Non, il avait joué et il avait perdu.

En silence, pour ne pas réveiller Sylvia qui s'était couchée deux heures plus tôt, il traversa le petit salon de la suite pour aller se servir un cognac.

Quitte à renoncer à un demi-million de dollars, autant le faire un verre à la main.

Il s'installa dans un fauteuil et commença à réfléchir à la suite. En arrivant à Liverpool, le surlendemain, il reprendrait un billet pour New York et reviendrait à son projet initial. Que pouvait-il faire d'autre ?

Un bruit à l'extérieur de sa cabine attira l'attention de Christian : un petit cliquetis, semblable à celui d'un verrou, suivi de l'ouverture d'une porte. Il tendit l'oreille. Était-ce la chambre de la suite d'Annabel qui venait de s'ouvrir ?

Il n'avait entendu personne dans le couloir. Personne n'avait frappé, ni parlé, ni sonné. La porte se referma et un bruit de pas discret passa devant sa porte. La curiosité l'emporta.

Il posa son verre, se leva et alla ouvrir la porte de sa suite. En se penchant pour regarder à l'extérieur, il vit Annabel en personne, qui était sortie de sa cabine et s'éloignait dans la coursive. C'était elle, forcément, avec cette crinière cuivrée qui étincelait dans la lumière du couloir. Elle portait une robe en satin un peu ample, d'un bleu métallique, et balançait une bouteille au corps bombé qu'elle tenait d'un doigt par la petite anse de verre.

Intrigué, il attendit qu'elle ait disparu au coin du couloir avant de prendre sa veste, qu'il enfila tout en sortant de sa suite. Il la suivit et tourna à l'angle de la coursive, juste à temps pour la voir franchir la porte qui menait à l'escalier de service. Le plus discrètement possible, pour qu'elle ne se rende pas compte qu'il la suivait, il franchit la même porte et se déchaussa avant de descendre l'escalier. En tendant l'oreille, il savait si elle descendait les marches de métal ou tournait sur un palier, ce qui lui permettait de compter les étages. Quand elle ouvrit une porte, il sut qu'elle était descendue au pont E, tout au fond du bateau, où il n'y avait que la salle des machines et la cargaison. Sa curiosité se mêla d'inquiétude. Mais que faisait-elle ?

Il pressa le pas. En bas, il remit ses chaussures, ouvrit la porte de la cage d'escalier et se retrouva dans une immense soute à bagages. Quelques lampes électriques avaient été allumées, sans doute par Annabel elle-même, mais il ne la voyait nulle part.

— Annabel ? appela-t-il.

Pour toute réponse, il eut droit à un grognement contrarié qui venait de l'autre bout de la soute.

— Annabel, vous allez bien ?

— Allez-vous-en !

Il ignora sa réponse quelque peu désagréable et se fraya un chemin entre les caisses et les malles. Il finit par la découvrir à l'arrière d'une Ford A rouge cerise.

Elle était assise dans l'un des deux sièges orientables, ses pieds nus posés sur le dossier de la place du conducteur. Elle avait allumé la lumière de cette zone et sa robe de satin luisait d'un éclat argenté.

En voyant Christian, elle grogna de nouveau et laissa retomber sa tête en arrière en un mouvement d'exaspération manifeste.

— Pourquoi, mon Dieu, pourquoi ? demanda-t-elle les yeux levés vers le ciel. Pourquoi faites-vous pleuvoir toutes les plaies d'Égypte sur moi ?

Sans se laisser démonter, Christian s'approcha de la portière arrière de la Ford.

— Lorsqu'une jeune femme s'aventure dans les profondeurs d'un bateau en pleine nuit, il faut bien que quelqu'un veille sur elle, fit-il valoir en s'asseyant dans le second fauteuil. Considérez-moi comme votre ange gardien.

— Un démon, plutôt, corrigea-t-elle, narquoise plus qu'en colère.

— Superbe voiture, commenta-t-il en s'enfonçant dans son siège qui, comme le sien, était orientable de façon à permettre aux passagers assis à l'arrière de converser plus confortablement. Elle est à vous, j'imagine ? Il faudra que vous me la prêtiez, un jour, ajouta-t-il comme elle confirmait d'un hochement de tête. Je n'ai jamais conduit de Ford.

— Personne d'autre que moi ne conduit ma voiture, lui apprit-elle. Et M. Jones, bien entendu, notre chauffeur, qui est un grand automobiliste. C'est lui qui m'a appris à conduire.

— Sachez que je ne suis pas mauvais conducteur, moi-même. À Scarborough Park, nous organisons chaque année une course automobile au profit des bonnes œuvres. Andrew et moi avons toujours profité avec plaisir du privilège de conduire les voitures inscrites à la course.

— La Ford ne gagnerait pas. C'est tout juste si elle atteint le cinquante à l'heure.

— N'empêche que j'aimerais beaucoup faire un tour avec. Je vous promets que je ne me vante pas. Je n'ai jamais eu d'accident. Jamais.

— Non. Personne d'autre que M. Jones et moi. Même Bernard n'a pas le droit de conduire mon automobile.

— Cela changera après le mariage, assura Christian. Tous vos biens deviendront la propriété de Rumsford.

— Non. C'est prévu dans le contrat de mariage.

— Que voulez-vous que cela change ? Si Rumsford a envie de conduire votre voiture, qui l'en empêchera ?

Elle fronça les sourcils d'un air sceptique, comme à chaque fois qu'elle estimait que ce qu'il disait était absurde, mais elle ne discuta pas. Elle changea de position dans son siège et croisa les chevilles, un mouvement qui eut l'avantage de faire glisser un peu sa jupe et de révéler à Christian le bas de ses jambes, qu'il découvrit parfaitement galbé.

Ce qui ne l'empêcha pas de noter qu'il devait faire quinze degrés de moins dans la soute que dans le reste du bateau. Il ôta sa veste.

— Tenez, dit-il en la lui offrant. Vous n'avez pas froid ? s'étonna-t-il comme elle refusait d'un signe de tête.

— Non.

— Vous devriez, pourtant. Il fait un froid de canard, ici. Allez, faites-moi plaisir, insista-t-il comme elle ne la prenait toujours pas.

Elle se pencha en avant pour lui permettre de la lui poser sur les épaules.

— Merci, dit-elle. Mais je vous assure que je n'ai pas froid.

Elle se baissa pour ramasser la bouteille qu'il avait vue tout à l'heure et la lui montra.

— À vrai dire, précisa-t-elle, j'ai même chaud.

Il sourit.

— Je croyais que vous ne buviez pas…

— Je n'ai jamais dit cela. Je n'aime pas le goût des alcools forts. De là à m'abstenir… Je n'arrive pas à dormir. Je me suis dit qu'un petit verre m'aiderait. Vous en voulez ? proposa-t-elle en lui présentant la bouteille.

— Vous ne vous êtes pas procuré cela auprès du commissaire de bord, observa-t-il en étudiant le flacon bas et large avant de le prendre.

— Non, reconnut-elle avec un petit rire. Ce paquebot est bien trop chic. Mais George emporte toujours quelques réserves en voyage. Cela peut être utile à des fins thérapeutiques.

Sa voix mal assurée lui apprit qu'elle ne l'avait pas attendu pour boire.

— De quoi souffrez-vous, ce soir, Annabel ? De nervosité, à la veille de votre mariage ?

— Bonté divine ! Si quelqu'un me demande encore si j'ai des doutes, je vais exploser !

Ah. Ainsi, il n'était pas le seul à avoir tiré cette conclusion. Sa nervosité et son insomnie étaient des signes à lui redonner une lueur d'espoir. Peut-être cette entrevue dans la Ford serait-elle l'occasion de l'empêcher de faire le grand saut, malgré sa détermination. Peut-être.

7

Se saouler avec Annabel. Arthur Ransom n'approuverait sans doute pas cette tactique, mais tant pis. C'était sa dernière chance. À cause de sa forme, il était impossible de tenir cette bouteille d'une main. Il la porta donc à ses lèvres comme il l'aurait fait d'un bidon, ce qu'il regretta aussitôt. Il avait à peine bu une gorgée qu'il s'étouffa, la gorge en feu.

— Grands dieux ! fit-il, pris d'un long frisson. Qu'est-ce que c'est que cela ?

Elle rit, d'un rire de gorge assez grave.

— De l'alcool de contrebande du Mississippi.

Il lui rendit la bouteille.

— C'est infect. Pas étonnant que vous n'aimiez pas le goût.

Elle se redressa et glissa un doigt dans la petite anse pour lui reprendre le flacon. Puis, d'un mouvement du poignet, elle le fit basculer pour l'appuyer sur son coude, le soulever, et boire.

— Au bout de quelques rasades, on s'y fait, assura-t-elle.

Il la considéra d'un air perplexe.

— Alors, chez vous, on considère que ce whisky est un médicament ?

— Oui. Une panacée en quelque sorte.

Il contempla un moment les pieds d'Annabel, pensif. Puis il tendit la main.

— Je peux ?

Elle obtempéra avec un petit rire. Il cala la bouteille sur son bras comme il l'avait vue faire et reprit une gorgée. Il toussa de nouveau mais la brûlure se fit moins vive.

— Alors, fit-elle comme il posait la fiole sur son genou, pourquoi m'avez-vous suivie ? Vous non plus, vous n'arriviez pas à dormir ?

— Non. Alors, quand j'ai entendu votre porte, la curiosité m'a poussé à regarder. Et quand je vous ai vue avec cette bouteille, j'ai su qu'il fallait que je vous suive. Une jolie femme ne doit jamais boire seule, précisa-t-il en détaillant son visage qui avait de quoi tenir plus d'un homme éveillé.

Elle entrouvrit ses lèvres qu'elle humecta du bout de la langue, et il eut une troublante révélation. Si elle ne parvenait pas à dormir, c'était pour la même raison que lui.

— C'est une règle ? demanda-t-elle dans un souffle.

Dans leur cas à tous les deux, il ne valait mieux pas. Il devait partir. Tout de suite. Parce que cela faisait à peine cinq minutes qu'il était avec elle, et qu'il songeait déjà à ce qui pourrait arriver s'il restait. Certes, il avait envie de réussir la mission pour laquelle il avait été engagé. Mais il commençait à s'attacher à Annabel Wheaton et il ne voulait pas jouer avec ses sentiments. Or c'était ce qui arriverait s'il restait. Cela, et peut-être plus encore. Il se redressa pour prendre congé.

— Si je n'arrive pas à dormir, c'est à cause de ce que vous avez dit, avoua-t-elle tout bas.

Il s'appuya de nouveau au dossier de son siège en se promettant de bien se tenir. Oui, dût-il en mourir.

— Ce que je vous ai dit ? Comment cela ?

— Ce doit être vos propos sur l'amour qui me tiennent éveillée, dit-elle en prenant la bouteille pour boire une autre gorgée. Ou alors sur les engelures.

Il ne put retenir un éclat de rire tant cet enchaînement était absurde.

— Ou alors, poursuivit-elle d'un ton pensif, c'est sa façon de toujours commander pour moi au restaurant, comme si ce que je choisissais ne lui plaisait pas. Vous m'avez demandé si je ne voulais pas d'amour. Je ne crois pas vous avoir répondu.

— Non, en effet.

Elle reposa les pieds par terre, se tourna vers lui et se pencha un peu en avant à la façon d'une petite fille sur le point de révéler un secret. Il eut envie de sourire.

— J'ai été amoureuse, une fois.

— Ah, le mauvais garçon du Mississippi, devina-t-il.

— Il s'appelait Billy John Harding. C'était le fils de l'homme le plus riche de Gooseneck Bend. Sa famille possédait sept cents hectares d'excellentes terres alluviales plantées de coton. Les parents de ma mère étaient métayers chez eux. Et les Harding étaient aussi propriétaires de la banque de Gooseneck. Je connaissais Billy John depuis toujours. Il avait sept ans de plus que moi. Toutes les filles avaient le béguin pour lui, moi comme les autres. Il savait comment nous charmer, c'est sûr. Quoi qu'il en soit, l'été de mes dix-sept ans, j'ai fait un séjour chez des amis à Hattiesburg. Le dimanche qui a suivi mon retour, je l'ai vu me regarder, à la sortie de la messe. Me regarder d'une façon inhabituelle. Je pense que vous êtes le genre d'homme à très bien comprendre ce que je veux dire par là, ajouta-t-elle en plongeant les yeux dans ceux de Christian.

Il respira lentement. Oui, il comprenait parfaitement. Il n'en était pas fier, mais il comprenait.

— Il m'a regardée comme s'il ne m'avait jamais vue de sa vie. Comme si, soudain, j'étais la plus belle fille du monde.

Christian ouvrit la bouche pour faire valoir que c'était probablement ce qu'il pensait sur le moment, mais elle ne lui en laissa pas le temps.

— Comme si j'existais. Comme si je comptais. Comme si rien n'était plus important que moi. Ce jour-là, je suis tombée amoureuse de lui. Folle amoureuse. Une semaine plus tard, nous nous retrouvions en secret à Goose Creek. Il a voulu…

Sa voix se brisa mais il n'était pas nécessaire qu'elle achève sa phrase. Christian voyait très bien ce qu'avait voulu Billy John Harding. C'était ce qu'il voulait, lui aussi, là, maintenant.

— Ce que j'ai pu être bête… murmura-t-elle, le regard perdu dans le vide. Je pensais que nous allions nous marier. Il disait que, lui aussi, était amoureux de moi. Ce n'était pas vrai, évidemment. Il a eu ce qu'il voulait, conclut-elle en avalant une gorgée de whisky.

Christian sentit l'amertume dans sa voix. Il aurait voulu pouvoir adoucir cette histoire, en faire autre chose que le cliché sordide qui se présentait à lui.

— Comment savez-vous qu'il ne vous aimait pas ? objecta-t-il en lui prenant la bouteille pour boire à son tour. Il vous l'a dit ?

— Il n'en a pas eu besoin. Ensuite, quand j'ai parlé de nous marier, il a répondu...

Elle s'interrompit un long moment avant de reprendre :

— Il a répondu : « Nous marier ? Mais pour quoi faire ? Une moins que rien dans ton genre ne peut servir qu'à une chose – et certainement pas à être mon épouse. » Il n'avait même pas fini de remonter sa braguette quand il a dit cela.

La brutalité et la grossièreté de cette réponse tirèrent une grimace à Christian.

— Le fumier, maugréa-t-il avant de reprendre du whisky.

Un type capable de dire une chose pareille à une jeune fille, surtout juste après lui avoir pris sa vertu, méritait d'être fouetté. En l'occurrence, il s'en serait bien chargé lui-même.

Il la considéra un moment, contempla son beau visage aux traits tendus.

— Cela a dû être affreusement blessant, finit-il par dire.

Elle haussa les épaules comme si cela n'avait aucune importance. Mais il ne fut pas dupe. Huit ans plus tard, la blessure était encore vive.

— Je ne suis pas la première fille dont on se soit moqué, ni la dernière. Mais je crois que, en fin de compte, je lui ai rendu la monnaie de sa pièce.

— Ah oui ?

Elle hocha la tête.

— Il y a trois ans.

Il tenta d'imaginer de quelle façon une jeune fille pouvait se venger d'un tel traitement, en vain.

— Qu'avez-vous fait ? demanda-t-il.

Elle s'appuya au dossier de son siège et lui décocha un sourire des plus inattendus – et un petit peu éméché.

— J'ai acheté la banque.

Christian éclata de rire et elle se joignit à lui.

— À la mort de son père, Billy John avait repris la banque et la ferme familiales. Il s'était si mal débrouillé qu'il avait dû vendre la ferme et qu'il lui fallait aussi faire entrer un investisseur dans le capital de la banque pour qu'elle ne coule pas.

— Et c'est vous qui avez investi ?

— Southern Belle Investment Group, confirma-t-elle l'index pointé contre sa poitrine. Si vous aviez vu sa tête quand je suis entrée pour signer les papiers qui faisaient de moi l'associé majoritaire… Ça l'a terrassé, le pauvre.

Christian sourit, un peu rasséréné de savoir que ce type avait été puni – pas autant qu'il le méritait, mais puni tout de même.

— Que lui avez-vous dit ?

— « Mauvaise nouvelle, Billy John », ai-je murmuré avec beaucoup de douceur. « J'aimerais beaucoup pouvoir te garder : on se connaît depuis si longtemps. Mais c'est impossible. Il faut que je me sépare de toi. Je suis désolée, mais je n'ai vraiment pas le choix. Ton nom est entaché de trop de scandale. »

Christian sourit plus largement. Il imaginait aisément la scène.

— « Trop de scandale ? a-t-il répliqué. Mais quel scandale ? » Alors, je lui ai fait mon air le plus innocent... raconta-t-elle en lui en faisant la démonstration. « Enfin, Billy John, tout le monde sait que c'est toi le père du bébé de Velma Lewis. Non, non, ne le nie pas, mon chéri. Toute la ville est au courant. Je ne peux pas employer dans ma banque un homme qui a un enfant hors mariage et refuse d'épouser la mère. Je suis donc obligée de me séparer de toi. »

Elle soupira et secoua la tête comme à regret avant d'enchaîner :

— « Un garçon dans ton genre ne peut servir qu'à une chose – et certainement pas à diriger une banque. Va donc retrouver Velma et retire-toi quelque part. Oh, mais... que je suis bête. Tu n'as nulle part où aller, si ? »

Christian se remit à rire.

— Mon Dieu ! Vous savez frapper là où ça fait mal.

— C'est vrai, avoua-t-elle d'un air contrit en saisissant la bouteille. Il ne vaut mieux pas s'attaquer à moi. Ce qui est drôle, ajouta-t-elle après avoir bu, c'èst que me rendre à la banque ce jour-là aurait dû être la plus délicieuse des vengeances, mais cela n'a pas été aussi bon que je m'y attendais.

— Ah bon ?

— Non. Mais enfin ce n'était pas mal, tout de même, reconnut-elle en souriant.

— J'imagine. Tout est bien qui finit bien, si vous voulez mon avis, conclut-il après un instant de réflexion avant de lui reprendre la bouteille. Si Billy John avait été à la hauteur, il vous aurait épousée et il aurait mis la main sur tout l'argent que vous a légué votre père. Or je ne vois personne au monde qui le mérite moins que cette ordure. Il vaut bien mieux que vous ne vous soyez pas mariée avec lui.

Elle réfléchit un instant et but encore.

— Vous avez raison, dit-elle. Je n'avais jamais vu les choses sous cet angle. C'est vrai, tout est bien qui finit bien. Surtout que je vais être comtesse, maintenant.

Il sentit dans sa voix une note de vénération qui le mit en colère, parce qu'il savait qu'à ses yeux devenir comtesse était une chose extraordinaire qu'elle ne méritait pas vraiment. S'il affirmait qu'elle valait toutes les comtesses qu'il connaissait réunies, elle ne le croirait sans doute pas.

— Oui, dit-il donc en reprenant une gorgée de whisky. Vous allez être comtesse. Et c'est Rumsford qui aura votre argent à la place de Billy John.

Elle fronça les sourcils, agacée qu'il souligne ce fait.

— Nous ferions mieux de partir, déclara-t-elle brusquement.

Elle s'était à peine levée qu'elle chancela et émit un petit « Ooh... ».

Il sauta sur ses pieds pour rattraper la bouteille qu'elle allait laisser glisser et, de son bras libre, l'empêcher de tomber elle aussi.

— Tout va bien ? s'inquiéta-t-il.

Elle fronça les sourcils et porta la main à son front.

— J'ai la tête qui tourne.

— Pas étonnant, murmura-t-il en s'efforçant d'accepter sa défaite. Venez. Je vais vous raccompagner au pont A. Mais, là, il faudra nous séparer. Vous ne pouvez pas être vue seule avec moi en pleine nuit. Il faudra que je vous abandonne au bout de la coursive. Vous y arriverez ?

— Bien sûr ! s'indigna-t-elle. Je ne suis pas ivre : j'ai juste un peu la tête qui tourne.

— C'est vrai, convint-il en s'abstenant de lui dire la vérité.

Lui-même était assez éméché et il avait l'habitude de boire. Alors elle devait être saoule.

— Allons-y, décida-t-il.

Elle hocha la tête et se baissa pour ramasser ses chaussures pendant qu'il reprenait sa veste. Puis il descendit de la Ford et, quand elle se fut rechaussée, l'aida à en faire autant. Ils sortirent de la soute et montèrent l'escalier. En haut, il lui tint la porte. Comme elle prenait le couloir dans le mauvais sens, il la saisit par le bras pour la retenir.

— De l'autre côté, indiqua-t-il en lui faisant faire demi-tour. Au milieu de la coursive, tournez à gauche.

Il recula à l'intérieur de la cage d'escalier, referma la porte et lui laissa le temps de s'éloigner suffisamment. Puis il rouvrit, regarda dans le couloir et découvrit que ses prévisions avaient été quelque peu optimistes.

Elle avait fait à peine quelques pas et tanguait dangereusement, au point de régulièrement se cogner l'épaule droite à la cloison. Il l'observa en souriant. Demain, elle aurait une sacrée migraine... Avec un peu de chance, elle serait trop malade pour remonter l'allée centrale. Il y avait peu de possibilités que le mariage soit reporté, mais, enfin, l'espoir faisait vivre.

En la voyant tourner à droite, il soupira. Après un rapide coup d'œil des deux côtés pour s'assurer que personne ne venait, il se lança à sa poursuite.

Voilà qu'elle tournait encore. Mais qu'est-ce qui lui prenait ?

— Annabel ? appela-t-il dans un souffle.

Comme elle ne s'arrêtait pas, il se mit à courir après elle. Au coin du couloir, il faillit lui rentrer dedans car elle s'était arrêtée et fixait ce qui ressemblait à la porte fermée d'une cabine tout à fait ordinaire. Il s'arrêta net à côté d'elle.

— Comment est-ce, réellement, un bain turc ? demanda-t-elle en tournant la tête vers lui.

Il s'ébroua, doutant d'avoir bien compris car il avait l'esprit quelque peu embrumé par ce whisky de contrebande.

— Pardon ?

Elle pointa le doigt vers la porte sur laquelle un panneau indiquait : BAIN TURC DES DAMES – INTERDIT AUX MESSIEURS.

Elle voulut ouvrir la porte mais il la retint en lui posant la main sur l'épaule.

— Annabel, chuchota-t-il en jetant des regards inquiets de droite à gauche. Vous ne pouvez pas faire cela.

Elle se dégagea en riant et ouvrit la porte.

— Mais pourquoi ?

— Annabel, attendez.

Il voulut la suivre mais s'arrêta en se rappelant que cette pièce était réservée aux dames.

Annabel referma la porte derrière elle et la rouvrit un instant plus tard.

— Allez, venez, lui enjoignit-elle. Ne restez pas dans le couloir.

Il désigna le panneau.

— Ce que vous êtes bête ! Il n'y a personne à cette heure-ci. Quoi qu'il en soit, qu'est-ce que cela peut vous faire ? ajouta-t-elle en le saisissant par le nœud papillon pour le faire entrer. Vous n'êtes pas du genre à vous plier aux règles, de toute façon.

Cela, il ne pouvait le nier, surtout quand elle lui faisait ce sourire éclatant. Résister à la tentation n'avait jamais été son fort. Et puis il n'était pas son chaperon, bon sang. Lorsqu'elle tira de nouveau, il la suivit à l'intérieur, actionnant au passage l'interrupteur de la lumière électrique.

Le bain turc des dames était un peu différent de celui des messieurs. Le sol, les murs et le plafond n'étaient pas carrelés de bleu, mais de rose nacré. Les plantes exotiques et les fougères en pot ainsi que les fauteuils d'osier étaient identiques ; en revanche, les coussins rose foncé, les orchidées et les saintpaulias apportaient une touche de féminité à la pièce. Enfin, les deux radiateurs de cuivre, les deux lavabos sur colonne et les robinets étaient les mêmes.

— Alors, que faut-il faire ? s'enquit Annabel en regardant autour d'elle.

Si Christian avait été le goujat que l'on imaginait, il lui aurait rappelé qu'il fallait se déshabiller pour prendre un bain turc. Mais il n'en fit rien et déposa son frac sur un fauteuil et la bouteille par terre, avant de se retourner pour actionner les robinets au-dessus du radiateur le plus près de lui. Presque aussitôt, de la vapeur jaillit.

— Faites-en autant, indiqua-t-il à Annabel en désignant le mur derrière elle.

Elle obtempéra et, quelques instants plus tard, la pièce était remplie de vapeur. En riant, elle offrit son visage aux jets qui sortaient du plafond et tendit les bras pour voir la vapeur s'enrouler autour.

— Seigneur ! s'exclama-t-elle. C'est exactement comme l'église de chez nous en juillet.

Il rit à son tour en la regardant. Elle était si différente des femmes qu'il avait pu connaître jusqu'à maintenant – et Dieu sait qu'il en avait connu. Certes, elle faisait preuve d'une détermination, voire d'un entêtement considérables. Mais c'était pour mieux cacher un cœur qu'il savait vulnérable.

Non qu'il considérât son cœur comme la partie la plus importante de son anatomie, d'ailleurs, songea-t-il en l'observant à la dérobée. À cause de la vapeur, sa robe ample collait à son corps. Il découvrit que ce n'était pas à un corset qu'elle devait ses courbes parfaites car il apparaissait de façon assez évidente qu'elle n'en portait pas. Et qu'elle ne portait pas grand-chose d'autre.

Elle ne semblait pas consciente de ce qui se révélait soudain à son regard. Riant toujours, elle ramassa la bouteille et but encore une gorgée de whisky. Puis elle la reposa, regarda Christian et se figea.

— Il faut partir, lâcha-t-il presque malgré lui, submergé qu'il était soudain par une vague de désir. Tout de suite.

— Oui, sans doute. Demain... Demain, je me marie, murmura-t-elle en baissant la tête.

Il préférait ne pas y penser. Il ouvrit la bouche pour tenter une dernière fois de la dissuader d'un tel projet, mais elle avait relevé la tête.

— Christian ?

— Oui ? fit-il dans un souffle.

— Pensez-vous vraiment que Bernard s'effacerait sans rien dire si le roi Édouard me... me voulait ?

Répondre par l'affirmative servirait sa cause. Pourtant, il hésita. Soudain, il n'avait plus envie de lui dire ce qui l'arrangeait, et qui serait exagéré, mais la vérité. Il réfléchit longuement.

— Oui, finit-il par dire. Je crois que oui, Annabel.

— Vous vous trompez peut-être, murmura-t-elle.

Il songea à la courtisane de la House With the Bronze Door.

— Je ne le crois pas.

Il fit un pas vers elle mais se retint d'aller plus loin.

— Il faut partir, dit-il à nouveau, quelque peu désespéré, parfaitement conscient de ce qui lui sauterait aux yeux si elle regardait un peu plus bas.

— Et vous ? demanda-t-elle.

— Moi ?

Diable ! Pourquoi avait-il tant de mal à réfléchir ? Il se passa les mains dans les cheveux. Ce whisky le rendait fou.

— Je ne comprends pas de quoi vous parlez.

Elle se rapprocha un peu, les mains jointes derrière le dos dans une posture qui mettait son buste en avant. Quand il décela la pointe de ses seins sous le satin bleu de sa robe, sa gorge s'assécha et le désir menaça d'anéantir le peu de contrôle qui lui restait.

— Annabel…

Il s'arrêta et déglutit.

— Annabel, je ne crois pas…

— Feriez-vous la même chose s'il s'agissait de votre femme ? Si j'étais mariée avec vous et que le roi me poursuivait de ses assiduités ? Comment réagiriez-vous ?

Elle se rapprocha encore un peu, jusqu'à frôler le torse de Christian de sa poitrine.

— Vous effaceriez-vous ?

— Non, répondit-il d'une voix rauque, le corps tendu de désir devant ce visage si touchant. Je le provoquerais en duel et je vaincrais.

— C'est vrai ? souffla-t-elle, incrédule.

Puis elle lui sourit. Alors, il se sentit à la fois preux chevalier et prêt à lui arracher ses vêtements.

— Oui. Mais...

Il bondit en arrière, tentant un peu tardivement de se mettre à l'abri tandis que son esprit troublé cherchait à reprendre le contrôle de son corps fou de passion.

— Mais je doute que j'en aurais l'occasion. Sans doute l'auriez-vous roué de coups, bâillonné et ligoté à une chaise avant même que j'aie appris ce qui se passait.

Elle rit de si bon cœur que son visage s'illumina. Christian pressentit que, s'il ne parvenait pas à lui faire comprendre qu'elle ne devait pas épouser Rumsford, bientôt, elle ne rirait plus. À cette idée, son cœur se serra. Il en avait donc un, malgré la rumeur, et il était capable de souffrir. Pour elle. Pour Evie. Pour toutes celles qui refusaient d'admettre l'évidence.

— Vous ne pouvez pas faire cela, affirma-t-il en lui saisissant les bras.

Si seulement il pouvait lui faire entendre raison ! Mais elle était trop têtue. C'était impossible. Comment lui faire comprendre ce qu'allait être sa vie avec lui ? Ce qu'il allait lui faire subir ? Ce qu'elle deviendrait ?

— Vous ne pouvez pas épouser Rumsford. Ce serait la plus grave erreur de votre vie, faites-moi confiance.

— Comment le savez-vous ?

— Parce que je le sais. C'est tout.

Ce n'était pas très convaincant mais il ne savait que dire d'autre. Il ne pouvait pas lui parler d'Evie, lui dire combien elle avait été malheureuse avec lui, en Angleterre, confrontée à la dure réalité de leur mariage une fois qu'elle avait ouvert les yeux. Il ne pouvait lui raconter combien Evie avait fini par prendre en horreur la pluie, la vie à la campagne, et lui. Lui, surtout, parce qu'il lui avait menti et qu'il lui avait brisé le cœur. Il ne pouvait pas non plus lui révéler qu'il se haïssait pour la même raison, et parce qu'il était en train de sillonner la France de table de jeu en table de jeu au moment où Evie avait perdu son bébé. Aussi parce qu'il n'était pas rentré à temps pour l'empêcher de se jeter dans une mare, elle qui ne savait pas nager.

Non, il ne pouvait rien dire de tout cela à Annabel. En revanche, il pouvait lui parler de Rumsford.

— Vous ne pouvez pas l'épouser, parce qu'il ne vous aime pas. Parce que c'est un coureur de dot doublé d'un imbécile. Parce qu'il commande à votre place au restaurant sans vous consulter. Parce qu'ils vous auront à l'usure, lui, ses sœurs, sa mère et leur famille, qu'ils vous modèleront à leur façon et vous transformeront alors qu'il n'y a rien, absolument rien à changer chez vous. Parce que cet homme ne vous respecte pas. Parce qu'il se conduit comme si c'était vous qui aviez de la chance de l'avoir rencontré alors que c'est lui qui devrait tomber à genoux pour remercier le ciel de vous avoir mise sur son chemin. Et parce que... bon sang... parce qu'il y a des choses que vous ne connaîtrez jamais dans ses bras, des choses qu'il ne saura jamais vous faire ressentir.

Elle essaya de se dégager en grommelant.

— Et voilà, c'est reparti. L'amour. Toujours l'amour. Si jamais vous me parlez encore d'amour, je vous jure que…

— Je ne vous parle pas d'amour, l'interrompit-il. Je vous parle de tout autre chose. Une chose que je parie que Rumsford ne vous a jamais fait ressentir.

— Laquelle ?

Il lui lâcha les bras pour lui prendre le visage entre ses mains.

— Celle-ci.

Et il l'embrassa.

8

Il fallait qu'elle l'arrête. Elle n'avait pas les idées très claires, mais il lui semblait bien qu'elle était fiancée avec un autre homme et que la bouche de Christian sur la sienne, c'était mal. Il fallait qu'elle se détourne, qu'elle recule, qu'elle… qu'elle fasse quelque chose. Mais elle était trop étourdie pour réagir. Et pas seulement à cause du whisky. Non, ce n'était pas l'alcool qui la grisait.

D'instinct, elle entrouvrit les lèvres et la pression de la bouche de Christian sur la sienne se changea en un vrai baiser qui fit courir dans son corps des frissons de plaisir. Un petit cri, de surprise et de désir, monta de sa gorge.

Il mêla sa langue à la sienne pour l'embrasser plus profondément. Alors, comme si son corps l'emportait sur son esprit, elle posa les mains sur ses épaules et se haussa sur la pointe des pieds pour répondre à la caresse de sa langue avec une passion qu'elle s'était pourtant juré de ne plus jamais ressentir.

Huit années s'étaient écoulées depuis qu'elle avait découvert les enivrantes sensations que pouvait procurer le baiser d'un homme. Huit longues années qu'elle faisait taire son désir pour les caresses, pour le corps d'un homme. Elle noua les mains autour de son cou et se pressa contre son corps musclé.

Il laissa échapper un grondement de désir, étouffé par leur baiser. Puis il fit descendre ses doigts le long de son cou et jusqu'à sa poitrine. Il ne s'attarda qu'un instant, qui dut suffire à lui faire sentir les battements désordonnés de son cœur à travers le satin de sa robe. Puis il passa un bras autour de sa taille et la souleva de façon à plaquer ses hanches contre les siennes.

Le sentir ainsi, dur et excité contre elle, la ramena à la réalité avec une brutalité douloureuse. Elle arracha sa bouche de la sienne et le repoussa dès qu'il l'eut posée à terre. À peine libérée, elle recula.

Excitation, choc et désarroi formaient un imbroglio dans son esprit.

Lui la fixait, haletant, le regard brûlant. Seigneur ! songea-t-elle, au désespoir. Elle n'apprendrait donc jamais.

Au moment où cette terrible révélation lui traversait l'esprit, elle se sentit défaillir. Avant de sombrer dans un gouffre sombre, elle eut le temps de réaliser qu'elle avait de gros ennuis.

— Annabel ?

La jeune femme s'assit tout en s'efforçant de respirer calmement. Son cœur tambourinait dans sa poitrine comme celui d'une proie apeurée.

La pièce était à peine éclairée par la lampe à huile sur la table de chevet, mais la lueur gris clair qui encadrait le store du hublot lui apprit que c'était le matin.

— Annabel ? répéta la voix de sa mère avant que l'on ne frappe à la porte. Annabel, tu es là ?

Un rêve, songea-t-elle avec un profond soulagement. Elle avait rêvé. Dieu merci. Ce n'était qu'un rêve, se répéta-t-elle en posant la main sur son cœur battant.

Cette conclusion fut aussitôt suivie d'une autre : elle ne se sentait pas bien. Elle avait mal à la tête, la gorge sèche, la bouche cotonneuse. Et aussi une légère nausée.

— Annabel ?

Sa mère frappa de nouveau, un peu plus fort.

— Je suis là, maman, répondit-elle.

Au moment où sa mère ouvrait, elle voulut repousser les couvertures pour se lever. Alors ses yeux rencontrèrent le satin bleu qui l'habillait et elle se rappela plus ou moins distinctement pourquoi elle était en robe et pas en chemise de nuit. Un regard bleu provocant s'imposa à son esprit, des nuages de vapeur grise... Elle s'empressa de se recouvrir avant que sa mère passe la tête par la porte.

— Debout, belle endormie, lança Henrietta d'un air affairé. Aujourd'hui, tu te maries. Tu n'as pas oublié ?

Annabel la fixa, incrédule. Si, elle avait oublié ! Seule l'horreur de la situation lui apparaissait : elle n'avait pas rêvé ! Elle avait bien passé une partie de la soirée de la veille dans la Ford, à se saouler au whisky de contrebande avec Christian Du Quesne.

— Annabel Mae ! s'exclama sa mère en s'approchant de son lit. Tu es blanche comme un linge. Qu'est-ce qui ne va pas ? Tu es malade ?

Malade ? Annabel porta sa main à sa tête, qui lui semblait prête à éclater.

— Je ne me sens pas très bien, marmonna-t-elle. Vous voulez bien aller me chercher la poudre contre la migraine, s'il vous plaît, maman. Et aussi des pastilles de menthe ?

— Bien sûr, ma chérie.

Pendant qu'Henrietta allait chercher ces quelques remèdes, Annabel sauta du lit. Avec une frénésie qui confinait à la panique, elle ôta sa robe et enfila sa chemise de nuit en se remémorant ce qui s'était passé la veille au soir.

Elle n'arrivait pas à dormir, se souvint-elle. Alors, elle s'était levée, elle avait pris une des bouteilles de whisky maison de George dans le meuble à alcools dans l'espoir que cela l'aiderait à se détendre et elle était sortie. Elle était descendue à la soute où elle imaginait que personne ne la verrait et elle s'était assise dans la Ford. Un instant, elle s'était vue roulant dans la campagne anglaise avec Bernard. Elle s'efforçait de se projeter dans sa nouvelle vie de comtesse dans l'espoir de reprendre confiance dans sa décision de l'épouser. Et c'est là que… que Christian était apparu. Et que ses ennuis avaient commencé, bien sûr.

Il l'avait suivie jusque-là et, elle, elle lui avait permis de rester ! À lui, Christian Du Quesne, la cause de son insomnie et de ses doutes. Oui, elle lui avait permis de rester. Qu'est-ce qui lui avait pris ?

Elle continua de fouiller dans sa mémoire. Il lui avait posé sa veste sur les épaules et ils étaient restés dans la voiture, à parler. De la Ford. De l'amour. Et… mon Dicu !

Elle lui avait dit ! réalisa-t-elle avec horreur alors qu'elle nouait son peignoir. Elle lui avait raconté ce qui s'était passé avec Billy John.

Elle gémit tout bas et se pressa la paume sur le front. Elle avait le visage brûlant. Elle lui avait avoué le pire moment de sa vie, sa plus secrète humiliation. Mais pourquoi ?

Elle prit une profonde inspiration et décida de chasser de son esprit ces questions inutiles. Elle n'avait pas de temps à perdre. D'accord, elle s'était livrée à un homme qu'elle connaissait à peine et avait raconté des choses que même Jennie Carter, sa meilleure amie, ignorait. Mais ce qui l'inquiétait n'était pas tant ce qu'elle avait dit que…

Ce qu'elle avait fait ! Elle se mit à arpenter la cabine en cherchant à se souvenir. Entre le whisky et cet homme, elle pouvait avoir fait n'importe quoi.

Ils étaient sortis ensemble de la soute, cela, elle en était certaine. Ils étaient remontés jusqu'au pont A. Mais comment diable s'étaient-ils retrouvés dans le bain turc ?

En tout cas, c'est là qu'il l'avait embrassée. Elle s'immobilisa, sous le choc. Elle avait dû perdre la raison. La veille de son mariage. Se laisser embrasser par un autre homme.

Taraudée par cette prise de conscience, elle se remit à faire les cent pas en se forçant à revivre les autres détails les plus gênants. Elle s'était sentie défaillir. À cause du whisky, décréta-t-elle. Pas de son baiser. Quand ses jambes s'étaient dérobées sous elle, il l'avait prise dans ses bras et portée jusqu'à sa cabine. Il l'avait posée sur la couchette et il était parti. C'était tout.

La porte se rouvrit, la tirant de ses pensées. Annabel se retourna en affichant son air le plus détendu et vit entrer Liza, qui portait sa robe de mariée soigneusement posée sur ses bras. Elle était suivie de deux autres femmes de chambre qui portaient la longue traîne.

— Bonjour, miss Annabel, lança Liza, le sourire aux lèvres. Êtes-vous prête à faire le grand saut ?

À ces mots, la panique s'empara d'elle. Elle se plaqua une main sur la bouche et s'efforça de réfléchir. Elle n'avait rien fait de mal, hier soir. Pas grand-chose, en tout cas, corrigea-t-elle avec une petite pointe de culpabilité. Il y avait plus de cent personnes, en bas, qui attendaient de la voir se marier avec le comte de Rumsford – qu'elle avait toujours envie d'épouser. Certes, le duc de Scarborough l'avait embrassée. Mais qu'y faire, maintenant ? Tout annuler à cause d'un moment de folie ? Humilier un homme pour lequel elle éprouvait une réelle affection en l'abandonnant au pied de l'autel ? Anéantir l'avenir de sa sœur et reléguer sa famille dans les bas-fonds de la société parce qu'elle avait embrassé un homme qu'elle connaissait depuis moins d'une semaine ?

Certainement pas. Alors, Annabel ôta la main de sa bouche et inspira profondément pour se détendre.

— Oui, Liza, je suis prête, affirma-t-elle en se voulant sincère. Plus que jamais.

La bouteille de whisky de contrebande était vide.

En fronçant les sourcils, Christian la retourna et regarda la dernière goutte d'alcool tomber sur le tapis à côté de sa couchette.

Pour quelqu'un qui ne trouvait pas cela très bon, il en avait ingurgité une grande quantité en bien peu de temps. Mais pas assez pour oublier qu'il avait embrassé Annabel Wheaton.

Ses joues étaient aussi douces que de la soie. Il sentait encore son corps, chaud sous ses doigts. Sa bouche de velours avait le goût de l'alcool qu'ils avaient bu.

Il se laissa aller contre la tête de lit et ferma les yeux. Le parfum de ses cheveux, sa langue dans sa bouche, ses courbes pressées contre lui... Il entendait encore leur souffle saccadé qui se mêlait au sifflement qu'émettait la vapeur en jaillissant des robinets. Et le désir dans les yeux d'Annabel ! un désir qui l'avait transporté.

Jusqu'à ce qu'elle s'évanouisse.

Il l'avait rattrapée avant qu'elle tombe par terre. Même après qu'elle avait repris conscience, elle ne tenait pas bien sur ses jambes. Alors, il l'avait portée jusqu'à sa suite, luttant contre l'idée qu'elle était nue sous sa robe. Il l'avait déposée dans sa cabine – du moins espérait-il que c'était la sienne ; la couchette était vide, en tout cas. Comment avait-il réussi un tel exploit sans réveiller personne ? Il n'en revenait toujours pas. Il l'avait installée dans son lit sans la déshabiller et sans même risquer un regard sous sa jupe. Hélas, depuis, son imagination galopait pour combler les blancs.

Non, vraiment, malgré tout ce qu'il avait bu, il n'avait rien oublié. À l'évidence, il lui fallait encore un verre.

Il jeta la bouteille vide sous sa couchette et alla en chercher une pleine dans le salon. Il but deux longues gorgées au goulot, sans grand effet.

Il brûlait toujours du désir allumé par le sourire éclatant, le corps parfait, la douce vulnérabilité d'Annabel. Désir qu'il n'avait pu assouvir. Et il devait être idiot car cela le chagrinait bien plus que d'avoir perdu un demi-million de dollars.

Il retourna se coucher en emportant la bouteille. Il but, imagina des choses et écouta le tic-tac de sa pendule de voyage.

Il sut que Sylvia était réveillée en l'entendant sonner sa femme de chambre. Et s'il faisait venir son valet, lui aussi ? Non, conclut-il. Il n'avait aucune, mais alors aucune envie d'assister au mariage d'Annabel Wheaton, de la voir se lier au comte de Rumsford pour le restant de ses jours.

Lorsque Arthur Ransom s'était adressé à lui, il avait commencé par voir là une proposition en or. Maintenant, il entrevoyait sa vie comme un enfer. S'il passait la saison à Londres comme il l'avait prévu, il risquait de croiser Annabel, de la voir au bras de son imbécile de mari. Et cela, il ne pouvait l'envisager. Il se serait saoulé s'il n'avait pas déjà été ivre. Du reste, il risquait fort de passer toute la saison dans un état d'ébriété permanent.

Il s'efforça de voir les choses sous un jour moins sombre. Il n'était pas encore tout à fait certain d'avoir échoué. Avec un peu de chance, certains de ses arguments feraient leur chemin dans l'esprit de la jeune femme et elle annulerait au dernier moment. La possibilité, aussi mince soit-elle, qu'Annabel recouvre la raison et abandonne Rummy au pied de l'autel l'empêchait de rester cloîtré dans sa cabine. Il tenait à être témoin de la scène. Tant pis s'il n'avait pas été officiellement invité.

Christian s'assit et tourna la tête pour regarder l'heure. Au prix d'un gros effort de concentration, il parvint à déterminer qu'il était près de 10 heures. Il se leva d'un bond, ce qui l'obligea à se retenir à la table le temps que la cabine cesse de tourner autour de lui.

Puis, avec des mouvements prudents, il se pencha pour ramasser sa veste qui gisait en boule sur le sol à côté de son lit. Il l'enfila en songeant qu'il ne devait pas avoir l'air très présentable. Un coup d'œil dans le miroir de la salle de bains le lui confirma. À vrai dire, c'était pire qu'il ne l'imaginait.

Non seulement le visage que lui renvoyait la glace trahissait le manque de sommeil et l'abus d'alcool, mais il n'était ni rasé ni coiffé. Il passa la main sur sa joue râpeuse et grimaça. Être en retard à un mariage était plus grave encore que d'être mal rasé et mal habillé.

Il se passa en vitesse de l'eau froide sur le visage, glissa les doigts dans ses cheveux pour y remettre un semblant d'ordre et lissa son habit froissé. Il tâcha également de redonner forme à son nœud papillon, mais dut renoncer faute de temps. Il laissa pendre les deux bouts sur le plastron de sa chemise et sortit de sa cabine.

Quand il arriva, la cérémonie avait déjà commencé. Un regard circulaire lui apprit qu'il ne restait pas une place libre. Pour l'instant, Annabel semblait déterminée à aller jusqu'au bout. Il s'adossa à une colonne de faux marbre au fond de la salle, résigné à assister à la plus ridicule parodie de mariage depuis le sien. Quelques minutes plus tard, cependant, il découvrait qu'il aurait mieux valu pour tout le monde qu'il reste au lit.

C'était le moment dont rêvaient toutes les jeunes filles.

Debout devant le pasteur, à côté de Bernard, Annabel sentait la panique et la culpabilité se dissiper. Ce matin, au réveil, elle était dans un état épouvantable. Mais la poudre contre la migraine et les pastilles de menthe avaient fait leur effet. Elle avait pu prendre un petit déjeuner léger – du thé et des toasts – qui avait achevé de l'aider à se remettre physiquement de ses excès de la veille. Moralement, cela avait été plus difficile, mais elle y était parvenue. Maintenant, elle avait recouvré son assurance et sa confiance. Quand le révérend Brownley commença son discours, elle était tournée vers l'avenir.

— Mes bien chers frères, entonna-t-il, nous voici rassemblés devant Dieu pour unir cet homme et cette femme dans les liens sacrés du mariage...

Elle regarda Bernard et sentit l'affection et la reconnaissance l'envahir, ainsi qu'un profond soulagement. Tout semblait rentré dans l'ordre et sa raison avait repris le dessus.

— ... Si quelqu'un dans cette assemblée a une raison valable de s'opposer à cette union, qu'il parle maintenant ou se taise à jamais, poursuivit le révérend Brownley.

Il avait à peine achevé sa phrase qu'une autre voix masculine retentit dans la salle. Celle du duc de Scarborough.

— Moi, j'ai une raison valable, annonça-t-il.

De petits cris surpris et choqués s'élevèrent de l'assistance. Les gens s'agitaient pour voir qui avait parlé. À côté d'elle, Bernard se retourna. Mais Annabel ne pouvait plus bouger, comme paralysée.

— Ce mariage n'est qu'une farce, poursuivit-il d'une voix moqueuse. Une farce et un mensonge.

Cette fois, Annabel sortit de sa torpeur. Elle se retourna et souleva le voile qui lui couvrait le visage pour foudroyer du regard l'homme qui se tenait adossé à l'une des colonnes du grand escalier. Il ne s'était pas changé depuis la veille. Malgré sa mine défaite et ses vêtements froissés, il restait toujours aussi beau. Et dangereux.

Malgré elle, elle fixa sa bouche et l'image de leur baiser brûlant s'imposa de nouveau. Une onde de chaleur l'envahit sous sa robe de mariée, symbole de pureté, et cela suffit à lui faire monter aux yeux des larmes de frustration et de colère. Ce moment était censé être le plus beau, le plus mémorable de sa vie et il venait tout gâcher ! Mais pourquoi ?

Comme s'il avait entendu ses pensées, il la regarda droit dans les yeux. Mais si elle espérait trouver là un indice sur ce qui le motivait, elle fut déçue, car son expression était insondable.

— Ce que vous exprimez est tout au plus une observation, dit le pasteur au duc de Scarborough. Avez-vous, oui ou non, une raison valable de vous opposer à cette union ?

— Oui, répondit-il sans la quitter des yeux.

Mon Dieu ! Il allait révéler à tout le monde ce qui s'était passé cette nuit ! L'angoisse la saisit, la pénétra jusqu'aux os. Non ! Il ne pouvait pas faire cela. Il n'allait pas le faire.

Il fit un pas vers elle et s'arrêta, chancelant. Il fronça les sourcils, cligna des yeux plusieurs fois de suite et recula pour s'adosser à la colonne avant de se remettre à parler.

— Ces deux êtres s'apprêtent à jurer devant Dieu de s'honorer, de s'aimer et de se respecter ? S'aimer ? Se respecter ? répéta-t-il avec une note de mépris dans la voix. Mais c'est le comble de l'hypocrisie, dans leur cas.

— Oh ! fit Annabel dans un souffle. Espèce de…

Elle laissa sa phrase en suspens. Sa peur faisait place à une rage si intense qu'elle n'arrivait plus à s'exprimer. Une rage qui écrasait toutes les émotions qu'elle avait ressenties aujourd'hui, qui s'emparait d'elle et la torturait de l'intérieur.

— Mais ceci n'est qu'une opinion, objecta le pasteur. Quelle est la raison valable qui vous permet de vous opposer à cette union, monsieur ? Soyez plus précis.

Sans cesser de fixer Annabel, le duc de Scarborough croisa les bras sur son torse musclé et esquissa un léger sourire entendu.

— Faut-il que je le lui dise, Annabel, ou préférez-vous le faire vous-même ?

Ce sourire la mit hors d'elle. Elle saisit sa jupe pour la relever et avança droit vers lui en ignorant les regards braqués sur elle.

— Me dire quoi ? demanda Bernard en la suivant dans l'allée centrale. Annabel, qu'est-ce que tout cela signifie ?

Elle ne répondit pas. Pour l'instant, toute son attention était fixée sur l'homme qui se trouvait devant elle, un homme aux yeux bleus moqueurs, un homme dépourvu de sens moral, un homme qui s'était fixé pour mission de semer le doute dans son esprit au sujet de son mariage, un homme qui lui avait fait des avances et qui, maintenant, parvenait à l'humilier devant tous ces gens. Il fallait qu'elle l'arrête. Par n'importe quel moyen.

Elle se planta devant lui en s'efforçant de contenir sa rage et de rassembler toute sa dignité. Peut-être était-elle née dans une cabane au fin fond du Mississippi, mais elle allait devenir comtesse. Et une comtesse se conduisait avec élégance.

Elle releva donc le menton d'un air hautain et ouvrit la bouche pour le prier avec froideur de quitter les lieux. Mais il la devança.

— C'est agréable les bains turcs, n'est-ce pas ? murmura-t-il.

Alors, Annabel oublia sa dignité et son futur titre.

— Espèce de fumier, maugréa-t-elle.

Sans réfléchir, elle serra le poing et, devant une centaine de représentants de la meilleure société anglaise et new-yorkaise, elle asséna un grand coup dans la mâchoire du duc de Scarborough.

9

— C'est le spectacle le plus humiliant auquel il m'ait jamais été donné d'assister.

Sylvia arrêta d'aller et venir dans le salon de leur suite. Ses yeux lançaient des éclairs.

— Dieu sait que tu as toujours pris l'étiquette à la légère, Christian, mais, là, tu dépasses les bornes. Je ne sais que dire.

Elle se contredit en se remettant aussitôt à parler, tout en reprenant ses allées et venues.

— C'est inadmissible, impardonnable et idiot. Qu'est-ce qui t'est passé par la tête pour l'amour du ciel ?

Christian ôta la glace de sa joue pour répondre que sa tête n'avait pas grand-chose à voir dans l'histoire, mais il n'en eut pas le temps. Sylvia poursuivait déjà sa tirade.

— Je sais que tu ne portes pas Rumsford dans ton cœur, mais, de là à s'opposer à son mariage ! A-t-on jamais entendu chose pareille ? Du reste, quelle bonne raison pouvais-tu avoir ? Et cette malheureuse... Seigneur, je n'ose pas imaginer ce qu'elle ressent.

Sylvia s'interrompit et lui laissa enfin le temps de glisser un mot.

— Malheureuse ? Elle allait épouser Rumsford ! Crois-moi, je lui ai rendu service. Et à lui aussi, je crois, ajouta-t-il en touchant d'un doigt hésitant l'ecchymose qu'il avait à la joue.

— « Rendu service » ? répéta Sylvia avec un rire incrédule. À qui rend-on service en humiliant les mariés et tous les invités ? À qui rend-on service en nous mettant, toi et moi, dans une situation aussi embarrassante et en faisant de cette jeune femme la cible des rumeurs les plus déplaisantes par tes insinuations ?

Christian fronça les sourcils. Qu'avait-il insinué ? Il fouilla dans sa mémoire, sans succès. Il se revoyait seulement devant cette colonne, en train de se dire que tout ceci n'était qu'une farce. Et qu'il fallait que quelqu'un s'interpose. Puis recevant le poing d'Annabel au visage. Cela, il s'en souvenait on ne peut plus clairement. Il essaya de remuer doucement la mâchoire. Aussitôt, ce fut comme si mille aiguilles lui transperçaient la peau. Une chose était sûre : elle avait un fameux crochet du droit. Dans l'état d'ébriété qui était le sien, ce coup avait suffi à le faire vaciller. Et encore, il avait de la chance qu'elle ne lui ait pas brisé la mâchoire.

Ensuite, elle avait enjambé son corps qui gisait en travers de l'allée centrale et était sortie, poursuivie par sa famille. Bernard, ses sœurs et son témoin s'étaient éclipsés par une porte de côté sans se faire remarquer. Et Sylvia s'était fait aider du personnel de bord pour le ramener, lui, dans ses quartiers.

— Comment as-tu pu faire une chose pareille ? demanda-t-elle en arpentant le salon, fulminante. Comment as-tu pu faire subir cela à une innocente et à un autre pair du royaume ?

Il avait peine à répondre à sa question car il ignorait lui-même quelle avait été sa motivation exacte. C'était peut-être le moment de lui parler du demi-million de dollars, mais elle ne lui en laissa pas l'occasion.

— Il faut que tu ailles tout de suite présenter tes excuses à miss Wheaton. Et à Rumsford. Tu vas devoir t'expliquer et trouver un moyen de te racheter. Je ne vois vraiment pas comment tu vas pouvoir t'y prendre.

Sylvia avait raison, bien sûr. S'excuser était assez hypocrite dans la mesure où il n'avait aucun regret, mais c'était obligatoire. Quant à se racheter... Il aurait mieux fait d'y songer avant d'ouvrir la bouche.

— Certainement, convint-il, mais pas tout de suite. Pour l'instant, je suis trop ivre, au cas où cela t'aurait échappé.

— Je ne vois pas à qui cela aurait pu échapper, contra-t-elle d'un ton amer. Tu n'as manifestement pas envisagé les conséquences de tes actes ni celles de tes mots. Sans parler du fait que cela se voit comme le nez au milieu de la figure !

Christian ne répondit pas. À faire les cent pas, sa sœur lui donnait le tournis. Surtout qu'elle semblait se dédoubler sans arrêt. Il lui paraissait à peu près impossible d'envisager les conséquences de quoi que ce soit.

— Les... Quelles conséquences ?

Cette question eut au moins le mérite de la faire s'arrêter un instant.

— Christian, tu as déclaré que tu avais une bonne raison d'empêcher ce mariage ! La seule possible, c'est que tu prétendes qu'il existait déjà un engagement entre vous. Sauf que, comme tu es arrivé à New York la veille du départ du paquebot et que tu ne l'avais jamais rencontrée, ce n'est guère crédible. Depuis les événements de ce matin, vos noms se trouvent liés et vous allez être au centre des commérages les plus fous. Je ne doute pas que le bruit coure déjà que vous avez eu des rendez-vous secrets à bord du bateau. Il faudra nier, bien sûr.

— Bien sûr, murmura-t-il, gagné par la culpabilité.

— Enfin… poursuivit-elle en le regardant soudain comme un prédateur prêt à bondir sur sa proie, si c'est faux, bien sûr.

Hmm. Voilà. L'instant de vérité. Sylvia n'allait pas l'épargner. Il prit son air le plus innocent, mais cela ne fonctionna pas. Cela ne fonctionnait jamais, avec Sylvia.

— Oh, Christian… gémit-elle en se laissant tomber dans un fauteuil. Tu as profité d'une innocente ? Oh, mon Dieu !

— Non, se défendit-il. Pas vraiment, en tout cas. Je veux dire…

Il se passa les mains sur le visage tout en réfléchissant à la manière de formuler les choses.

— Je n'ai pas pris la vertu de cette fille, Sylvia, finit-il par dire. Et nous ne sommes pas attachés l'un à l'autre.

— Alors il faut que tu ailles tout de suite trouver Rumsford pour lui expliquer que tu étais ivre, c'est tout. Qu'il n'y a rien entre sa fiancée et toi, qu'elle est parfaitement innocente et que tu as agi par… je ne sais pas, moi ! par jalousie, tiens. Prétends que tu as eu un coup de foudre pour elle, flatte l'ego de Rumsford en le félicitant de son choix, nie qu'elle ait rien à voir avec ton intervention – enfin débrouille-toi pour trouver ce qu'il faut dire : tu as la verve convaincante. Il faut que tu le persuades de maintenir le mariage. Cela fera taire les rumeurs. Bien entendu, il faudra également t'excuser de ta conduite inqualifiable.

Cette perspective lui souleva le cœur.

— Que je fasse des excuses à Rumsford ? Jamais de la vie.

— Quoi, alors ? Il faut bien que tu fasses quelque chose. Tu as compromis une innocente.

— Je te le répète : je ne l'ai pas compromise.

Il déglutit et ferma les yeux pour maîtriser la nausée qui le gagnait.

— Arthur Ransom m'a engagé pour la convaincre de ne pas épouser Rumsford.

— Quoi ?

— Il m'a proposé un demi-million de dollars.

— Tu as interrompu le mariage de cette jeune fille et tu lui as fait subir cette humiliation pour de l'argent ? résuma-t-elle avec un rire incrédule. Tu ne veux pas épouser une héritière pour sa dot mais tu veux bien te faire payer pour la déshonorer ? Et c'est son oncle qui te l'a demandé ?

— Non ! corrigea-t-il en rouvrant les yeux. J'étais censé la convaincre. J'ai fait tout mon possible, mais elle ne m'a pas écouté. Elle ne l'aime pas, Sylvia, et Dieu sait qu'il ne l'aime pas non plus. Il n'en veut qu'à son argent. Et il ne s'en cache même pas puisqu'il a passé la nuit qui a précédé le départ du bateau avec une prostituée ! Sous le nez de son oncle !

— Seigneur... murmura-t-elle en le regardant fixement. Miss Wheaton est au courant ?

— Je ne sais pas. J'en doute. Quoi qu'il en soit, j'étais là à la regarder, la sachant sur le point de gâcher sa vie, et à me demander quelle allait être son existence une fois qu'elle serait mariée avec ce type – car Rumsford n'est pas quelqu'un de bien, tu le sais autant que moi –, quand, soudain, je me suis surpris à m'opposer à ce mariage. Je ne pensais même pas à l'argent. Cela dit, j'imagine que sa famille va avoir du mal à le croire.

— En effet, murmura Sylvia. Je crois que je commence à comprendre ce qui t'a motivé.

Elle le considérait d'un air pensif, les sourcils froncés. Mais il n'était pas en état d'interpréter cet examen car la cabine se remettait à tourner devant ses yeux. Pris de spasmes, il craignit d'être malade.

— Il faut que je m'étende, grommela-t-il en joignant le geste à la parole.

Le divan était trop court pour lui mais sa couchette lui semblait soudain trop loin. Il posa un pied sur l'accoudoir du petit canapé et laissa l'autre sur le sol. Heureusement, la pièce cessa de tourner.

— Que tu t'étendes ? s'indigna-t-elle. Mais tu ne peux pas ! Il faut que tu fasses quelque chose.

Peut-être, mais certainement pas tout de suite. Il trouverait une solution plus tard, quand il aurait dessaoulé.

— Arrête, Sylvia. Je t'en prie, arrête. Je ne suis pas en état de faire quoi que ce soit pour l'instant. Mais je vais trouver un moyen d'arranger les choses.

— Je l'espère, Je l'espère vraiment. Ne serait-ce que pour cette pauvre malheureuse qui doit être anéantie.

Contrairement à ce qu'imaginait lady Sylvia, Annabel n'était pas anéantie. Elle était folle de rage. Elle en oubliait presque qu'elle avait mal à la main. Et elle avait le plus grand mal à exprimer ce qu'elle ressentait en des termes qui ne soient pas trop injurieux.

— Quel homme exécrable, marmonna-t-elle en allant et venant dans le salon de leur suite.

Elle était encore en robe de mariée mais Liza avait ôté la traîne pour la ranger.

— Quel sale type méprisable. Quel goujat. Quel gredin. Quel fumier.

Seuls sa mère et son oncle étaient témoins de son humeur. Depuis la catastrophe qui s'était déroulée une heure auparavant, elle n'avait vu ni Bernard ni ses sœurs. Ils devaient s'être retirés dans leurs cabines respectives. George, toujours mal à l'aise dans les situations difficiles, avait fui au fumoir. Et Dinah avait été envoyée dans sa cabine, d'où elle avait interdiction de sortir pour le moment. Annabel se doutait qu'elle avait l'œil rivé à la serrure ou l'oreille collée à la porte mais, dans sa colère, elle s'en moquait.

Quant à celui qui avait provoqué ladite colère, elle ne savait pas où il était passé et elle ne voulait pas le savoir. Sauf si quelqu'un l'avait jeté par-dessus bord, ce qu'elle aurait été ravie d'apprendre.

— Comment a-t-il pu faire une chose pareille ? martela-t-elle en faisant demi-tour dans un nuage de tulle avant de repartir dans l'autre sens.

Des larmes de fureur lui montèrent aux yeux. Elle s'empressa de les ravaler.

— Comment ? répéta-t-elle.

Arthur et Henrietta n'avaient toujours pas dit un mot. Ils lui avaient permis d'évacuer sa colère légitime sans l'interrompre. Là, cependant, comme sa question restait en suspens, sa mère intervint.

— Eh bien, il devait avoir une bonne raison, observa-t-elle. Laquelle, Annabel ?

Annabel s'arrêta. Leur baiser lui revint en mémoire. À chaque fois qu'elle y pensait, le souvenir devenait un peu plus net. Se sentant rougir, elle se hâta de se remettre en mouvement.

— Annabel ? insista sa mère d'un ton plus tranchant et quelque peu soupçonneux. Quelle raison le duc pouvait-il avoir d'interrompre ce mariage ?

Chose incroyable, ce fut son oncle Arthur qui lui évita d'avoir à répondre.

— Ne tenez pas rigueur à Annabel, Henrietta. Ce n'est pas sa faute. C'est la mienne, précisa-t-il en toussotant.

— Quoi ? s'écrièrent les deux femmes à l'unisson.

Annabel s'arrêta. Henrietta se tourna vers son frère. Elles le fixaient toutes les deux, sans comprendre.

— Je… hmm…

Arthur toussa à nouveau en s'agitant sur son siège comme un écolier turbulent.

— J'ai demandé au duc de convaincre Annabel de ne pas épouser Rumsford, avoua-t-il.

— Vous avez… quoi ? s'écria Annabel.

— Oh, mon Dieu, gémit Henrietta en levant les yeux au ciel. Oh, mon Dieu.

Annabel n'imaginait pas pouvoir se mettre plus en colère qu'elle ne l'était déjà. C'est pourtant ce qui se produisit quand elle vit la mine honteuse de son oncle.

— Vous avez payé cet homme pour interrompre mon mariage ?

— Non ! corrigea Arthur en se penchant en avant et en passant la main sur son crâne dégarni. Tout ce que je voulais, c'était qu'il te parle. Qu'il t'explique à quoi tu t'engageais en épousant un aristocrate britannique. Qu'il te persuade, peut-être, de reporter la cérémonie, de prendre un peu le temps de réfléchir. Mais pas plus. Et certainement pas qu'il fasse ce qu'il a fait !

— Oh, Arthur, fit Henrietta dans un soupir. Quelle idée…

Annabel regardait son oncle, mais c'est au duc de Scarborough qu'elle pensait. Tout s'expliquait. Leurs conversations, son acharnement à lui dépeindre le mariage avec un Anglais comme un terrible piège, sa façon de déprécier Bernard, le fait qu'il l'ait suivie jusque dans la soute… Même quand il l'avait embrassée… Tout était faux, motivé. Il voulait lui faire croire qu'elle avait l'embarras du choix, quitte, pour cela, à aller jusqu'à simuler la passion. Ah, quel bon acteur… Mais tous les vauriens jouaient bien la comédie. Il n'avait aucune envie de l'épouser lui-même. Non, tout ce qu'il voulait, c'était l'empêcher d'en épouser un autre afin d'empocher une récompense !

Le traître.

— Combien ? demanda-t-elle d'une voix dure en serrant les poings. Combien, oncle Arthur ?

— Un demi-million de dollars.

Henrietta poussa un petit cri, manifestement choquée. Annabel ne l'était pas. Si elle avait appris une chose, c'était qu'avec de l'argent on pouvait presque tout acheter. Il suffisait d'y mettre le prix.

— Bien, fit-elle d'une voix étranglée par la rage et la douleur, maintenant, grâce aux insinuations de cet homme, ma réputation est ruinée. J'espère que vous êtes content.

— Je suis désolé, Nan, fit son oncle dans un profond soupir. Je ne peux pas te dire à quel point. Moi qui pensais bien agir… Mais je te jure que je voulais seulement qu'il te persuade de ne pas épouser Rumsford. J'étais loin de me douter qu'il interromprait la cérémonie ! Je t'aime. Tout ce que je veux, c'est ton bonheur. Et je craignais que tu ne te rendes pas bien compte de ce que tu t'apprêtais à faire. Je voulais que tu prennes ton temps, que tu réalises que Rumsford n'était pas assez bien pour toi.

Annabel ne put répondre car on frappait à la porte. Elle se tourna vers sa mère qui la regardait d'un air interrogateur et fit non de la tête. Elle ne voulait voir personne pour l'instant.

Henrietta alla ouvrir et Annabel revint vers son oncle.

— Nous en reparlerons, dit-elle les dents serrées, quand ma colère se sera apaisée. Mais cet homme n'aura pas un sou, ni de votre argent ni du mien, c'est compris ? Et vous avez de la chance que je vous aime tant, je vous assure, ajouta-t-elle la gorge nouée par un sanglot. Autrement, je vous tuerais, oncle Arthur.

Dans l'intervalle, Henrietta avait ouvert la porte si bien qu'Arthur ne put répondre. Entendant la voix de Bernard, Annabel se figea. Heureusement que, là où elle se trouvait, il ne pouvait la voir.

— Madame Chumley, dit-il, puis-je m'entretenir avec votre fille, je vous prie ?

— Mieux vaudrait attendre un peu, monsieur, répondit sa mère. Comme vous l'imaginez, Annabel ne se sent pas très bien.

— Je m'en doute mais j'estime qu'il vaudrait mieux régler cela au plus vite. Les invités attendent toujours.

Cette information redonna à Annabel une lueur d'espoir qui l'emporta sur les autres émotions qui menaçaient de la submerger. Si Bernard s'était inquiété des invités, c'était peut-être qu'il venait la chercher pour reprendre le cours de la cérémonie. Il était homme à considérer l'intervention de Scarborough comme une épouvantable faute de goût qu'il valait mieux ignorer et oublier. Oui, peut-être allait-il lui proposer de faire comme si de rien n'était.

Elle fit un signe de tête affirmatif à sa mère qui ouvrit la porte un peu plus grand pour laisser entrer Bernard. Puis elle alla chercher Dinah dans sa chambre et la ramena avec autorité.

— Allez, Dinah. Et toi aussi, Arthur, viens. Nous avons besoin de prendre un peu l'air.

Pour une fois, Dinah obéit sans se rebeller. Non sans adresser à Annabel un regard de sympathie, elle suivit sa mère et son oncle en silence et referma la porte de la cabine derrière elle.

Un silence suivit le départ de sa famille. Elle scruta le visage de Bernard dans l'espoir d'y déceler un signe encourageant. Toujours très droit, il semblait plus distant que jamais. Sa mine comme son silence demeuraient insondables. Pourtant, Annabel cherchait désespérément des réponses.

— Bernard, je...

— Compte tenu des événements, la coupa-t-il, j'imagine que nous sommes d'accord : il faut annuler ce mariage.

Son cœur se serra. Allons, se reprit-elle aussitôt, il y avait peut-être encore une possibilité... si elle trouvait les mots...

— Le faut-il vraiment ? Nous pourrions...

Elle hésita un instant puis se lança. Après tout, elle n'avait rien à perdre.

— Rien ne nous empêche de continuer.

— Continuer ? répéta Bernard d'un air scandalisé. Faire comme si ce spectacle humiliant n'avait jamais eu lieu ? Annabel, vous avez frappé un duc au visage.

Elle grimaça mais jugea qu'il serait inutile de se défendre en soulignant que Scarborough ne l'avait pas volé.

— Si tout le monde est encore en bas à attendre une annonce, fit-elle valoir, d'un ton qui se voulait calme et raisonnable, et si nous déclarons que la cérémonie va avoir lieu comme prévu, tout le monde en conclura que Scarborough n'a prononcé que des paroles en l'air.

Bernard la fixa et son air horrifié lui fit deviner sa réponse avant qu'il ait rien dit.

— Vous n'imaginez tout de même pas que je vais vous épouser, maintenant ?

Annabel sentit une première larme rouler sur sa joue et tous ses espoirs, tous ses rêves lui échapper. Elle cligna des yeux pour retenir ses pleurs, comme si cela pouvait empêcher la catastrophe de se produire. C'était vain, hélas, et la suite le lui confirma.

— Votre vertu a été compromise, Annabel. Il est donc impossible que je vous épouse.

« Votre vertu a été compromise. »

Bernard ne savait pas que Billy John Harding s'en était chargé bien avant qu'elle connaisse le duc de Scarborough. N'empêche, elle ne pouvait renoncer. Elle s'essuya les joues.

— Bernard, je sais que vous êtes contrarié, mais…

— Contrarié ? cracha-t-il. Annabel, « contrarié » est un mot bien trop faible pour décrire ce que je ressens. J'ai été très gravement insulté et par Scarborough et par vous.

— Si vous me permettiez de vous expliquer…

— M'expliquer ?

Il croisa les bras. Ses yeux vert pâle étincelaient de colère.

— Oui, Annabel, je vous en prie, ayez la bonté de m'expliquer. Que s'est-il passé, entre Scarborough et vous, pour qu'il estime avoir une bonne raison de s'opposer à notre mariage ?

Elle ouvrit la bouche mais aucun son n'en sortit. Que dire ? « Oui, mon ami, j'ai passé la fin de soirée seule avec un homme, nous avons bu, il m'a embrassée. Oui, tout cela s'est produit la veille de notre mariage, mais marions-nous tout de même, allez ! »

Cela risquait de ne pas avoir l'effet escompté. Cependant, elle ne se voyait pas mentir et affirmer qu'il n'y avait rien eu. Arranger un peu la vérité de temps en temps, c'était une chose ; mentir à l'homme qu'elle s'apprêtait à épouser, c'en était une autre – et elle se refusait à franchir cette limite.

— Je suis désolée, dit-elle dans un élan de vérité. Bernard, je sais que je vous ai blessé et je le regrette.

Il décroisa les bras et tendit la main.

— La bague, Annabel. Veuillez me rendre la bague, je vous prie. Vous n'imaginez tout de même pas que je vais vous épouser, maintenant ?

À des milliers de kilomètres du Mississippi de ses origines, elle demeurait donc la pauvre fille, la moins que rien qui n'était pas assez bien pour se marier.

Elle ôta sa bague de fiançailles en saphir et diamant et la lui rendit. La vue brouillée par les larmes, elle le regarda la prendre, tourner les talons et sortir sans un mot de plus, emportant avec lui la réputation d'Annabel ainsi que tous les espoirs de la jeune femme pour sa famille. Tout s'était écroulé à cause d'une insomnie, de quelques gorgées de whisky et d'un débauché notoire.

Alors, Annabel sentit sa colère et sa douleur la submerger. Que faire devant une telle humiliation, devant une telle disgrâce, si ce n'est pleurer toutes les larmes de son corps ?

Elle se laissa tomber dans un fauteuil et sanglota jusqu'à ce qu'il ne lui reste plus une larme. Puis, quand ce fut fini, elle se mit à réfléchir à la stratégie à adopter.

Mais pourquoi serait-ce à elle de faire quoi que ce soit ? Certes, elle n'avait pas été très maligne la veille au soir. Cependant, toute la faute de ce qui était arrivé aujourd'hui incombait au duc de Scarborough. C'était donc à lui d'agir. Il avait détruit sa vie : il allait la réparer.

Ou alors, elle pouvait le tuer.

Pour l'heure, la seconde solution lui paraissait bien plus tentante que la première. Sauf que cela ne servirait à rien qu'à la soulager un instant. Ensuite, elle serait pendue.

Mieux valait donc revenir à la première option. Il fallait qu'il répare le tort qu'il lui avait causé. Mais comment ?

Elle y réfléchit longuement. Au bout d'une heure, elle commençait d'entrevoir un moyen. Sauf qu'elle ne pouvait réussir seule.

Elle se lava le visage, se poudra le nez et sortit de sa suite en quête de son oncle Arthur. Elle lui en voulait toujours de ce qu'il avait fait, mais, pour mener à bien son idée, elle avait besoin de son aide.

Et il fallait qu'elle agisse sans tarder. Autrement, si elle restait plus longtemps assise à considérer ce que Scarborough avait fait, elle risquait fort de prendre un des pistolets de George et de partir à la recherche de ce traître. Alors, qui sait si elle ne déciderait pas que le tuer valait la peine d'encourir la pendaison ?

Le soir venu, Christian était réveillé et avait dessaoulé, mais il se sentait terriblement mal : la bouche sèche, un mal de cœur et une migraine tenace.

Heureusement, Sylvia avait disparu. Elle lui avait laissé un mot lui confirmant que Rumsford avait annulé le mariage. Son valet de chambre, lui, était là. Dès qu'il vit son maître réveillé, il alla lui chercher de la poudre contre la migraine et du thé longuement infusé avec beaucoup de citron et de miel. Après avoir avalé ces remèdes, il se sentit suffisamment bien pour prendre un bain et se raser. Il allait nettement mieux. Une fois qu'il eut dévoré un steak avec des frites, il recommença à estimer que la vie valait la peine d'être vécue.

À mesure que son corps se remettait de cet excès d'alcool, son esprit se remit à fonctionner.

À 20 heures, il avait compris qu'il n'y avait qu'une chose à faire. À 21 heures, il frappait à la porte de la suite d'Annabel, vêtu d'un habit impeccable et affichant un air qu'il espérait contrit.

Ce fut la mère d'Annabel qui ouvrit. Elle ne sembla pas ravie de le voir, ce qui se comprenait.

— Madame Chumley, la salua-t-il en s'inclinant. Puis-je dire un mot à Annabel ?

— Pour quelle raison devrais-je vous le permettre ? contra-t-elle.

Il n'eut pas le temps de répondre que la voix d'Annabel se faisait entendre.

— Allez-y, maman. Vous pouvez faire entrer monsieur le duc.

Mme Chumley obtempéra. En entrant, il lui murmura qu'il souhaitait être seul avec Annabel. Sa mère prit un air offusqué, puis haussa les épaules.

— Pourquoi pas ? Au point où nous en sommes, cela n'a plus guère d'importance.

— En effet…

— Je reviens dans un quart d'heure, Annabel, ajouta-t-elle par-dessus son épaule.

— Pardon ?

Sa fille, qui se tenait près de la table ronde au centre du salon, leva les yeux des documents étalés devant elle.

— Vous sortez ? Où allez-vous ?

— Il faut que je parle à Arthur. Je ne serai pas longue. De toute façon, vous avez des choses à vous dire, tous les deux.

Sur quoi elle sortit, sourde aux protestations de sa fille, et referma la porte derrière elle.

Christian s'avança dans la pièce et s'arrêta de l'autre côté de la table. Comme ils n'avaient guère de temps, il n'en perdit pas en préliminaires.

— Permettez-moi tout d'abord de vous présenter mes excuses les plus sincères. Je me suis mal conduit.

— À quel moment ? repartit-elle d'un ton acerbe. Quand vous avez accepté de l'argent pour me convaincre de ne pas épouser Bernard ? Ou…

— Vous êtes au courant ?

— Mon oncle Arthur m'a tout avoué. Inutile de vous préciser qu'il ne se sent guère enclin à vous payer, désormais. Donc, est-ce pour cela que vous vous excusez ? À moins que vous regrettiez d'avoir interrompu mon mariage ? Ou, peut-être, de l'avoir qualifié de farce et de mensonge, et d'avoir sali ma réputation ? De m'avoir embrassée, hier soir ? De quoi ?

La liste était accablante, sans doute. Il éprouva néanmoins le besoin de se défendre sur un point.

— Je reconnais que je suis coupable de tout ce dont vous m'accusez, que je suis un débauché de premier ordre, mais, à propos du baiser… je me permets de vous faire observer que vous me l'avez rendu.

— Je ne vous ai pas embrassé, espèce de vermine !

— Pardonnez-moi. Il s'agit manifestement d'un malentendu culturel. En Angleterre – il est important que vous le sachiez si vous comptez toujours épouser un Britannique – lorsqu'un homme embrasse une femme, qu'elle le laisse faire, qu'elle lui passe les bras autour du cou et qu'elle l'attire à lui, on estime qu'elle lui rend son baiser. Peut-être est-ce différent en Amérique.

Elle le fixait avec horreur, rougissant un peu.

— Mais je n'ai rien fait de tout cela !

— Si.

En l'observant, il vit la gêne se peindre sur son visage. Cependant, il ne put résister à la satisfaction toute masculine de lui rappeler les faits.

— Ce n'est pas tout à fait le souvenir que vous en avez ? Hmm. Ce doit être l'effet de l'alcool. À moins que mon baiser ait été si grisant qu'il vous soit monté à la tête et ait troublé votre mémoire ?

— Ne vous flattez pas. D'ailleurs, si vous voulez mon avis, vos excuses sont en train de prendre une drôle de tournure.

— Vous avez raison, dit-il. Bien sûr. La vérité, c'est que j'étais ivre et que…

— C'est donc l'ivresse, votre excuse ?

— Non. C'est… c'est une explication, si vous voulez, mais pas une excuse. Je n'ai pas d'excuse.

— Sur ce point, vous avez raison, lâcha-t-elle les dents serrées.

— Je n'ai jamais eu l'intention de vous blesser ni d'attenter à votre réputation. Autrement, il m'aurait été facile de m'arranger pour que quelqu'un nous surprenne le matin où nous nous sommes retrouvés en deuxième classe. Au contraire, rappelez-vous, je me suis donné beaucoup de mal pour éviter que cela se produise. Certes, j'ai accepté d'essayer de vous dissuader d'épouser Rumsford pour de l'argent, mais ce n'est pas pour cela que je me suis opposé à votre mariage. Croyez-moi, ce n'est vraiment pas ce qui m'a poussé.

Elle poussa un soupir sceptique.

— J'ai peine à le croire.

— Je sais.

Il soupira lui aussi. Même s'il avait une explication à lui donner, elle ne le croirait sans doute pas non plus.

— Quoi qu'il en soit, dit-il, le mal est fait. Il ne nous reste plus qu'une solution.

Il prit une profonde inspiration pour se donner le courage de dire ce qu'il devait dire.

— Il faut nous fiancer.

10

Annabel écarquilla les yeux. Sa bouche s'ouvrit et se ferma sans qu'aucun son n'en sorte. Elle finit par se détourner. Quand elle le regarda de nouveau, elle fronçait les sourcils. Mieux valait se dépêcher de détailler son raisonnement avant qu'elle l'envoie promener, estima-t-il.

— Le fait que je me sois opposé à votre mariage laisse supposer qu'il y a quelque chose entre nous. La seule chose à faire, c'est de le confirmer. Si nous nous fiançons, votre réputation sera intacte. Nous plaiderons le coup de foudre en mer, ce genre de chose. On va vous accuser de faire monter les enchères en remplaçant un comte par un duc, mais, croyez-moi, une fois que nous serons fiancés, plus personne ne songera à vous en vouloir. Peut-être ira-t-on même jusqu'à estimer que vous avez l'art de la manigance et vous admirera-t-on.

— Attendez ! l'interrompit-elle en levant une main. Vous voulez m'épouser ?

— Mon Dieu ! Non.

Aussitôt, il fit la grimace et se reprocha *in petto* son manque de tact.

— Pardon, se reprit-il. Ce n'est pas ce que je voulais dire.

— Si. Vous non plus, vous ne voulez pas m'épouser. C'est à peu près l'histoire de ma vie, conclut-elle en secouant la tête avec un petit rire ironique.

Il soupira.

— Diable ! Tout ce que je fais, aujourd'hui, c'est vous blesser ou m'excuser de vous avoir blessée. Annabel, le fait que je ne veuille pas me remarier n'a rien à voir avec vous. Et ce que je vous propose, ce n'est pas un mariage, mais des fiançailles. Cela fera taire les ragots. Ensuite, au bout de fiançailles assez longues – un an, peut-être…

— Un an ? Que je vous sois liée toute une année par de fausses fiançailles ?

— Il faut que ce soit assez long pour être crédible. Et, au bout d'un an, vous romprez.

— Pour avoir l'air d'avoir quitté mon second fiancé après avoir humilié le premier ?

— Une femme a toujours de bonnes raisons de rompre ses fiançailles. Néanmoins, des raisons, je vous en fournirai autant qu'il faudra, des raisons assez graves et assez publiques pour que l'on ne puisse absolument rien vous reprocher. Dieu sait que je vous dois bien cela, précisa-t-il en se passant la main dans les cheveux. Avec ma réputation, personne ne s'étonnera. Bien entendu, il faudra que votre conduite à vous soit irréprochable. « La femme de César doit être au-dessus de tout soupçon. » Il vaudrait donc mieux que vous évitiez de paraître dans le monde – sauf lorsque nous sortirons ensemble, bien entendu.

— Je vois.

Elle le considéra d'un air pensif, comme si elle réfléchissait à sa proposition, ce qu'il interpréta comme un signe positif.

— Et vous, comment vous conduirez-vous ? s'enquit-elle.

— Moi ?

Cette question le déstabilisa quelque peu ; il se doutait que la réponse n'allait pas lui plaire.

— Cela n'a pas d'importance, répondit-il à contrecœur, puisque ma réputation n'est pas en jeu. Ce n'est pas très juste, je vous l'accorde, s'empressa-t-il d'ajouter. Dans ces circonstances, les convenances n'exigent pas la même chose d'un homme que d'une femme.

— Ah bon ? Que c'est pratique, ironisa-t-elle. Merci pour avoir tenté si galamment de sauver la situation, ajouta-t-elle sur le même ton sans lui laisser le temps de répondre. J'y suis très sensible, monsieur le duc. Mais je crois que je vais m'en passer.

— Vous refusez ?

Fallait-il qu'il s'en étonne ? L'idée ne devait pas l'enthousiasmer, d'autant qu'il ne s'était donné aucun mal pour la présenter sous un angle un tant soit peu romantique. Cependant, pouvait-elle vraiment dire non ?

— Mais nous devons nous fiancer, insista-t-il. C'est la seule façon d'éviter le scandale.

— Non, pas la seule. La plus simple, la plus facile pour vous. Celle qui ne modifiera en rien votre vie.

Elle se rendit compte qu'il se sentait un peu coupable et en profita pour le mettre vraiment mal à l'aise.

— Vous en avez de la chance ! Vous pouvez vous conduire comme un vrai goujat sans avoir à subir les conséquences de vos actes. Certes, il faudra que l'on vous voie une fois ou deux avec moi pendant ces supposées fiançailles, mais, autrement, votre situation vous autorise à faire ce que vous voulez tandis que, moi, je ne pourrai pratiquement pas sortir, ou alors avec un chaperon, et je n'aurai pas le loisir de me faire des amis, de m'amuser et encore moins de rencontrer d'autres hommes qui pourraient vouloir m'épouser !

— Le fait que ce soit commode pour moi ne signifie pas que ce ne soit pas une bonne idée, se défendit-il avec dignité.

— D'abord, il n'est pas question que je me fasse passer pour une femme qui humilie les hommes et les quitte. Ensuite, il n'est pas question non plus que je perde un an de ma vie à attendre par votre faute ! De toute façon, je ne suis pas assez bonne comédienne pour faire semblant pendant toute une année de vouloir me marier avec vous alors que je vous déteste.

— Vous êtes en colère, sans doute, mais…

— En colère ? C'est bien loin de suffire à décrire ce que je ressens pour vous. Si je ne vous ai pas encore tué, c'est uniquement parce que je n'ai pas envie d'être pendue. Honnêtement, ajouta-t-elle un ton plus haut de sorte qu'il n'y avait pas à douter de sa sincérité, après avoir détruit ma vie, ce que vous trouvez de mieux comme réparation, ce sont de fausses fiançailles ? Un vrai gentleman aurait au moins proposé de m'épouser. Pour de vrai !

Elle n'avait pas tort, mais la culpabilité qu'il aurait pu ressentir fut aussitôt éclipsée par une vague de pure panique.

— Ne vous en faites pas, mon joli, précisa-t-elle sans se tromper sur ce qu'il ressentait, même si vous m'aviez gratifiée d'une véritable demande en mariage, j'aurais refusé. Duc ou pas, je ne voudrais de vous pour rien au monde !

Cette réaction aurait dû le soulager mais il n'en fut rien. Il en fut même un peu blessé, ce qui l'irrita.

— Eh bien je me réjouis que les choses soient claires, marmonna-t-il en tirant sur son nœud papillon et en s'efforçant de dissimuler cette absurde vexation. Dans la mesure où nous convenons tous les deux que de véritables fiançailles débouchant sur un mariage sont hors de question, de fausses fiançailles demeurent la seule solution.

— Non, absolument pas. Pendant que vous cuviez votre whisky en dormant, j'ai élaboré un plan pour sauver ma réputation. Merci bien.

Comme c'était une chose impossible pour une femme, il ne releva même pas l'ineptie.

— Vous êtes injuste de m'accuser d'avoir trop bu hier soir dans la mesure où vous étiez éméchée vous-même, souligna-t-il. Vous aviez même déjà commencé à vous mettre dans cet état avant mon arrivée. Et lorsque vous vous êtes évanouie…

— Je ne me suis pas évanouie.

— Vous n'avez perdu connaissance que quelques instants, c'est vrai, mais vous ne teniez plus sur vos jambes et j'ai dû vous porter jusqu'à votre cabine et vous étendre sur votre couchette – tout en m'assurant que personne ne nous voyait afin de vous protéger, vous et votre réputation.

— Et vous trouvez que cela fait de vous un héros ?

— Je ne sais pas. À votre avis ? Qu'en serait-il de votre réputation si ces dames du clan Knickerbocker vous avaient découverte ce matin, gisant dans le bain turc, une bouteille à la main ?

— Vous avez empêché mon mariage !

— Avec un imbécile !

Elle croisa les bras et plissa les yeux.

— Certains considéreraient que l'imbécile, c'est celui qui vient à un mariage saoul comme une barrique et empêche une femme dont il se moque pas mal d'en épouser un autre…

— Enfin, ce n'est pas comme si vous étiez amoureuse de lui, Annabel ! Ce que vous vouliez, c'était être comtesse. Et lui non plus ne vous aimait pas, sa conduite le prouve amplement. C'est votre argent qu'il voulait. Tenez : même votre beauté, votre corps de rêve ne devaient pas compter tant que cela pour lui puisqu'il a passé la nuit précédant le départ du bateau avec une prostituée !

— Quoi ?

Annabel laissa retomber les bras le long de son corps et ouvrit de grands yeux stupéfaits. Tout au fond, il y décela une peine qui lui aurait donné envie de se couper la langue. Il n'avait pas voulu lui dire. Il lui avait déjà fait suffisamment de mal comme cela. Même si elle n'était pas amoureuse de Rummy, elle n'avait pas besoin d'apprendre que son ancien fiancé préférait les prostituées. Mais c'était trop tard.

— Je ne vous crois pas, fit-elle dans un souffle.

— C'est pourtant la vérité. Je l'ai rencontré dans un cercle de jeu la veille du départ. Votre oncle s'y trouvait aussi ; cependant, il ignore que Rummy était venu pour une courtisane.

— Ce n'est peut-être pas le cas. Il était peut-être là pour jouer aux cartes.

— Non, Annabel. Il s'en est vanté devant moi.

Christian inspira profondément. Il n'y avait plus moyen de reculer.

— Je l'ai vu monter. Or, dans ce club, il n'y a pas de tables de jeu à l'étage. Uniquement des prostituées.

Elle resta muette quelques secondes. Puis elle releva le menton, redressa les épaules et le regarda dans les yeux.

— Même si ce que vous dites est vrai, cela ne justifie pas la façon dont vous avez agi.

— Je vous l'accorde. À cause de moi, votre réputation est compromise, ce que je ne peux permettre. Si nous nous fiançons, l'honneur sera sauf.

— J'ai déjà dit non.

— Mais que peut-on faire d'autre ?

Elle désigna les documents étalés sur la table qu'elle lisait au moment où il était entré.

— J'ai élaboré un plan, annonça-t-elle. Un plan qui n'implique pas que nous nous fiancions. Voici la lettre de démission d'un de mes curateurs, M. Bentley, dit-elle en prenant une feuille. Et un contrat rédigé par mon oncle Arthur qui vous nomme pour remplacer M. Bentley.

Christian fronça les sourcils. Il ne voyait pas où elle voulait en venir.

— À quelles fins ?

— Ces deux documents sont datés d'hier. Si vous vous êtes opposé à mon mariage ce matin, ce n'est pas à cause d'un batifolage entre nous : c'est parce que le contrat de mariage ne vous convenait pas et qu'en tant que nouveau curateur vous ne pouviez le laisser avoir lieu sans une renégociation préalable.

— Malin, fut-il forcé de reconnaître. C'est Rumsford qui a rompu les fiançailles, n'est-ce pas ? Pas vous ?

Son air pincé lui fit comprendre qu'il avait visé juste.

— Néanmoins, ajouta-t-il, je ne connais pas votre famille. Pourquoi M. Ransom et M. Chumley auraient-ils fait appel à moi ?

— Parce que vous êtes duc, répondit-elle du tac au tac. Arthur a fait votre connaissance à New York. Lorsque M. Bentley a démissionné, George et lui vous ont approché pour le remplacer parce que nous allions vivre en Angleterre et que nous souhaitions nous y faire des relations. Vous vous êtes opposé au mariage parce qu'après avoir lu le contrat à bord vous ne l'avez pas jugé dans mon intérêt. Vous avez longuement hésité à intervenir, mais vous avez finalement décidé d'agir selon votre conscience – ou quelque chose de ce genre. Aux yeux de la plupart des gens, ajouta-t-elle en le fixant droit dans les yeux, vous êtes dépourvu de conscience morale, sans doute. Cependant, d'après ce que j'ai pu observer, vous êtes suffisamment bon comédien pour les faire changer d'avis.

Encore une pique un peu blessante mais qu'il méritait sans doute…

— Croyez-le ou non : c'est ma conscience qui m'a poussé à interrompre votre mariage.

— Je me moque éperdument de vos raisons, contra-t-elle en plongeant une plume dans l'encrier avant de la lui tendre. Signez, je vous prie.

Il étudia un petit moment son visage fermé et estima que ce n'était pas le moment de soutenir que, ce matin, il lui avait sauvé la vie. Il prit donc la plume.

— Bien, fit-il, je serai votre curateur. Puisque vous refusez les fiançailles, c'est sans doute la seule chose à faire. Où dois-je signer ?

Il apposa sa signature là où elle le lui indiquait, heureux qu'écrire son nom sur quelques documents suffise à régler le problème.

— Voilà, dit-il en lui rendant les feuilles. C'est fini.

— Pas tout à fait, corrigea-t-elle en prenant le document. Vous savez, il faut toujours lire avant de signer. Mon oncle Arthur me le répète sans cesse.

Il l'observa avec une appréhension croissante. Elle tenait toujours le contrat qu'il venait de signer.

— Cela fait de vous mon curateur, mais il y a certaines conditions à respecter.

— Lesquelles ?

— Vous ne pensiez tout de même pas vous en tirer rien qu'en signant un papier, si ? Après ce que vous avez fait ?

Elle jeta la liasse sur la table et se pencha vers lui.

— En acceptant le rôle de curateur, vous devenez aussi l'un de mes tuteurs légaux. Votre rôle sera, entre autres, de faciliter mon entrée dans le monde, à Londres.

Christian la fixa, horrifié.

— Vous plaisantez.

— Oh, que non, mon joli. Pas le moins du monde. Je n'ai pas fait tout ce chemin pour rentrer à New York au son de la défaite.

— Et comment suis-je censé m'y prendre pour réaliser ce vœu qui vous est si cher ?

— Vous allez aider votre sœur à me lancer dans la bonne société. Oui, précisa-t-elle, j'ai déjà parlé avec lady Sylvia. Elle a accepté de me présenter à ses amies, de s'assurer que je reçoive des invitations, ce genre de chose. Mais, pour convaincre chacun que vous n'avez pas agi pour des raisons sentimentales, nous avons besoin de votre coopération.

— Je vais devoir jouer le rôle de tuteur dévoué ? Cela, personne ne va y croire.

— Il le faudra pourtant. Si quiconque a la moindre raison de soupçonner qu'il existe entre nous un attachement d'une autre nature, ma réputation sera ternie et tout le monde s'attendra que vous m'épousiez. Comme nous jugeons tous les deux que c'est la pire des solutions, vous devrez m'aider à rendre mon histoire convaincante.

— Vous n'allez pas chercher un autre mari anglais, au moins ?

— Dans l'immédiat, mon souci est de sauver ma réputation que vous avez noircie ! Vous devrez faire en sorte que les gens croient à notre version des faits. Pendant que je profiterai de la saison, que je me ferai des amis, que je rencontrerai des jeunes gens respectables, vous jouerez le rôle de tuteur protecteur et de curateur dont la mission première est de tenir à distance les coureurs de dot, débauchés et vauriens.

— Pour vous citer, repartit-il, c'est un peu faire entrer le loup dans la bergerie.

— Non, parce que vous avez changé, répliqua-t-elle avec un grand sourire artificiel. Vous avez tourné la page sur vos turpitudes passées, depuis que vous êtes duc. Vous avez renoncé à votre conduite scandaleuse et prenez votre rôle de curateur très au sérieux.

C'était de pire en pire.

— Mais, pour faire ce que vous dites, il faudrait que je sorte moi-même dans le monde.

Plutôt rôtir en enfer !

— Il faudrait que je fasse plaisir aux uns et aux autres, que j'aille à l'opéra, que j'assiste à des bals. Que je me rende au club pour parler élevage de chiens et politique avec Rumsford et ses semblables... C'est inconcevable, conclut-il en frémissant.

— Que cela ne vous amuse pas est le cadet de mes soucis, avoua-t-elle.

— Le pire, c'est que cela va donner à toutes les jeunes filles l'impression que je suis moi-même à marier. Je vais avoir toutes les débutantes de Londres et leur mère à mes trousses.

— C'est probable, confirma-t-elle en rangeant les documents dans un portefeuille de cuir avant de lui adresser un regard de pitié moqueuse par-dessus la table. Oh, pauvre de vous...

Il ignora son sarcasme.

— C'est la pire idée qu'il m'ait été donné d'entendre, déclara-t-il.

— Quel dommage...

Elle posa le portefeuille à côté du petit secrétaire et alla ouvrir la porte pour lui signifier son congé.

— Vous avez contrecarré mes projets : vous méritez ce qui vous arrive. Mais ne vous en faites pas : vous recevrez le même traitement que M. Bentley pour être mon curateur. Dix mille dollars par an.

— Vous êtes certaine de ne pas préférer que nous nous fiancions ? insista-t-il au moment de sortir. Ce serait tellement plus facile. Plus simple. Sans histoires.

— Certainement pas. Vous avez été engagé pour faire un travail. Je vous assure que, sans doute pour la première fois de votre vie, vous allez mériter votre salaire.

Sur quoi, elle lui claqua bruyamment la porte au nez.

Christian resta derrière, stupéfait. Comment cet entretien avait-il pu transformer son plan si raisonnable en un projet compliqué qui allait l'obliger à passer la saison à Londres pour veiller sur la réputation d'une héritière, mais aussi pour la protéger contre les coureurs de dot, tout en évitant lui-même de s'intéresser de trop près à son corps.

Si cela arrivait à l'un de ses amis, il trouverait l'affaire hilarante, bien entendu. Il allait souffrir le martyre.

Claquer la porte au nez de Christian était l'un des gestes les plus satisfaisants qu'Annabel ait jamais faits. Refuser sa proposition de fiançailles n'avait pas été déplaisant non plus, du reste. Et lui faire signer ce contrat sans qu'il l'ait lu au préalable lui avait procuré une intense jubilation.

Pourtant, même s'ils l'aidaient à se sentir un peu mieux, ces petits triomphes ne compensaient pas les horribles événements de la matinée. Et moins encore le fait qu'elle comptait désormais trois hommes qui ne voulaient pas l'épouser. Et elle préférait ne même pas songer à ce que Christian lui avait appris sur Bernard. Elle savait qu'il avait eu des maîtresses, autrefois. Mais une prostituée juste avant le départ ? Cette idée la rendait malade.

Évidemment, Christian mentait. On ne pouvait pas lui faire confiance. Pourtant, là, quelque chose lui soufflait qu'il disait la vérité.

Soudain, une immense lassitude s'empara d'elle et elle en vint à se demander s'il était bien utile de mettre son plan à exécution. Et si elle rentrait chez elle, à la place ? Mais où était-ce, chez elle ? À Gooseneck Bend ? À New York ? Elle n'était plus chez elle nulle part.

Elle secoua la tête pour chasser le désespoir qui menaçait de l'envahir. Elle avait suffisamment pleuré pour aujourd'hui. Et les nerfs lui manquaient. Refusant de se laisser aller à s'apitoyer sur son sort, elle se coucha – et s'endormit la tête sur l'oreiller.

Le lendemain, Annabel n'eut pas le temps de se lamenter. D'abord, elle ne se réveilla qu'à midi. Et comme l'*Atlantic* devait arriver à Liverpool dans la soirée, l'après-midi se passa à se préparer à débarquer. Sa mère lui proposa de s'occuper de rendre tous les cadeaux que les invités avaient apportés à bord et elle accepta avec gratitude. De son côté, elle surveilla les femmes de chambre qui faisaient leurs bagages. C'est alors qu'on frappa à la porte de leur suite.

Annabel hésita à ouvrir elle-même. Elle n'avait guère envie de se trouver confrontée à un indiscret venu chercher quelques informations à colporter. Mais les femmes de chambre étaient occupées dans les cabines. Quand on frappa de nouveau, elle n'eut guère le choix.

Elle fut donc soulagée de découvrir sur le seuil lady Sylvia, accompagnée d'un serveur qui poussait une table roulante sur laquelle était dressé le plateau du thé.

— Bonjour, dit-elle. J'espère que je ne vous dérange pas.

Annabel secoua la tête.

— Depuis notre conversation d'hier, j'ai fait des projets, annonça lady Sylvia en désignant la table roulante. Je me suis dit que nous pourrions en discuter autour d'une tasse de thé ?

— Avec plaisir, merci. Entrez, je vous en prie.

Elles s'avancèrent dans le salon, suivies du valet de chambre qui arrêta le chariot au milieu de la pièce.

— Merci, Sanderson, ce sera tout, fit lady Sylvia.

— Bien, Madame.

Il sortit, non sans avoir vérifié que le thé infusait bien. Annabel prit la passoire.

— Citron ou lait ? s'enquit-elle en servant soigneusement deux tasses.

— Du lait, s'il vous plaît, et deux sucres. Je vois que vous savez servir le thé, commenta lady Sylvia. Souvent, les Américaines ne savent pas. On ne boit pas beaucoup de thé, chez vous. Je suis bien placée pour le savoir : mon mari était américain. Et il tenait à son café tous les matins.

— Votre mari... Roger Shaw, n'est-ce pas ? L'architecte ?

— Oui. Comment le savez-vous ?

Annabel fit une petite grimace en mélangeant le sucre dans sa tasse après avoir donné la sienne à lady Sylvia.

— Je sais tout sur toutes les familles Knickerbocker de New York. On ne peut pas dire que cela m'ait servi à grand-chose...

Sylvia s'immobilisa, sa tasse à quelques centimètres de ses lèvres, et la contempla.

— Je suis désolée, dit-elle subitement.

— Désolée ? répéta Annabel surprise et intriguée. Mais désolée de quoi ?

— Je ne sais pas très bien, avoua-t-elle en buvant une gorgée de thé. Que mon frère puisse être aussi idiot, de temps en temps. Que tous ceux dont l'opinion compte pour vous aient été témoin de cette scène. Je crois...

Elle s'interrompit un instant.

— Bon, enfin je crois que, ce que je voulais dire, c'est que je suis désolée de ne pas avoir fait l'effort de faire votre connaissance plus tôt.

Annabel fit un petit sourire.

— Comment vous y seriez-vous prise ? Vous seriez venue vous présenter à nous, les nouveaux riches, et vous vous seriez chargée de nous faire entrer de force dans la bonne société new-yorkaise ? Au fond, vous ne dites cela que parce que, maintenant, vous me connaissez. Les circonstances nous ont rapprochées et, à vos yeux, je suis devenue une personne, dit-elle en la fixant du regard. Je ne suis plus un visage insignifiant parmi tant d'autres.

— Hélas, c'est vrai, reconnut Sylvia avec une grimace.

— Je ne cherche pas à vous blesser, lady Sylvia. Mais sachez que je sais où je mets les pieds. Je n'ai aucune illusion sur ce qui m'attend. Ce n'est pas de la pitié qu'il me faut, c'est de l'aide.

— Bien sûr, répondit son interlocutrice en hochant la tête. Du reste, il vous sera plus facile de vous faire une place dans le monde à Londres qu'à New York – une fois que vous vous serez fait quelques relations haut placées, cela va de soi.

— Et parce que j'ai beaucoup d'argent, compléta Annabel non sans cynisme. Parce que les aristocrates britanniques ont besoin d'épouser de jeunes filles riches.

— Vous deviez avoir bien piètre opinion de nous… Cependant, la dot de la fiancée est l'un des aspects essentiels du mariage en Angleterre, surtout de nos jours, car les domaines ne rapportent plus de quoi assurer leur entretien. Je ne vous rendrais pas service si je soutenais le contraire.

— Je le sais. Et comme je sais également ce que c'est que de ne pas avoir d'argent, lady Sylvia, je ne reprocherai jamais à personne de chercher à éviter de se trouver dans cette situation. Surtout maintenant, ajouta-t-elle avec un petit rire. Maintenant que je suis riche, je veux moins que jamais redevenir pauvre, c'est certain.

Sylvia la considérait avec toute l'intensité de ses yeux bleus.

— Il doit être difficile de se trouver prise entre deux mondes, murmura-t-elle, sans appartenir vraiment ni à l'un ni à l'autre.

— C'est vrai, confirma Annabel, soulagée que quelqu'un comprenne enfin ce qui échappait même à certains membres de sa famille. Je voudrais faire un beau mariage, avoir des enfants et me faire une place dans le monde. Je voudrais que ma sœur profite des avantages de la bonne société comme je n'ai pas pu le faire. Je voudrais que personne ne se moque plus jamais de ma famille. Cependant, au moment où j'ai rencontré Bernard, j'avais perdu espoir, avoua-t-elle dans un soupir en posant sa tasse de thé. Je ne veux pas retourner à Gooseneck Bend. Et je ne peux pas rentrer à New York après ce qui s'est passé.

Sylvia lui tapota la main d'un geste amical.

— Rien ne vous y oblige, Annabel, assura-t-elle. Désormais, vous avez des relations. J'ai commencé à poser des jalons pour vous.

— Vous avez commencé à expliquer aux gens notre version des faits ?

— Expliquer ? Grands dieux, non ! Si l'on commence à expliquer, on finit immanquablement par se justifier et on perd la bataille. Non, non. J'ai dix ans de plus que vous, ma chère. Faites-moi confiance : je sais comment réagir quand un scandale de ce genre se produit. On l'évoque en passant, en riant un peu, l'air passablement agacée par les bêtises de ce frère impulsif et irresponsable. Dans la mesure où, bien entendu, Christian n'a agi que dans l'intérêt de sa pupille et où Rumsford a mieux aimé rompre que comprendre ce qui s'était passé, c'est à ce dernier qu'incombe désormais la charge de s'expliquer. Or, tel que je le connais, il aimerait mieux mourir qu'évoquer cet humiliant épisode.

— Je vois.

— Quand nous arriverons à Liverpool, notre version des événements se sera répandue dans tous les coins du bateau et je pense que la plupart des gens y croiront. Tout ce que le comte pourra plaider, c'est qu'il n'avait pas été informé de la démission de M. Bentley et de son remplacement par le duc. Mais il ne pourra pas vous attaquer pour rupture de promesse de mariage. De toute façon, même s'il en avait la possibilité, il ne le ferait sans doute pas.

— Vous semblez bien sûre...

— Oui.

Elle hésita un instant avant d'ajouter :

— On est en pleine saison mondaine et le comte ne peut pas passer pour mesquin aux yeux des jeunes filles.

— Des héritières, vous voulez dire, fit Annabel avec une note de cynisme. S'il m'intentait un procès, cela ne ferait pas bon effet.

— Exactement. Il ne vous sera peut-être pas d'un grand réconfort d'entendre dire que vous êtes bien débarrassée de lui, mais je vous le dis tout de même. Si vous le souhaitez, vous pouvez trouver beaucoup mieux que Rumsford.

Annabel songea à Rumsford et à la prostituée. Soudain, elle n'était plus si sûre de le souhaiter.

— Pensez-vous que mon plan fonctionnera ?

— Bien sûr ! C'est un très bon plan et je vous en félicite, Annabel. Je ne crois pas que j'aurais pu trouver mieux dans cette situation. La vie est comme un tableau, vous savez. Tout dépend de la façon dont on l'encadre. Dès notre arrivée à Londres, Christian et moi commencerons à ouvrir la voie en écrivant des lettres, en rendant des visites, ce genre de choses. Puis, après une période d'attente raisonnable – une quinzaine de jours devrait suffire, je pense –, je vous ferai faire votre entrée dans le monde. Pour ajouter à notre crédibilité, le mieux serait que vous vous installiez chez moi, à Cinders.

— Cinders ?

— Ma villa juste à côté de Londres, à Chiswick. Non, ne déclinez pas, je vous en prie. Je refuse de vous laisser descendre à l'hôtel alors que je peux vous accueillir chez moi. La maison est louée une grande partie de l'année, bien sûr, parce que je voyage beaucoup. Mais je la garde toujours pour la saison. J'ai déjà abordé ce point avec votre mère et elle convient que cela ne pourra que souligner le lien entre nos deux familles.

Elle finit son thé, reposa sa tasse et se leva.

— Il faut que je vous quitte. Nous avons bien travaillé mais il faut que j'aille voir ce qu'il en est des bagages. Nous débarquons dans quelques heures.

— Merci, lady Sylvia, répondit Annabel en se levant à son tour. J'apprécie énormément votre aide.

— Je vous en prie, ma chère. Après la conduite épouvantable de Christian hier, c'est le moins que je puisse faire. Du reste, c'est un plaisir : j'adore lancer les jeunes filles dans le monde.

— Et les défis ne vous font pas peur… ajouta Annabel dans un soupir en ouvrant la porte.

— Je vous l'ai dit, ma chère, vous n'avez rien à craindre. Malgré ce qui s'est passé, vous allez avoir un succès fou, à Londres. Entre votre joli minois et votre charme américain, je serais bien étonnée que vous n'ayez pas une dizaine de prétendants d'ici à la fin de la saison.

— Ma foi, j'ai déjà eu une demande en mariage…

À cette révélation, sa visiteuse se figea.

— Une demande en mariage ? Déjà ? Mais de qui ?

Annabel ne sut comment interpréter son étonnement.

— Mais de votre frère. Vous n'étiez pas au courant ?

— Pas le moins du monde, assura-t-elle en secouant la tête et en se mettant à rire. Christian vous a demandée en mariage ? Christian ? répéta-t-elle, incrédule.

— Enfin, ce n'était pas une vraie demande en mariage, s'empressa-t-elle de préciser. Son idée, c'était que nous restions fiancés un an puis qu'il fasse quelque chose d'épouvantable afin de me fournir une excuse pour rompre.

— Quoi ? Vous faire attendre toute une année sans vous permettre de rencontrer d'autres hommes ?

Comme Annabel hochait la tête, elle enchaîna :

— J'espère que vous avez refusé !

— Pour être précise, je lui ai répondu que, duc ou pas, je ne voudrais de lui pour rien au monde. Même pour faire semblant.

Sylvia rit de bon cœur.

— Oh, Annabel, vous me plaisez beaucoup ! Nous allons devenir de grandes amies, je le sens.

— Je l'espère, murmura Annabel en la regardant s'éloigner. Des amis, il va m'en falloir.

11

La première impression qu'Annabel eut en débarquant à Liverpool fut que l'Angleterre était un pays humide. Bien qu'on fût en avril, une pluie battante et un vent glacé les attendaient. S'il faisait aussi mauvais au printemps, elle comprenait mieux ce que lui avait dit Christian des châteaux anglais en décembre.

Non seulement il faisait humide et froid, mais il faisait également nuit quand les voitures de louage les conduisirent à un hôtel proche de la gare, de sorte qu'Annabel ne découvrit les paysages de ce pays où elle voulait s'établir que le lendemain, dans le train.

La plupart de ses affaires avaient fait le voyage en cargo et n'arriveraient qu'une semaine plus tard. Arthur réserva donc un garde-meuble à Liverpool avant le départ. Christian et sa sœur voyageaient à bord du même train mais leur compartiment était un peu plus loin dans le couloir. Ils ne se verraient donc sans doute pas beaucoup pendant les six heures qu'allait durer le voyage. C'était aussi bien, songea-t-elle tandis qu'ils quittaient Liverpool. Au moins en ce qui concernait Christian. La veille, elle résistait encore à l'envie de le tuer.

À mesure que le train gagnait le sud, elle découvrit la campagne anglaise et, même sous la pluie, la trouva aussi belle qu'elle l'avait imaginée.

Elle aima ses haies vert sombre, ses murs de pierre, ses barrières en bois. Elle aima la beauté sculpturale des églises anciennes et des ruines des prieurés. Elle aima les petits villages avec leurs auberges et leurs petits cottages au toit de chaume.

À mille lieues de ce qu'elle avait ressenti en arrivant à New York ! Avec ses gratte-ciel, l'imposant pont de Brooklyn, la statue de la Liberté, son élégant grès brun, la grande ville l'avait beaucoup plus intimidée que cette campagne bucolique.

Cette pensée lui amena un sourire contrit. Malgré tous ses efforts pour échapper à ses origines, elle n'était, au fond, qu'une fille de la campagne. Elle ignorait si, un jour, elle s'installerait en Angleterre de façon définitive. En tout cas, il était rassurant de songer que sa première impression avait été favorable. Car, dans un premier temps, rester ici était ce qu'elle avait de mieux à faire. À condition que son plan réussisse.

Même si ce n'était pas le cas, elle trouverait bien un aristocrate sans fortune pour l'épouser, mais, curieusement, cette idée ne la tentait plus beaucoup.

— Êtes-vous bien installée, madame Chumley ?

Tirée de sa rêverie par la voix un peu brusque de lady Sylvia, Annabel se retourna et la découvrit sur le seuil du compartiment.

— Oui, madame, merci, répondit Henrietta.

— Parfait. Voulez-vous vous joindre à moi pour prendre le thé au wagon-restaurant ?

— Le thé ? s'écria Dinah en sautant sur ses pieds. On pourra avoir des scones avec de la confiture ?

— Dinah Louise, la reprit sa mère, tu n'as pas besoin de manger. Tu as pris ton petit déjeuner il y a deux heures. Si tu manges des scones maintenant, tu n'auras plus faim pour déjeuner.

— Oh, rien qu'un… la supplia la petite d'un air qui fit rire Sylvia.

— Ne t'en fais pas, ma petite fille, dit cette dernière pour la consoler. Cet après-midi, quand nous arriverons à Cinders, Mme West en aura préparé spécialement pour nous, je te le promets. Pour l'instant, nous allons devoir nous contenter de thé sans rien d'autre. Venez-vous avec nous, Annabel ?

Celle-ci hésita un instant puis secoua la tête.

— Non, merci. Allez-y sans moi.

C'est ce qu'elles firent, tandis qu'Annabel se tournait vers la fenêtre en se demandant pourquoi l'idée de trouver quelqu'un d'autre à épouser l'avait quittée.

La découverte de l'infidélité de Bernard l'avait blessée, cela ne faisait aucun doute. De plus, cela faisait deux fois qu'elle se trompait lourdement sur le compte d'un homme. Saurait-elle mieux choisir la troisième fois ? Si elle n'était pas amoureuse de Bernard, elle éprouvait pour lui une réelle affection. Elle le considérait comme un ami et un partenaire. Ce n'était pas une façon très romantique de voir le mariage, peut-être, mais c'était réaliste et raisonnable. Bien entendu, elle croyait également que Bernard et elle éprouvaient l'un pour l'autre une affection et un respect mutuels sur lesquels il serait possible de bâtir une union de toute une vie. Elle trouvait gênant, voire douloureux, de découvrir que ces sentiments n'étaient pas partagés. Autrement, Bernard n'aurait pas passé la nuit avec une prostituée une semaine avant leur mariage.

« Du respect ? Vous croyez que Rumsford vous respecte ? »

Christian avait raison. Raison sur elle, raison sur Rumsford, raison depuis le début. C'était dur à admettre.

Un bruit lui fit tourner la tête. Elle découvrit l'objet de ses pensées debout à la porte du compartiment et qui la regardait, les mains dans les poches.

— Alors, s'enquit-il en s'asseyant, comment trouvez-vous l'Angleterre pour l'instant ? À la hauteur de vos espérances ?

— J'aime beaucoup, assura-t-elle en relevant le menton. C'est très beau.

— Plus que le Mississippi ?

— À mes yeux, oui. Ces chaumières ont beaucoup plus de charme que la cabane dans laquelle j'ai passé mon enfance, en tout cas.

— Et les gens qui les habitent diraient sans doute la même chose du Mississippi s'ils se trouvaient dans un train qui passait à proximité de Gooseneck Bend.

— Non, sûrement pas. Pas en été, en tout cas. Le climat les renverrait directement chez eux.

Il laissa échapper un bref éclat de rire.

— Quoi ? fit-elle, étonnée. J'ai dit quelque chose de drôle ?

— Annabel, l'Angleterre est connue dans le monde entier pour avoir le pire climat possible. Le temps est maussade, humide et froid presque toute l'année.

— Si la journée d'aujourd'hui est censée illustrer ce que vous dites, je ne suis pas d'accord. Une certaine fraîcheur n'est pas pour me déplaire et je ne crains pas la pluie. Dans le Mississippi, ajouta-t-elle en souriant et en s'appuyant au dossier de son siège, l'été, il fait tellement chaud que l'on pourrait faire cuire des œufs sur le trottoir, qu'il fasse beau ou non. Et New York ne vaut guère mieux. C'est pourquoi tout le monde va à Newport. J'y suis allée aussi, mais c'était épouvantable et, au bout de quelques étés, nous avons arrêté.

— En quoi était-ce épouvantable ?

— Oh, je ne sais pas. Les fêtes auxquelles nous n'étions pas invités, les femmes qui faisaient semblant de ne pas nous voir quand nous nous promenions sur Bellevue Avenue. Assister à des matchs de polo parmi des gens qui faisaient comme si nous n'étions pas là. On pourrait croire que les exclus auraient formé un autre groupe, organisé des fêtes… Mais pas du tout. Ce n'est pas ainsi que cela se passe. Nous avons donc passé des étés affreux à Newport.

— J'imagine. Mais, croyez-moi, Annabel, les hivers anglais sont encore pires. Ils sont d'une tristesse à périr.

— Vous avez tout de même les fêtes de Noël pour les égayer…

Il s'esclaffa.

— J'ai beau adorer le pudding et l'oie rôtie, je vous assure que le jeu n'en vaut pas la chandelle.

Elle avait peine à le croire. Son expression dut la trahir car il insista :

— J'imagine que, d'ici à quelques années, lorsque votre mari aristocrate voudra vous emmener passer l'hiver à Nice ou à Juan-les-Pins, vous lui direz : « Non. Oh, non, mon ami, je n'y tiens pas. Pour rien au monde je n'échangerais l'Angleterre avec sa neige fondue, sa gadoue et sa pluie glacée contre la chaleur de la Côte d'Azur. »

Ce fut au tour d'Annabel de rire. Elle ne pouvait pas s'en empêcher quand il disait des bêtises de ce genre.

— Ah, mes plaisanteries vous amusent, remarqua-t-il en souriant. C'est bon signe. Après ce que j'ai fait hier, je commençais à craindre que vous me haïssiez.

Mais oui, se rappela-t-elle en cessant de sourire. Elle devait lui en vouloir.

— Peut-être que je vous hais, répliqua-t-elle.

Le sourire de Christian s'effaça également. Il la fixait de ses yeux plus bleus que jamais dans la lumière grise.

— J'espère que non, murmura-t-il, l'air grave.

Sans raison, le cœur d'Annabel se mit à cogner plus fort dans sa poitrine. Elle se remit à parler du temps, un sujet moins dangereux.

— Quoi qu'il en soit, je vous assure que c'est vrai : j'aime la pluie.

— Quelque chose me dit que vous l'affirmeriez même si ce n'était pas vrai, rien que pour me donner tort.

C'était si juste qu'elle se retint avec difficulté de rire à nouveau. Elle ne voulait pas qu'il la fasse rire. Elle ne voulait pas trouver sa compagnie agréable. Pas après ce qu'il avait fait.

— En tout cas, fit-elle en désignant la fenêtre, j'imagine que les gens qui vivent dans ces chaumières sont aussi pauvres que je l'ai été, mais je persiste à trouver leur cadre de vie plus beau que ne l'était le mien. Sans doute estimez-vous que j'idéalise l'Angleterre, ajouta-t-elle d'un air de défi. Je sais que, pour vous, c'est déjà ce que je faisais en décidant d'épouser Bernard.

— Et ce n'était pas le cas ?

— Si, sans doute, concéda-t-elle avec une grimace. Pourtant, je pensais agir avec pragmatisme. Sans le moindre romantisme.

— Cela prouve une chose : vous n'êtes pas aussi dure ni aussi intéressée que vous le voudriez.

— Hélas... fit-elle en le regardant.

— Non, ne le regrettez pas, Annabel.

Il baissa un instant les yeux. Quand il les releva, elle y lut la même intensité farouche que le jour de leur rencontre.

— Ne le regrettez jamais, insista-t-il. C'est horrible de ne pas avoir d'idéal. Je suis bien placé pour le savoir.

La question qui lui brûlait les lèvres sortit sans qu'elle ait eu le temps de la retenir.

— Vous affirmez que ce n'est pas pour l'argent que vous vous êtes opposé à mon mariage. Alors pourquoi ?

Il se détourna et regarda par la fenêtre si longuement qu'elle crut qu'il n'allait pas lui répondre.

— Je ne sais pas, finit-il par dire. Je me rends bien compte que je vous dois une explication, mais je n'en ai pas. Comme vous le savez, j'étais ivre. C'est tout ce que je peux vous dire.

Il la regarda à nouveau avec un petit sourire.

— Si vous me haïssiez pour cela, je ne pourrais pas vous le reprocher.

En étudiant son visage, elle comprit qu'elle ne pouvait pas le haïr. Elle en fut si troublée qu'elle se leva.

— Je ne vous hais pas, lâcha-t-elle en se dirigeant vers la porte.

— Non ?

— Non.

Elle s'arrêta au moment de sortir et lui jeta un regard contrit par-dessus son épaule.

— Ne soyez pas si surpris, ajouta-t-elle dans un soupir. J'ai toujours eu un faible pour les mauvais garçons.

Et, en s'éloignant dans le couloir, elle commençait de craindre que ce soit irrémédiable.

En regagnant son compartiment, Christian trouva Arthur Ransom qui l'y attendait. Il devina à sa mine sombre que ce n'était pas une visite de courtoisie, ce qui ne l'étonna nullement.

Ce qui était plus curieux, c'était que l'oncle d'Annabel ne soit pas venu plus tôt le sermonner au sujet de sa conduite.

— Je devrais vous casser la figure, attaqua d'emblée Arthur en se levant et en se tournant vers Christian les poings serrés. Savez-vous pourquoi je ne l'ai pas fait ?

— J'avoue que je ne vois pas, reconnut Christian. Sauf si c'est parce que votre nièce s'en est déjà chargée. Et avec quelle efficacité ! ajouta-t-il en palpant sa mâchoire endolorie.

— Non, ce n'est pas pour cela, contra Arthur en se rasseyant lourdement. Si je ne m'en suis pas pris à vous, c'est qu'au fond tout est ma faute. J'ai fait appel à un coureur de dot pour me débarrasser d'un autre.

Sentant qu'il ne risquait plus de coup de poing, Christian s'assit en face de lui.

— Monsieur Ransom, si vous êtes venu me demander des explications...

— Je n'ai pas besoin de vos explications, le coupa-t-il. Vos raisons pour avoir agi ainsi sont évidentes. Mais si vous imaginez que je vais vous donner un sou pour le cirque que vous avez fait, vous vous trompez. Non, reprit-il sans laisser à Christian l'occasion de le détromper, si je suis ici, c'est pour que, moi-même, je vous explique certaines choses.

— Ah bon ? s'étonna Christian. Que tenez-vous donc à m'expliquer ?

— J'ai accepté le plan d'Annabel parce qu'il me semblait que c'était l'alternative à un retour au pays dont elle ne voulait pas entendre parler. Une chose est sûre, elle n'a peur de rien. Et elle n'a pas l'air si pressée que cela de se trouver un autre aristocrate anglais pour remplacer Rumsford, donc, de ce côté-là, tout va bien. Elle dit qu'elle a seulement envie de s'amuser et je crois que c'est vrai. Si votre sœur et vous la promenez dans Londres, la présentez au grand monde et la faites inviter à des réceptions, je suis certain qu'elle va en profiter, et apprécier. Alors je laisse faire. Mais, ajouta-t-il sur un ton de nouveau menaçant, je vous préviens que ce plan a intérêt à fonctionner. Et cela dépend de vous et de votre sœur.

— Je vous assure que Sylvia et moi ferons tout notre possible pour qu'Annabel connaisse un succès retentissant.

— Tant mieux, conclut Arthur Ransom en se levant. Parce que si vous blessez ma nièce ou si vous la mettez dans une situation gênante une fois de plus, je ne me contenterai pas de vous casser la figure comme elle l'a si bien fait. Je vous tuerai.

Cinders était une charmante demeure de stuc jaune et de brique rouge avec de hautes fenêtres étroites et une vue sur la Tamise. Lorsque les carrosses ducaux qu'avait fait venir Sylvia s'arrêtèrent dans l'allée de gravillons un peu après 17 heures, les voyageurs eurent tout juste le temps de descendre qu'un homme vêtu élégamment ouvrait la porte d'entrée.

— Traverton, le salua Christian en pénétrant dans le grand hall au carrelage en damier et aux boiseries peintes en blanc. Tout s'est bien passé, en notre absence ?

— Nous avons dû nous séparer du second valet de pied, Monsieur le Duc, répondit-il d'une voix mélancolique si semblable à l'imitation que faisait Christian des majordomes qu'Annabel eut du mal à se retenir de rire. Mais il me semble que son remplaçant saisit mieux la manière dont on procède dans la maison d'un duc.

— Parfait.

Christian avait parlé d'une voix grave mais Annabel ne manqua pas le clin d'œil complice qu'il lui adressa. Puis il lui présenta le majordome, ainsi qu'à sa famille, en disant :

— Si vous avez besoin de quoi que ce soit, Traverton se fera un plaisir de vous aider. N'est-ce pas, Traverton ?

— Absolument, confirma ce dernier en s'inclinant. Madame, ajouta-t-il en se tournant vers lady Sylvia, lady Helspeth et lady Kayne seront ici à 18 heures pour votre réunion du comité mensuelle.

— Le bal du 1er mai ! s'exclama l'intéressée en portant la main à son front. J'avais complètement oublié que je faisais partie du comité organisateur, cette année. Et vous dites qu'elles seront là à 18 heures ? Seigneur !

— Lady Helspeth sera accompagnée de sa fille, lady Edith.

Cette annonce tira un grognement contrarié à Christian. Il prétexta une affaire urgente, s'excusa et gravit quatre à quatre le grand escalier.

— Je les inviterai à rester dîner, lança-t-elle à sa suite en riant.

Christian continua de monter sans répondre et disparut.

— Pardonnez l'attitude de mon frère, dit lady Sylvia à Annabel et à sa famille avec son plus charmant sourire. Les réunions de dames patronnesses ne sont pas sa tasse de thé. Traverton, reprit-elle à l'adresse du majordome, Mme Carson a-t-elle fait préparer les chambres de nos hôtes ?

— Oui, Madame, c'est fait. Nous avons suivi à la lettre les instructions de votre télégramme.

— Vous m'en voyez ravie. Il faut que je m'entretienne avec la gouvernante au sujet de cette réunion, madame Chumley. Me pardonnez-vous de vous confier aux bons soins de Traverton ?

Sur quoi elle s'éclipsa à son tour et Traverton prit le relais.

— Mme Carson, la gouvernante, va montrer à vos femmes de chambre où elles sont logées et vous les envoyer, dit-il à l'adresse d'Henrietta. Les valets de pied monteront vos bagages. Monsieur Chumley, Monsieur Ransom, êtes-vous accompagnés d'un valet de chambre ?

Tous deux firent non de la tête.

— Si vous avez besoin de leur aide, les valets de pied, Davis et Hughes, sont à votre disposition. Le dîner est servi à 20 heures. Les invités peuvent, s'ils le souhaitent, se réunir au salon une heure avant pour prendre un sherry. En attendant, désirez-vous du thé, ou préférez-vous que je vous montre d'abord vos chambres ?

Bien entendu, Dinah voulait du thé. George et Arthur également. Annabel et sa mère, en revanche, souhaitaient monter se changer.

La chambre d'Annabel était tendue de vert pâle et garnie de meubles sculptés en merisier assez simples. Un vase de tulipes jaunes précoces complétait le décor. Elle s'y plut tout de suite. Cette élégante simplicité lui convenait beaucoup mieux que les couleurs voyantes et le doré qui prévalaient à New York et qu'elle trouvait oppressants.

Le valet de pied ne tarda pas à monter ses bagages et Liza arriva très vite après avec un broc d'eau chaude et une bassine pour qu'Annabel puisse se débarbouiller. Elle changea sa tenue de voyage contre une robe de velours bleu-vert. Comme elle ne pouvait pas descendre au salon avant une heure, elle s'assit devant le secrétaire de sa chambre et s'attela à la difficile tâche d'écrire des lettres.

Il le fallait. Heureusement, sa mère s'était chargée de faire renvoyer tous les cadeaux. Cependant, il était de son devoir d'écrire personnellement à ses amis et à sa famille pour leur expliquer que le mariage avait été annulé – et de le faire sans attendre. Elle eut beau rédiger des missives courtes et sans détails, la tâche s'avéra douloureuse. Et elle avait frappé Christian devant toute cette assemblée ! D'ici à une semaine, l'histoire aurait fait le tour de New York. Elle ne savait pas ce que diraient les mauvaises langues mais son image en serait entachée, c'était certain.

Certains jugeraient sans doute que Rumsford l'avait échappé belle. Cependant, malgré sa gêne, Annabel ne pouvait s'empêcher d'estimer que c'était elle qui tirait profit de cette aventure. Peut-être était-ce la raison pour laquelle elle n'en voulait pas tant que cela à Christian. Parce qu'elle sentait qu'au bout du compte il lui avait rendu service. Elle aurait fait une très bonne épouse pour Bernard, elle n'en doutait pas une seconde. Mais, lui, aurait-il été un bon mari ?

« Il se conduit comme si c'était vous qui aviez de la chance de l'avoir rencontré, alors que c'est lui qui devrait tomber à genoux pour remercier le ciel de vous avoir mise sur son chemin. »

Annabel s'interrompit, la plume en l'air, quand la voix de Christian résonna dans sa tête. Non, Bernard n'aurait pas été un bon mari. Elle n'en doutait plus.

— Admets-le, Annabel, murmura-t-elle pour elle-même en admirant par la fenêtre les buis et les massifs de jonquilles. Tu es incapable de trouver quelqu'un pour toi.

Les jardins de Cinders devinrent flous et l'image d'un homme aux yeux bleu-gris et aux cheveux bruns s'imposa à son esprit. Elle le voyait comme s'il se tenait devant elle. Un nuage de vapeur l'entourait, sa chemise humide collait à sa peau, révélant un torse puissant et musclé...

Depuis deux jours, elle n'avait guère songé à ce qui s'était produit la nuit précédant son mariage. Une fois qu'elle avait été assurée qu'il n'y avait rien eu d'autre qu'un baiser, elle avait préféré oublier ce qui s'était passé. Le lendemain, la rage et l'humiliation l'avaient submergée sans lui laisser le temps d'y repenser.

Maintenant, la colère était retombée et la scène du bain turc lui revenait sans qu'il y manquât un détail – son étreinte, son baiser dur, possessif et voluptueux, et elle, qui l'enlaçait à son tour, qui entrouvrait les lèvres sous les siennes, qui lui rendait son baiser... Car, oui, sur ce point-là également, il avait raison.

Elle en jeta sa plume d'exaspération.

Deux jours plus tard, elle restait grisée par ce baiser comme s'il venait de se produire. Elle devait cesser d'y penser, l'oublier. Même si cela n'allait pas être facile... devina-t-elle en posant le bout des doigts sur ses lèvres, entrouvertes de désir.

Heureusement pour Annabel, Christian ne parut pas ce soir-là. Il n'était pas au salon quand elle descendit à 19 heures pour le sherry. En revanche, elle trouva sa mère en compagnie de Sylvia et de trois autres dames. Elle devina à l'air de ressemblance que la jeune fille blonde à l'air timide devait être lady Edith et la matrone aux cheveux gris et à la mine sévère sa mère, lady Helspeth. La troisième, une femme mince et élégante dont les cheveux blonds commençaient à blanchir sur les tempes, devait être lady Kayne.

— Ah, Annabel ! s'exclama Sylvia quand elle entra. Vous voilà. Venez faire la connaissance des dames du comité d'organisation du bal du 1er mai.

Elle fit les présentations, confirmant les hypothèses d'Annabel, puis lui fit signe de prendre place à côté d'elle sur le canapé.

— Asseyez-vous, ma chère. Nous avons fini notre réunion. Nous avons bien avancé. N'est-ce pas, Maria ?

Lady Kayne, à qui cette question s'adressait, hocha la tête d'un air satisfait.

— Oui. Je crois que nous récolterons encore davantage de fonds pour l'orphelinat cette année – sûrement parce que ce n'est plus moi qui m'en occupe. Si vous saviez combien je vous suis reconnaissante, mesdames…

— C'est uniquement grâce à Agatha qu'il y a déjà tant d'inscrits, assura lady Sylvia. Lady Helspeth n'a pas sa pareille pour collecter des fonds, précisa-t-elle à l'adresse d'Annabel.

— J'ai une volonté de fer, je dois l'admettre, expliqua l'intéressée. D'ailleurs, je vous aurai extorqué une contribution avant la fin de la soirée, miss Wheaton. Lady Sylvia me dit que vous êtes américaine et que son frère est l'un de vos curateurs ?

— Oui, madame.

Annabel se tourna vers le valet de pied qui lui présentait un plateau de verres à vin emplis de sherry. Toutefois, après les événements de l'autre nuit, elle préféra éviter l'alcool.

— Non, merci, dit-elle en secouant la tête.

Le valet de pied s'éloigna.

— Dans ce cas, enchaîna lady Helspeth avec enthousiasme, j'espère que nous pourrons compter sur vous. Vous allez acheter des billets pour le bal pour vous-même et pour votre famille, n'est-ce pas ?

— C'est toujours avec plaisir que j'assiste à un bal – et que je contribue aux bonnes œuvres, assura Annabel.

— Vous m'en voyez ravie ! Dans ce cas, en plus des billets d'entrée, pouvons-nous espérer un don substantiel ? C'est pour les enfants, voyez-vous.

— Allons, Agatha, intervint lady Sylvia. N'assaillez pas mon invitée de la sorte. Elle achètera des billets pour le bal. Concernant le don, c'est à Christian qu'il faudra vous adresser. Comme je vous l'ai dit, c'est l'un des gardiens du temple. Or il se montre redoutable quand il s'agit de défendre les intérêts de miss Wheaton. Il faut dire que sa responsabilité est considérable. Et puis, bien sûr, en devenant duc de Scarborough, il a été forcé de prendre tous ses devoirs très au sérieux. Je crois…

Elle marqua une pause et se pencha en avant d'un air conspirateur avant de déclarer :

— Mesdames, je crois que mon frère a tourné la page sur son passé.

— Est-ce vrai ? demanda lady Edith le visage éclairé par une lueur d'espoir qui n'échappa pas à Annabel. Se joindra-t-il à nous pour dîner, ce soir ?

— Christian ? Mon Dieu, non ! Ma chère Edith, il n'a tout de même pas changé à ce point, assura Sylvia. C'est votre première saison, il faut dire, alors vous ignorez sans doute qu'à Londres

Christian ne sort que très peu dans le monde. Ce soir, il est à son club.

Les épaules de la jeune fille s'affaissèrent un peu et Annabel la considéra avec sympathie. À dix-sept ans, être amoureuse d'un séducteur... Pauvre Edith. Le chagrin allait être son seul compagnon.

12

Annabel eut plus de compassion encore pour Edith, quelques heures plus tard, quand la jeune fille et sa mère eurent pris congé. Le reste de la maisonnée était monté se coucher. Elle demanda à un valet de pied de lui indiquer la bibliothèque parce qu'elle souhaitait emprunter un livre. En entrant, elle y trouva quelqu'un. Quelqu'un qu'elle ne s'attendait pas du tout à voir.

— Tiens, bonsoir, fit-elle, surprise, en s'arrêtant sur le seuil à la vue de Christian assis à une table de jeu, au fond de la pièce. Je vous croyais à votre club.

— Je fais une réussite, dit-il l'air gêné.

— C'est-à-dire ?

En s'approchant, elle découvrit les cartes disposées devant lui.

— Ah ! Vous appelez cela une réussite ?

Il posa une dame rouge sur un roi noir.

— Oui. Je crois que vous autres, Américains, dites « solitaire ».

— Oui, confirma-t-elle en s'asseyant en face de lui. Parce qu'on y joue seul. Et généralement pour éviter de faire ce que l'on devrait faire – comme son travail, par exemple.

Il releva la tête.

— Un peu d'indulgence, Annabel, je vous en prie. Devant la voix tonitruante de lady Helspeth et les regards enamourés de sa fille, que peut-on faire d'autre que se cacher ? Je vous en supplie, dites-moi qu'elles sont parties. Que je peux sortir sans risque.

Elle pinça les lèvres d'un air qui se voulait réprobateur.

— Ce n'est pas très gentil, observa-t-elle. Lady Edith a quelques sentiments pour vous.

Il fit la grimace.

— Oui, c'est vrai, et j'en suis tout à fait conscient. Mais vous avez tort de m'accuser de ne pas être gentil. En restant terré ici, je ne l'encourage pas. Je ne peux qu'espérer que ces sentiments, comme vous dites, s'éteindront vite si elle ne me voit pas.

— Et cela fonctionne ?

— Pas très bien, à l'évidence, concéda-t-il.

Son ton lugubre la fit rire.

— A-t-elle toujours été amoureuse de vous ?

— Depuis ses douze ans, je crois. La propriété de son père est voisine de Scarborough Park, le domaine de ma famille dans le Yorkshire. Elle me connaît donc depuis toujours. Il y a environ six ans, elle s'est mis en tête que son amour pourrait me faire changer, que je menais cette vie débridée et irresponsable uniquement parce que ma femme était morte. Mais que, si je me remariais, je m'améliorerais. J'espérais qu'elle finirait par se sortir ces sornettes de la tête en grandissant. Hélas, on dirait que le temps ne joue pas en ma faveur.

Le cœur d'Annabel se serra.

— C'est compréhensible, non ? fit-elle valoir d'une voix basse. Ce n'est qu'une toute jeune fille.

Il cessa de jouer aux cartes, posa le paquet qu'il tenait et avança la main vers elle pour lui faire relever le menton.

— Annabel, je n'ai jamais donné à lady Edith la moindre raison d'espérer mon affection.

Il retira sa main mais continua de la fixer. Elle aurait pu lui rétorquer qu'il n'avait pas besoin de faire quoi que ce soit pour qu'une jeune fille espère et perde la tête : il suffisait qu'il la regarde et lui sourie. Mais elle se ravisa. Mieux valait ne pas dire ce genre de choses.

— Donc, fit-il en ramassant ses cartes, lorsque lady Edith vient dîner, par compassion, j'attrape un rhume, je sors par la porte de derrière pour filer à mon club ou je me terre ici, dans la bibliothèque.

Elle se força à dire quelque chose.

— C'est sa première saison dans le monde, fit-elle valoir. Elle devrait s'amuser au lieu de rêver de vous. Si vous faisiez un peu attention à elle, rien qu'un peu, les autres hommes le remarqueraient et s'intéresseraient davantage à elle, parce que vous êtes duc. Et si cela arrivait, elle se rendrait peut-être compte qu'il n'y a pas que vous sur terre. D'autant que, d'après ce que disait votre sœur tout à l'heure, vous êtes devenu un parangon de respectabilité et de responsabilité depuis que vous avez accédé au titre. Bientôt, vous aurez perdu tout intérêt aux yeux de lady Edith.

Il rit.

— C'est le meilleur argument que j'aie jamais entendu en faveur de la respectabilité.

— Pourquoi n'avez-vous pas envie d'être duc ? Aimiez-vous votre frère à ce point ?

— Andrew ? fit-il avec ironie. Mon frère était une personne malhonnête.

— Vous portez des jugements bien durs sur les gens… Vous vous en rendez compte ? Vous n'aimez pas Bernard. Vous n'aimiez pas votre frère. Vous n'aimez pas Edith. Y a-t-il donc quelqu'un qui trouve grâce à vos yeux ?

— Vous, je vous aime bien.

Elle croisa les bras pour lui signifier que cela ne lui faisait pas grand effet. Surtout qu'il ne se rende pas compte qu'il pouvait la faire fondre d'un seul regard !

— Et il n'est pas exact que je n'aime pas Edith, précisa-t-il en s'intéressant de nouveau à ses cartes. C'est une très gentille fille. Mais, comme vous l'avez fait remarquer, elle est très jeune. Trop jeune pour moi. En revanche, il est vrai que je n'avais guère d'estime pour mon frère et que je n'en ai pas davantage pour Rumsford. Et pour la même raison, d'ailleurs.

— C'est-à-dire ?

Cette fois, il abandonna son jeu, jeta les cartes sur la table et se carra dans son fauteuil.

— Ce sont tous deux des êtres supérieurs qui se croient au-dessus de tout et de tout le monde…

— Mais ils sont au-dessus de tout le monde…

— Pas du tout ! Vous les valez dix fois, Annabel – et je me moque pas mal de savoir que vous êtes née dans une cabane. Croyez-moi, les sœurs de Bernard auraient des leçons à recevoir de vous en matière de force de caractère et de gentillesse !

Elle le fixa, ébranlée par la véhémence de sa tirade.

— Merci, finit-elle par articuler. Vous êtes très aimable, mais vous ne m'avez pas laissée finir. Bernard, votre frère – et vous-même, désormais – êtes au-dessus de tous aux yeux de la société. En ce bas monde, c'est tout ce qui compte. Le jour où l'annonce de mes fiançailles est parue dans le journal, sept dames du clan Knickerbocker m'ont fait part de leurs félicitations alors qu'aucune d'elles ne m'avait jamais adressé la parole auparavant. À la fin de la semaine, j'étais invitée à des réceptions auxquelles je n'aurais même jamais osé rêver. Cela paraît frivole, je sais, mais…

Elle s'interrompit en se mordillant la lèvre.

— C'est horrible d'être tenu à l'écart, reprit-elle. Vous n'imaginez pas comme c'est blessant. On peut prétendre que ce que disent les gens n'a pas d'importance, mais c'est un mensonge. C'est toujours pénible, même si l'on fait son possible pour s'en défendre. Et le pire, c'est que ceux qui ne parviennent pas à gagner l'approbation de la société voient leur famille, leurs enfants en souffrir.

— Mais, si vous n'étiez pas devenue riche, vous ne vous seriez pas souciée de ce que les Knickerbocker pensaient de vous.

— Même à Gooseneck Bend, il y avait une hiérarchie. La famille Harding se trouvait au sommet et ma famille tout en bas. Vous pouvez dire que l'on ne devrait pas en souffrir, Christian, mais vous ne savez pas ce que c'est. Vous ne le saurez jamais.

— Donc, le fait d'avoir de l'argent n'a rien changé à votre vie ?

— Rien ? Non, je ne dirais pas cela, corrigea-t-elle en souriant. C'est mieux d'avoir de l'argent, je vous assure. Mais cela ne suffit pas pour être heureux.

Lorsque nous avons appris la mort de mon père dans le Klondike, dans un premier temps, cela ne nous a pas fait grand-chose. Nous n'avions plus de ses nouvelles depuis des années ; cela faisait longtemps que ma mère avait divorcé de lui et s'était remariée. Cependant, le télégramme d'un notaire de Seattle qui nous apprenait sa mort nous informait également qu'il avait trouvé des mines d'or et que, par testament, il me les léguait sous forme de fonds en fidéicommis. Mon oncle Arthur s'est rendu là-bas pour les formalités. C'est seulement alors que nous avons découvert combien ces mines étaient prospères et qu'il me laissait en réalité une véritable fortune. C'était la fin de nos ennuis, ajouta-t-elle avec un petit rire ironique. Nous allions avoir tout ce que nous pouvions désirer, non ? À manger, de jolis vêtements, une belle maison, un avenir assuré. Un an plus tard, nous nous installions à Jackson. Et deux ans plus tard à New York. Sauf que c'était comme si les gens ne nous voyaient pas. Nous aurions aussi bien pu rester à Gooseneck Bend. George et Arthur faisaient des affaires à Wall Street, prenaient des verres au Plaza et gagnaient le respect de tous – les nouveaux riches comme les vieilles fortunes. Les hommes les traitaient comme leurs égaux. En revanche, espérer voir les dames de la haute société en faire autant pour Dinah, ma mère et moi ? Jamais de la vie.

— Non, j'imagine. Ce sont les femmes qui établissent la hiérarchie – et leurs critères sont souvent inexplicables. Même ici, un titre ne suffit pas toujours à garantir une place dans la société.

— Mais c'est un avantage, tout de même. Il y a une chose que nous avons vite comprise, c'est que, quoi que nous fassions, nous n'arrivions jamais à nous intégrer.

— Pourquoi n'êtes-vous pas partis à l'étranger ? En France ou en Italie ? La société y est beaucoup plus tolérante.

— C'était notre projet. Je vous ai raconté l'épisode de mon premier bal à Jackson, n'est-ce pas ?

— Oui.

— Je ne voulais pas qu'il arrive la même chose à Dinah. Ni à mes filles, si j'en avais. J'avais compris que le seul moyen d'éviter cela était d'épouser un aristocrate. J'avais reçu une lettre de mon amie Jennie Carter. Au printemps dernier, elle était à Paris avec sa famille. Elle m'a écrit qu'elle venait de se fiancer à un marquis français et que c'était comme si le monde s'était ouvert à elle. Elle nous invitait à venir chez elle après son mariage. J'ai donc commencé à prendre des cours de français et à m'organiser pour y aller à l'automne avec ma mère et Dinah. C'est alors que j'ai rencontré Bernard et que, très vite, nous nous sommes fiancés. Autrement, je serais en train de me préparer à me rendre à Paris pour y trouver, moi aussi, un marquis français.

— Les titres n'ont pas autant de signification en France. On en trouve à tous les coins de rue.

— Pourquoi détestez-vous à ce point ce milieu ?

— Et vous, pourquoi l'aimez-vous tant ?

Elle haussa les épaules.

— Je vous l'ai dit.

— Oui, et je reconnais que votre point de vue se comprend, compte tenu de votre situation. Mais ne voyez-vous pas que tout cela n'a aucun sens, Annabel ?

— Beaucoup de gens ne sont pas de votre avis, murmura-t-elle.

— Eh bien ils ont tort. Autrefois, les terres et les titres étaient accordés pour des actes de bravoure ou des services rendus au roi. Mais il y a bien longtemps que ce n'est plus le cas. Aujourd'hui, l'aristocratie n'existe plus que pour continuer à exister. Si je suis duc, ce n'est pas parce que j'ai fait quelque chose d'utile. C'est parce que mon frère est mort. C'est tout. Et Dieu sait qu'il n'avait rien fait non plus pour mériter ce titre. Il en a hérité, tout comme notre père et son père avant lui. Aucun de nous n'a jamais rien fait.

— Peut-être est-il temps que vous mettiez fin à cette tradition familiale ?

— Je n'ai pas le choix. Andrew a dépensé tout l'argent et laissé tous les biens dans un triste état. Les domaines ne rapportent plus assez pour assurer leur entretien. L'aristocratie est à l'agonie, Annabel, affirma-t-il, les yeux plongés dans les siens. Il faut qu'elle se renouvelle.

— C'est facile à dire, pour vous, qui avez acquis à la naissance un droit dont personne ne peut vous priver.

Il inclina la tête sur le côté et la considéra d'un air pensif.

— Ma femme vous ressemblait. Oh, pas de caractère. Evie était terriblement timide et effacée. En revanche, comme vous, elle avait de l'argent mais pas de sang bleu. Et elle souhaitait désespérément se faire une place dans la société. Comme votre famille et vous.

— Est-ce pour cela qu'elle s'est mariée avec vous ?

— Oui, dans une certaine mesure.

Il soupira et s'appuya au dossier de son siège, en levant les yeux vers le plafond.

— Elle est tombée follement amoureuse de moi, raconta-t-il. Pas de cet amour qui aurait duré, notez bien. Non, sur un coup de tête. Elle est tombée amoureuse de l'homme qu'elle croyait que j'étais.

Il s'interrompit, se redressa et riva son regard au sien.

— L'homme que je lui ai fait croire que j'étais, précisa-t-il.

Annabel comprit et son cœur se serra pour la malheureuse Evie. Elle savait que l'on pouvait faire croire n'importe quoi à une jeune fille si elle avait envie d'y croire. La gorge nouée, elle se força à exprimer tout haut ce qu'elle savait déjà.

— Vous lui avez fait du charme. Vous l'avez poussée à tomber amoureuse de vous.

Il garda le silence quelques secondes avant d'acquiescer.

— Lui avez-vous menti ? Lui avez-vous dit que vous l'aimiez alors que ce n'était pas le cas ?

— Non. Figurez-vous qu'elle ne me l'a jamais demandé. Je crois... je crois qu'elle avait peur de la réponse.

— Teniez-vous à elle ?

— J'avais de l'affection pour elle. Je...

Sa voix se brisa et il se passa une main dans les cheveux.

— Mon Dieu... Cela paraît odieux, mais j'avais pitié d'elle. Elle n'était pas comme vous, Annabel. Ce n'était pas une battante.

Cette remarque la fit sourire.

— Ma mère raconte que, quand elle m'attendait, je ne cessais de remuer et de donner des coups de pied comme pour essayer de sortir. Je luttais déjà avant d'être née.

— Je regrette qu'Evie n'ait pas été un peu plus comme vous. Les choses auraient pu être... différentes.

Il leva les yeux et elle fut surprise de lui voir l'air si sombre.

— Ma femme s'est noyée.

Elle avala sa salive avec difficulté.

— Je sais.

— Ce que vous ignorez peut-être, c'est qu'elle est entrée dans une mare, à Scarborough, alors qu'elle ne savait pas nager. Elle avait gardé tous ses vêtements et elle a avancé dans l'eau jusqu'à en avoir au-dessus de la tête. Un fermier l'a vue faire, mais il n'est pas arrivé à temps pour la sauver.

Annabel poussa un petit cri d'effroi.

— Vous voulez dire qu'elle s'est donné la mort ?

— Oui. J'étais absent, en voyage en France.

Elle plaqua sa main sur sa bouche en le regardant fixement. Il soutint son regard, attendant la question qui n'allait pas manquer de suivre et qu'elle ne put se retenir de poser.

— Pourquoi ?

— Je ne sais pas.

Son regard se perdit dans le vague mais elle eut le temps d'y voir une lueur de culpabilité. Il savait, comprit-elle. Mais il ne voulait pas lui dire. Elle attendit, sans le quitter des yeux.

— Elle était enceinte, finit-il par dire, et elle a perdu l'enfant. Sylvia m'a télégraphié la nouvelle et je suis rentré aussitôt. Hélas, le temps que j'arrive, elle était morte.

— Et vous vous en voulez.

C'était une affirmation, pas une question. Elle retint pourtant son souffle en attendant sa réponse.

— Je n'étais pas là. Je n'étais pas auprès d'elle parce que j'étais parti jouer. Jouer son argent.

Le mépris dans sa voix fit plus de mal à Annabel que ses mots.

— J'avais à peine vingt et un ans quand je me suis marié et le contrat de mariage m'accordait un revenu très généreux, de sorte que je passais mon temps à m'absenter pour le dépenser. Evie et moi nous étions disputés – ou, plutôt, j'avais crié, elle avait pleuré et j'étais parti. L'histoire de notre vie. J'étais alors d'une immaturité et d'une bêtise... Je suis descendu dans le sud de la France avec des amis. J'étais absent depuis un mois quand j'ai reçu le télégramme de Sylvia. Je ne savais même pas qu'elle était enceinte quand je suis parti. Si elle me l'avait dit avant de partir ou si elle m'avait écrit, j'aurais... Oh, bon sang ! Qu'est-ce que cela peut faire, maintenant ? conclut-il dans un soupir.

Elle attendit un peu mais ne put se retenir de poser d'autres questions.

— Est-ce pour cela que vous ne voulez pas vous remarier ? Parce que votre premier mariage a été un échec et que votre femme est morte ?

— Non, fit-il d'un air dur et plein de mépris envers lui-même. C'est parce qu'il n'y a pas de seconde chance. Jouez-vous aux cartes ? enchaîna-t-il sans lui laisser le temps de parler.

Elle cligna des yeux, déstabilisée par ce brusque changement de sujet.

— Pardon ?

— Je vous ai demandé si vous jouiez aux cartes.

Il rassembla les cartes et, tandis qu'il reformait le paquet, elle vit son visage reprendre son habituel masque de désinvolture et son sourire charmeur.

— Ce n'est pas pour rien qu'on appelait mon père Black Jack Wheaton, finit-elle par dire. Il m'a appris à jouer aux cartes quand j'étais toute petite. Ma mère était furieuse quand elle l'a découvert ! Elle n'a jamais eu une passion pour les cartes – sans doute à force de voir mon père jouer l'argent du ménage.

— Et vous ? s'enquit-il en déployant le jeu en forme d'éventail sur la table. À qui des deux ressemblez-vous le plus ?

— Pourquoi ? demanda-t-elle en penchant un peu la tête. Vous voudriez jouer avec moi faute d'avoir pu aller au club ce soir ?

— C'est l'idée, oui. Vous êtes beaucoup plus jolie que mes partenaires de jeu habituels. Et puis j'aime jouer gros et vous avez assez d'argent pour pouvoir en perdre.

Malgré le compliment qu'il lui avait fait, elle s'indigna.

— Je vous trouve bien arrogant ! Moi, je crois que c'est vous qui perdriez, ajouta-t-elle avec un reniflement de mépris. Et puis, vous n'avez pas les moyens de vous mesurer à moi.

— Il n'y a qu'une façon de le savoir.

Il ramassa les cartes et se mit à les battre avec l'aisance et la manière des joueurs expérimentés, exactement comme son père. Oui, Christian avait dû beaucoup jouer dans sa vie. Il ne regardait même pas ses mains. Il la regardait, elle, en souriant toujours. Elle sentait la chaleur, la force de sa séduction. Comme le jour de leur rencontre. Et comme tous les jours depuis. Elle se trouvait sur un terrain abrupt, elle n'en avait que trop conscience.

— Quant à mes moyens… ajouta-t-il en s'immobilisant soudain et en promenant furtivement son regard sur son décolleté. On peut jouer autre chose que de l'argent.

Il flirtait avec elle pour la détourner de ce qu'ils venaient d'évoquer – le mauvais mari qu'il avait été. Elle avait beau en être consciente, son corps, lui, semblait se moquer éperdument qu'il ait été un mauvais mari…

Elle prit une pile de jetons pour tenter de se donner une contenance.

— J'aime mieux l'argent, merci.

Il rit. À cause de sa réponse guindée ou parce qu'elle avait rougi en la prononçant ?

— Moi aussi, en général, assura-t-il. Mais, pour vous, Annabel, je suis prêt à faire une exception.

Tel un animal aux abois, elle se pencha sur la table et lui prit les cartes des mains.

— Poker ou black jack ? demanda-t-elle.

— Si c'est vous qui donnez, poker. Cela me donne un avantage. Et puis j'aime bien vous voir rougir – euh, bluffer, corrigea-t-il aussitôt.

Plus elle avait conscience de rougir, plus elle avait de mal à recouvrer son sang-froid. Elle sentait le feu envahir son visage, mais aussi son corps, jusqu'à ses orteils. Pire, il s'en rendait compte. Il savait parfaitement quel effet il faisait aux femmes. La preuve ? Il venait de lui avouer qu'il s'était marié pour l'argent et elle persistait à se pâmer devant lui comme lady Edith. Il fallait qu'elle se ressaisisse.

— Quelle est la mise ? demanda-t-elle pour dire quelque chose, tout en jouant avec la pile de jetons devant elle.

— Faisons simple, voulez-vous ? La main la plus forte gagne. Si vous gagnez, je danserai une valse avec lady Edith lors du bal du 1er mai de la marquise de Kayne. Cela devrait assurer son succès jusqu'à la fin de la saison. Puisque je suis duc, autant mettre mon titre à profit. Il semble qu'aider les débutantes à réussir leur entrée dans le monde soit ma principale activité ces temps-ci.

Annabel se sentait fondre un peu plus à chaque mot – et glisser sur ce terrain abrupt.

— Et si c'est moi qui perds ? s'enquit-elle dans un souffle.

— Ah. Si vous perdez...

Il s'interrompit et regarda un instant sa bouche. Elle sentit une vague de chaleur intense se répandre en elle.

— Si vous perdez, reprit-il, vous accepterez de m'enseigner ce que vous savez sur Wall Street.

La déception fut comme un coup de poignard. Quelle idiote ! Avoir cru qu'il allait répondre « un baiser » ! Pire, avoir eu envie qu'il l'embrasse et être déçue qu'il ne le fasse pas !

Elle respira profondément pour essayer de chasser son dépit.

— Pourquoi voulez-vous des renseignements sur Wall Street ? s'étonna-t-elle.

— Jusqu'à présent, le jeu me permettait de gagner ma vie. Maintenant que je suis duc, je ne peux plus continuer. Il faut que je trouve une autre source de revenus qui me permette, en outre, d'entretenir Scarborough Park. Je ne vois rien d'autre que des investissements en bourse. Il faut du capital, bien sûr, mais…

— Est-ce pour cela que vous avez accepté la proposition de mon oncle Arthur ? Pour avoir de quoi investir ?

— Oui. Évidemment, ce projet n'a plus cours. Et le revenu que je perçois en étant votre curateur ne suffit pas. Il faudrait le triple uniquement pour que Scarborough Park ne soit pas déficitaire. De toute façon, vous ne me le verserez que pendant cinq ans – moins si vous vous mariez avant.

— Donc, comment allez-vous trouver le capital qu'il vous faut ?

— Les autres propriétés sont hypothéquées et vont devoir être vendues pour payer les dettes qu'elles garantissent – avec, j'espère, un petit bénéfice. Je vais également vendre tout ce qui a de la valeur : bijoux, tableaux, meubles…

— Oh, non ! s'exclama-t-elle, consternée. Ces objets doivent être dans votre famille depuis des siècles. Quelle tristesse de les vendre !

— Je n'ai pas le choix. Mais je ne connais rien à l'argent – en tout cas, j'ignore comment l'investir. Alors que vous savez. Votre oncle m'a dit que vous étiez devenue une véritable femme d'affaires. Je voudrais que vous me conseilliez, que vous m'indiquiez où placer mon capital.

— Pourquoi ne demandez-vous pas des recommandations à mon oncle Arthur ? Il est bien plus compétent que moi. Tout ce que je sais, c'est lui qui me l'a appris. Pourquoi vous adresser à moi ?

— Votre oncle n'est pas vraiment d'humeur à m'aider. Et puis vous êtes beaucoup plus jolie que lui. Je vous l'ai dit lors de notre première rencontre, rappela-t-il en souriant, j'aime les jolies femmes.

Ne tombe pas dans le piège, Annabel ! se rappela-t-elle.

— Cela ne m'étonne pas de vous, répliqua-t-elle avec une acidité qui contrastait avec la douceur et la chaleur qu'elle éprouvait. Poker, vous dites ?

Sans lui laisser le temps de répondre ni même de hocher la tête, elle se mit à donner les cartes, à découvert puisque la main la plus forte l'emportait d'emblée. Elle avait un as, lui une paire de deux.

— Regardez-moi cela, murmura-t-il en la fixant du regard par-dessus la table sans cesser de sourire. J'ai gagné.

Il lui sembla que son cœur cessait de battre. Elle s'efforça d'ignorer cette sensation de flottement née de sa nervosité.

— On dirait, oui, confirma-t-elle.

— Demain soir ? suggéra-t-il en englobant la pièce d'un geste circulaire. Même heure, même endroit ?

— Vous voulez que nous nous retrouvions seuls ? Une fois que tout le monde sera couché ? Est-ce vraiment nécessaire ?

— Sans doute pas, concéda-t-il en souriant. Mais c'est beaucoup plus amusant.

L'excitation qu'elle ressentit fut pareille à celle qui l'étreignait lorsque Billy John lui demandait de le rejoindre à Goose Creek.

— Et puis, ajouta-t-il aussitôt, vous voulez toujours en apprendre davantage sur le mariage en Angleterre ? Ce ne sont pas des choses dont on peut parler devant votre famille. Ce serait terriblement inconvenant.

Ce qui était inconvenant, c'était tout cela : elle, lui, cette bibliothèque, leurs mots. Annabel passa la langue sur ses lèvres desséchées. Elle n'était pas dupe. Elle devinait ce qu'il avait en tête pour la simple raison qu'elle pensait à la même chose. Rien qui concernait le mariage en Angleterre.

— À demain soir, alors.

Elle posa le paquet de cartes sur la table et courut pratiquement jusqu'à la porte en essayant de se persuader que, si elle acceptait, c'était parce qu'on ne pouvait manquer à un pari. Mensonge ! Si elle avait donné son accord pour le rejoindre demain soir, c'était parce qu'elle en avait envie.

13

Christian sentait qu'il jouait avec le feu. Plutôt que de sauver la réputation d'Annabel comme il était censé le faire, il avait entrepris de séduire la jeune femme. Peut-être aurait-il dû en concevoir une certaine culpabilité…

D'ailleurs, quand approcha le moment de leur rendez-vous, il avait fait taire les exhortations de sa conscience. Quand elle arriva, il rêvait éveillé, d'elle et lui, nus sur le tapis devant la cheminée de la bibliothèque.

Et son fantasme ne fit que croître quand elle pénétra dans la pièce : la robe de velours vert sombre à manches longues qu'elle portait ce soir aurait pu passer pour tout à fait conventionnelle, si le décolleté scandaleusement plongeant ne soulignait pas à merveille sa délicieuse poitrine.

Oui, songea-t-il en se levant pour l'accueillir, c'était sûr, il jouait avec le feu. D'ailleurs, il avait de plus en plus chaud, réalisa-t-il en laissant un instant glisser son regard entre ses seins.

Ce qu'il ressentait dut se peindre sur son visage car elle s'arrêta au bout de quelques pas et rougit. Elle entrouvrit les lèvres comme pour dire quelque chose, puis les referma sans un mot et baissa les yeux. En suivant la direction de son regard, il vit qu'elle tenait entre les mains une feuille de papier.

— J'ai eu tort, dit-elle en faisant mine de repartir. Je n'aurais pas dû accepter.

— Attendez.

Se maudissant de n'avoir pas su adopter sa mine imperturbable de joueur de poker, il cherchait désespérément un moyen de la faire rester. Dieu merci, elle s'arrêta de nouveau. Il en profita pour la rejoindre.

Elle n'avait toujours pas relevé les yeux. Le mieux à faire était sans doute de bavarder innocemment en ignorant le désir qu'il avait pour elle et qui, manifestement, se voyait.

— Qu'est-ce que c'est ? demanda-t-il en frôlant le haut de la feuille.

— Une liste des compagnies américaines auxquelles vous pourriez vous intéresser pour… pour…

Elle se tut. Il fit encore un pas vers elle. Le papier se froissa quand elle crispa les doigts dessus.

— Tenez, dit-elle en le lui plaquant contre la poitrine. Vous vouliez des conseils pour vos investissements. Les voilà.

S'il le prenait, elle allait partir.

— Voulez-vous un verre ? lui proposa-t-il à la place avant de se diriger vers le meuble à alcools.

— Ce n'est sans doute pas une bonne idée, fit-elle valoir derrière lui avec une note d'humour dans la voix. La dernière fois que j'ai bu un verre avec vous, tout mon avenir s'en est trouvé changé.

— Ce n'est pas de l'alcool de contrebande que je vous propose, souligna-t-il en sortant une bouteille de madère et deux petits verres. Vous avez moins à craindre.

Cela, c'était un mensonge et elle le savait vraisemblablement aussi bien que lui. Néanmoins, elle ne protesta pas et, quand il lui apporta un verre, elle le prit.

— Asseyons-nous, voulez-vous ? suggéra-t-il en désignant le canapé de cuir noir.

Elle s'installa et il la rejoignit, en ayant soin de rester juste assez loin d'elle pour qu'ils ne se touchent pas. Comme elle ne reculait pas, il sentit renaître ses espoirs.

Elle lui tendit de nouveau la feuille. Au lieu de la prendre, il se pencha vers elle pour la lire.

— Que signifient ces astérisques ?

— Ils indiquent les placements les plus sûrs et les plus stables.

— Ne faut-il pas toujours choisir des placements sûrs et stables ? fit-il valoir pour rester concentré sur la conversation.

— Pas toujours, non. En général, les valeurs sûres ne versent pas beaucoup de dividendes. Alors que les placements plus risqués peuvent rapporter gros. Il faut donc trouver le juste équilibre entre les deux. Pour démarrer, les nouvelles sociétés ont besoin de capitaux, qu'elles parviennent à lever en promettant aux investisseurs des dividendes plus élevés.

— Comme la compagnie transatlantique de téléphone de Hiram Burke par exemple… murmura-t-il.

— Comment êtes-vous au courant ? Les actions ne sont pas encore en vente.

— Ma sœur est une mine de renseignements. Et j'entends des choses. Puisque vous semblez connaître cette compagnie, qu'en pensez-vous ?

— Mon oncle Arthur et moi estimons que c'est une bonne idée. Quelqu'un va bien finir par faire marcher le téléphone des deux côtés de l'océan – et si quelqu'un en est capable, c'est bien Hiram Burke. Nous avons réservé quinze pour cent. Si je n'ai pas mis cette compagnie sur la liste, c'est uniquement parce que je ne sais pas quand M. Burke va mettre les actions en vente.

— Il ne va pas le faire. En tout cas, il ne va pas me les proposer à moi.

— Pourquoi cela ?

Il hésita un instant à lui dire la vérité, puis il haussa les épaules, but une gorgée de madère et répondit :

— Je crois savoir que sa fille rêve d'une couronne de duchesse. Malheureusement, comme je ne rêve pas d'une épouse, Hiram et moi ne sommes pas parvenus à nous mettre d'accord.

— Je vois.

Il reporta son attention sur le document car il lui semblait maladroit, dans une entreprise de séduction, de trop rappeler combien il était rétif au mariage.

— Vous recommandez pas mal de compagnies de chemin de fer… nota-t-il. Pourquoi autant ?

— Les compagnies américaines de chemin de fer sont presque toujours de bons investissements, expliqua-t-elle.

Il se rapprocha un peu, juste assez pour respirer le parfum de sa peau. Le désir qu'il avait tenté d'étouffer surgit de nouveau. Cette fois, il ne fit rien pour le maîtriser.

— Pourquoi ? insista-t-il en se rapprochant encore.

Son souffle fit voleter la petite boucle devant l'oreille d'Annabel.

— Ils…

Elle s'agitait déjà alors qu'il ne la touchait même pas.

— Ils sont stables, fit-elle d'une voix précipitée et un peu haletante qui lui donna de l'espoir. Ils paient des div… des dividendes plutôt généreux.

— Et les chemins de fer britanniques ?

Il était tout près, maintenant. Assez près pour l'embrasser.

— Avez-vous quelque chose contre les chemins de fer britanniques ?

— Ils sont sans doute tout aussi fiables. Il faut…

Elle s'interrompit et étouffa un cri de surprise quand, de sa bouche, Christian lui frôla la joue.

— Il faut que je m'en aille, murmura-t-elle.

Mais elle ne bougea pas.

Sa peau était merveilleusement veloutée. Était-elle déjà ainsi l'autre soir dans le bain turc ? Sans doute. Cette fois, il l'embrassa, sur la joue, au coin des lèvres. C'en fut trop pour elle.

— Il faut que je parte.

Elle lui posa la feuille sur les genoux et se leva prestement. Christian se sentit gagné par le désespoir, une sensation aussi soudaine qu'absurde. Il se leva à son tour et la prit dans ses bras tandis que la liste glissait à terre. Elle se retourna vers lui. Alors, sans lui laisser le temps de protester, il prit possession de sa bouche.

Elle émit un son étouffé dont il n'aurait su dire s'il manifestait ses protestations ou son consentement. Et peu lui importait, tant ses lèvres douces et chaudes l'enivraient de plaisir.

La première fois qu'il l'avait embrassée, il était saoul. Cette fois, en revanche, c'était sa seule présence qui le mettait dans cet état. Elle éveillait en lui tout le désir qu'un homme pouvait éprouver.

La douceur des cheveux fins sous ses doigts et celle de ses joues sur ses paumes, le bruissement étouffé du velours de sa robe, sa jambe qui glissait contre la sienne, la fragrance de fleur d'oranger qui émanait de son corps... Christian se sentit perdre la tête.

Ensorcelé, il sentit son cœur marteler sa poitrine, son pouls galoper et le désir déferler en lui.

Il arracha sa bouche à la sienne, inspira profondément et l'embrassa à nouveau. Cette fois, elle ouvrit les lèvres et accueillit sa langue. Elle remua et il sentit qu'elle posait les deux mains sur son torse. Sans qu'elle le repousse vraiment, il comprit qu'il fallait s'arrêter. Oui, il le fallait. Sauf que son désir était plus puissant que sa raison et sa galanterie. De toute façon, il ne pouvait pas être son curateur. C'était aussi absurde qu'impossible. Il le savait depuis le début. Un curateur devait avant tout être digne de confiance. Ce que Christian n'avait jamais été.

Comme pour le prouver, il glissa une main entre eux pour emprisonner un de ses seins dont il découvrit le galbe généreux à travers le tissu de la robe.

Cette fois, ce fut elle qui interrompit leur baiser. Elle détourna la tête.

— Nous ne pouvons pas faire cela, plaida-t-elle, haletante, en le repoussant cette fois. Nous ne pouvons pas.

Il le savait, mais comment résister à ce qui s'offrait à sa vue ? Il couvrit de baiser sa gorge, son épaule, le renflement de sa poitrine. Puis il tourna la main pour glisser les doigts sous son corsage afin de caresser son sein.

Elle poussa un petit cri de surprise et se mit à se débattre avec suffisamment de force pour pénétrer dans son esprit embrumé.

— Arrêtez, Christian, lui ordonna-t-elle le souffle court en dégageant sa main. Il faut vous arrêter.

Il y parvint au prix d'un effort considérable. Tout son corps n'aspirait qu'à continuer. Elle le fixait avec un désarroi évident. Sa robe était froissée et le bas légèrement tourné. Elle avait les cheveux en désordre : plusieurs mèches défaites tombaient le long de son visage et sur ses épaules. L'une d'elles lui barrait la poitrine. Il la suivit des yeux, et son désir pour elle se fit plus brûlant encore.

— Bonté divine, murmura-t-elle.

Alerté par sa voix brisée, il contempla son visage, ses lèvres gonflées sur lesquelles elle posa le bout des doigts avec un petit gémissement.

— Qu'allons-nous faire, maintenant ?

— Continuer ? suggéra-t-il en se rapprochant d'elle.

Elle lui plaqua une main sur la poitrine pour le tenir à distance.

— Cela ne peut se reproduire.

— Pourtant, c'est ce qui va arriver. C'est inévitable, vu notre arrangement.

— Non, absolument pas. Du moment que nous prenons garde à ne pas nous retrouver en tête à tête.

Il restait parfaitement immobile, résistant de toutes ses forces à l'envie de la prendre dans ses bras.

— Et, selon vous, cela va fonctionner ?

— Il le faut.

— Mais pourquoi ?

Elle prit une profonde inspiration et le regarda droit dans les yeux.

— Parce que vous ne m'apportez rien de bon, Christian. Vous ne m'apportez rien de bon, répéta-t-elle en passant à côté de lui pour fuir vers la porte.

Elle avait raison, bien sûr. À cause de lui, tous les espoirs de cette jeune femme, tous ses rêves s'étaient effondrés. À cause de lui, son avenir restait incertain. Il n'avait plus qu'à réparer les torts qu'il lui avait causés en jouant le rôle qu'elle lui avait assigné. Il lui devait bien cela. Tant pis pour son désir.

Resté seul, Christian se laissa tomber dans un fauteuil et se passa une main sur le visage. Jouer les tuteurs dévoués et protecteurs était une tâche bien difficile !

Au cours des deux semaines qui suivirent, Annabel s'efforça de ne pas songer à ce qui s'était passé dans la bibliothèque. À chaque fois qu'elle se rappelait la bouche de Christian sur la sienne, ses bras autour d'elle, les caresses de ses mains, elle se hâtait de chasser ces souvenirs de son esprit.

Grâce à Dieu, lady Sylvia lui fournit toutes sortes de distractions. Elles firent des courses dans Bond Street, se promenèrent en automobile dans Hyde Park, rendirent visite à des dames de la bonne société, prirent le thé au Savoy et assistèrent à une représentation d'opéra à Covent Garden. Le cadre avait beau être différent, c'était exactement ce dont Jennie Carter et elles rêvaient quand elles faisaient tapisserie, côte à côte, dans les bals de charité ou quand elles se tenaient avec les autres exclus tout au bout du terrain de polo de Newport.

Elle se fit quelques nouvelles amies et se lia tout particulièrement avec la sœur aînée de lady Edith, Isabel, qui, lorsqu'on les présenta, commenta aussitôt en riant de bon cœur : « Annabel et Isabel, les deux belles de la saison », avant de la complimenter sur sa robe « tout simplement épatante » et de la supplier de lui donner des conseils en matière de mode. Elles allèrent faire des courses ensemble le lendemain, ce qui scella leur amitié.

Durant cette quinzaine, Annabel eut l'impression de vivre la vie dont elle avait rêvé. Une vie qui lui plaisait autant qu'elle l'avait imaginé. Il n'y avait qu'un ennui.

Au dîner organisé à Kayne House, elle coula un regard en biais à « l'ennui » en question. Il n'était pas difficile à repérer. Son rang lui valait d'être assis à droite de la maîtresse de maison, lady Kayne, à l'autre bout de la table. À chaque fois qu'elle se tournait vers son voisin – ce qui arrivait souvent car M. Wilbur, ornithologue passionné et zoologiste amateur, mais aussi grand bavard devant l'éternel, réclamait une oreille attentive –, elle le trouvait dans son champ de vision.

Depuis leur dernière entrevue, ils jouaient les rôles qu'elle avait imaginés, le tuteur et la pupille, la riche héritière et le consciencieux curateur, s'efforçant de montrer à tout le monde qu'il n'y avait jamais rien eu d'inconvenant entre eux. Dans la journée, pendant qu'il vaquait à ses occupations et qu'elle rendait des visites ou se promenait avec Sylvia, ce n'était pas difficile. Le soir, en revanche, lorsqu'elle se trouvait dans la même pièce que lui, le souvenir des baisers brûlants qu'ils avaient échangés l'envahissait, la troublait de telle sorte qu'il était bien plus difficile de jouer la comédie.

Christian, lui, ne semblait pas partager son embarras quand ils se trouvaient ensemble. Elle aurait dû se réjouir qu'il soit si bon comédien, mais ce n'était pas le cas. Elle était même un peu vexée qu'il parvienne à jouer son rôle si parfaitement qu'elle se sentait transparente.

Ce dîner à Kayne House illustrait à merveille la situation, songea-t-elle en s'efforçant de l'observer le plus discrètement possible. La lumière des bougies ajoutait encore de l'éclat à ses cheveux bruns et faisait étinceler ses boutons de manchettes en argent. Derrière lui, un immense tableau représentant la campagne anglaise formait un arrière-plan idéal et Christian s'insérait dans le cadre doré comme s'il s'était agi de son portrait.

Oui, il était là dans son élément, songea-t-elle en jetant un rapide regard autour de l'élégante salle à manger. Et s'il n'aimait pas son milieu, il s'y trouvait comme un poisson dans l'eau. Détendu, il bavardait avec lady Kayne, lui racontait des choses qui, manifestement, la faisaient rire.

En souriant, il prit son verre de vin et croisa le regard d'Annabel qui l'observait. Son sourire s'effaça.

Elle se figea, paralysée. C'était la première fois depuis deux semaines qu'il affichait ce qu'elle avait vu l'autre soir dans la bibliothèque ou, à bord du paquebot, dans le bain turc : son vrai visage, son désir pour elle.

Il fallait qu'elle se détourne avant que tout le monde découvre ce que, soudain, de façon inexplicable, il ne faisait plus rien pour cacher.

Ne me regardez pas comme cela ! eut-elle envie de crier. *Les gens vont s'en rendre compte. Ils vont imaginer qu'il y a quelque chose entre nous.*

Du reste, ces gens se tromperaient. Il n'y avait rien entre eux. Rien d'important ni de durable, en tout cas. Il n'y avait que du désir – autant dire rien du tout, s'agissant d'un homme qui refusait de se conduire honorablement et de se marier. L'avenir ne réservait rien de bon à une fille qui désirait Christian Du Quesne. Rien d'autre qu'un immense chagrin.

Elle se força à rompre cet échange silencieux et accorda de nouveau toute son attention à son voisin qui lui racontait par le menu les habitudes de nidification du pinson anglais.

— Monsieur Wilbur, murmura-t-elle alors qu'elle n'écoutait pas un mot, c'est absolument fascinant...

Tout en parlant, elle s'appliqua à afficher un beau sourire et à faire taire ce désir qui montait en elle. Pourvu qu'il ne se soit rendu compte de rien...

Chaque jour qui passait, jouer la comédie devenait un petit peu plus difficile. Elle avait beau tenter tout ce qu'elle pouvait pour se tenir éloignée de lui, ce n'était pas toujours possible. Le jour où elle avait emmené Sylvia se promener dans Hyde Park dans sa chère Ford A, il avait tenu à les accompagner. Elle n'aurait pu refuser sans éveiller les soupçons de sa sœur. Et quand elles étaient allées prendre le thé avec le duc et la duchesse de Saint-Cyres dans leur villa de Bayswater, il était également là. Elle avait dû forcer Dinah à venir avec elle visiter les magnifiques jardins pour l'éviter. Toutefois, lorsque Sylvia avait souligné qu'il fallait qu'elle réserve une danse à Christian sur son carnet de bal pour celui du 1er mai, elle s'était dérobée. La tentation aurait été trop forte.

— Enfin, Annabel, protesta Sylvia, décontenancée par la fermeté de son refus, le bal du 1er mai lance la saison. Le succès d'une jeune fille qui danse avec le duc de Scarborough est assuré. D'autant que, comme Christian est votre tuteur, il est parfaitement acceptable que vous dansiez ensemble. C'est même le meilleur moyen de montrer publiquement les liens entre nos deux familles. Pourquoi vous y opposez-vous si fermement ?

— Les gens vont se faire des idées.

Elle aurait voulu regarder Sylvia dans les yeux mais elle n'y parvenait pas.

— Ils vont imaginer qu'il y a quelque chose entre lui et moi, souligna-t-elle.

— Ils ne le feront que davantage si vous ne dansez pas avec lui, ma chère.

Non. Parce que si elle se retrouvait dans les bras de Christian, même dans une salle de bal comble, elle serait incapable de continuer à faire semblant.

— J'ai dit non, avait-elle assuré avant de fuir le petit salon où elle avait laissé une Sylvia sidérée.

Le lendemain soir, au moment de se rendre au bal du 1er mai, Annabel avait recouvré le contrôle de ses émotions. Néanmoins, elle était soulagée que Christian maintienne de ne pas se rendre avec elles à Kayne House.

Pris par d'autres engagements en début de soirée, il s'organisait de son côté, laissant à Sylvia le carrosse ducal pour les conduire de Chiswick à Londres. À leur arrivée, il y avait tellement de monde qu'avec un peu de chance elle ne le verrait même pas.

Après avoir laissé leurs effets au vestiaire, ils firent la queue pour accéder à la salle de bal. C'était long car lady Kayne accueillait les invités un à un, mais Annabel s'en moquait. Cela faisait sept ans qu'elle attendait d'assister à un tel événement. Elle pouvait bien attendre encore un peu. L'attente faisait partie du plaisir.

Enfin, ils purent entrer dans la salle de bal, une pièce immense, bondée, décorée de lilas violet, de guirlande de fougères et de lierre ainsi que d'énormes blocs de glace sculptés qui servaient à maintenir une température agréable. Un orchestre de huit musiciens installé sur le côté jouait déjà. Les gens se groupaient sur la piste mais ne dansaient pas car lady Kayne, qui accueillait toujours ses hôtes, n'avait pas encore ouvert le bal. Au fond de la salle, derrière la piste, des portes-fenêtres qui donnaient sur la terrasse étaient restées ouvertes pour laisser entrer la brise du printemps. Annabel et sa famille suivirent Sylvia le long de la piste de danse, pour s'arrêter devant la première porte-fenêtre.

— C'est parfait, expliqua Sylvia à Annabel et à sa mère en haussant le ton pour se faire entendre pardessus la musique et le brouhaha des conversations. Repérez bien cet endroit, leur conseilla-t-elle. C'est ici que nous nous retrouverons s'il advenait que nous soyons séparées au cours de la soirée. Convenons d'être réunies au plus tard à 4 heures car il faudra près d'une heure pour faire venir notre voiture et je ne veux pas que l'on puisse dire que j'ai été la dernière à quitter un bal.

Elle frémit comme si c'était un sort plus funeste encore que la mort. Puis elle se tourna vers George et Arthur.

— Messieurs, vous êtes libres de faire ce que bon vous semble, bien entendu. Après le bal, vous pourrez rentrer avec nous à Chiswick ou rester en ville. Il y a une salle de jeu et un fumoir si vous ne souhaitez pas danser. Maintenant, il faut que je dise un mot à lady Kayne. Je suis impatiente de connaître le montant de notre collecte pour l'orphelinat. Si vous voulez bien m'excuser ?

Sur quoi elle s'éloigna. George et Arthur s'éclipsèrent également pour aller jouer aux cartes, si bien qu'Annabel et sa mère restèrent seules pour étudier la scène qui se déroulait devant elles. Des dames en robe de bal en soie de couleurs vives parées de bijoux scintillants évoluaient dans la salle au bras de messieurs en habit.

En les contemplant, Annabel poussa un soupir de satisfaction. Elle savourait enfin sa victoire sociale, qui avait été si longue à venir. Bien sûr, elle avait déjà été à des bals, surtout des bals de charité, auxquels on pouvait assister même si l'on n'était pas très haut placé. Un don assez généreux suffisait généralement à vous faire entrer. Au bal du 1er mai de la marquise de Kayne, Annabel n'avait rien eu à faire pour être conviée. Elle avait été « invitée » par la marquise elle-même à y assister, et cela faisait toute la différence.

— Eh bien, maman, demanda-t-elle à Henrietta, que dites-vous de cela ?

Sa mère la contempla avec un si beau sourire que sa propre joie redoubla d'intensité.

— J'en dis que c'est merveilleux, ma chérie, répondit-elle en riant. Nous en avons fait, du chemin, depuis Gooseneck Bend.

— C'est vrai, maman, confirma-t-elle en lui passant un instant le bras autour des épaules. Nous avons fait du chemin...

— Enfin, vous voilà !

Entendant une voix féminine qui semblait les interpeller, elles se retournèrent. Lady Isabel Helspeth venait vers elles.

— J'ai bien cru que vous n'arriveriez jamais, ajouta-t-elle en embrassant Annabel sur la joue, à la française.

Isabel ressemblait beaucoup à sa petite sœur. Elle avait ses cheveux blonds et ses yeux bleus. En revanche, elle n'était nullement timide. Au contraire, elle débordait de vivacité et d'assurance. Et, surtout, surtout, elle semblait se moquer éperdument des origines modestes d'Annabel.

— Bonsoir, madame Chumley, ajouta-t-elle. Je suis heureuse de vous revoir. Ma mère est près du buffet en train de se lamenter sur le manque de glaces à la fraise. Cela vous ennuierait-il d'aller la voir et de la réconforter comme seules les Américaines savent le faire ? Elle est éperdue.

Henrietta sourit. Elle n'était pas dupe.

— Je vois qu'on ne veut pas de moi, murmura-t-elle d'un air narquois. Mais je vous comprends : vous avez envie de bavarder entre jeunes filles.

Sur quoi elle s'éloigna pour aller rejoindre lady Helspeth et Isabel reporta toute son attention sur Annabel et sa robe de bal en soie rose pâle.

— Cette robe est sublime, déclara-t-elle. Si seulement ma mère acceptait que je porte des décolletés un peu plus échancrés... Mais il n'y a rien à faire. Les Anglais sont tellement plus barbants que les Américains... Et puis, pour les vêtements, vous avez beaucoup plus de goût. Dites, ajouta-t-elle, vous reste-t-il un peu de place dans votre carnet de bal ?

Annabel s'habituait déjà aux brusques changements de sujet de son amie. Sa question ne la surprit pas.

— Un peu, répondit-elle en vérifiant sur le petit carnet qu'elle portait au poignet. La première, celle avant le dîner et... et deux valses juste après. Pourquoi ?

— À cause de mon frère, expliqua-t-elle en levant les yeux au ciel. Il me harcèle pour que je vous le présente depuis que vous êtes venue prendre le thé chez maman l'autre jour. Comme beaucoup d'hommes, il fuit l'heure du thé. Mais il vous a entendue parler en passant devant le salon et il a succombé à votre accent américain.

« Vous avez une voix délicieuse, absolument magnifique. »

Annabel ferma les yeux le temps de chasser Christian de son esprit.

— Naturellement, poursuivait Isabel quand elle les rouvrit, il a jeté un coup d'œil dans notre salon et, en vous voyant, a déclaré que vous étiez la plus jolie fille de la saison. Je crains qu'il ait des sentiments pour vous.

— Oh ! fit Annabel en riant, flattée qu'une telle chose arrive enfin – du moins à sa connaissance. Je vois.

— Lorsqu'il a appris que vous seriez ici ce soir, il m'a chargée de découvrir s'il vous restait une valse libre. Ce qu'il voudrait, c'est que je vous présente juste avant afin qu'il puisse vous inviter à danser. Oh, les frères, je vous assure… J'espérais que vous n'étiez plus libre du tout, ajouta-t-elle en fronçant les sourcils d'un air contrarié.

Annabel sentit l'angoisse l'étreindre. Se trompait-elle sur l'opinion que sa nouvelle amie avait d'elle ?

— Vous ne… souhaitez pas que votre frère s'intéresse à moi ?

— Ma chérie ! se récria Isabel affligée. Ce n'est pas cela du tout, au contraire. Mon frère est épouvantable. C'est un vaurien de la pire espèce. Les jeunes filles ne peuvent avoir aucune confiance en lui. Je suis navrée de dire cela de mon propre frère, mais c'est un fait. Il fait perdre la tête même aux plus intelligentes. J'ai vu la chose se produire bien des fois. C'est aussi inexplicable qu'écœurant. Et j'aurais horreur que cela vous arrive.

Annabel rit, soulagée.

— Je me sens de taille à résister à votre frère, assura-t-elle. Je n'ai aucune intention de m'attacher sérieusement à quiconque avant un certain temps.

— Et vous avez bien raison ! approuva Isabel. Je ressens la même chose. J'ai envie d'aller en Italie, de peindre, d'avoir des dizaines d'amants. Mais je ne tomberai jamais amoureuse ! Évidemment, je ne dirais peut-être pas cela si je séjournais à Cinders… Le duc de Scarborough est divin. Quel dommage qu'il soit inaccessible. Pauvre Edith, conclut-elle dans un soupir.

Elles regardèrent d'un même mouvement vers le mur opposé. Edith était assise parmi les autres jeunes filles qui faisaient tapisserie. Elle guettait avec un espoir bien trop grand et trop visible les invités qui arrivaient.

— Si seulement elle renonçait... se désola Isabel. Il est de notoriété publique que Scarborough ne se remariera jamais. Elle le sait pertinemment. Ce qu'il lui faudrait, c'est quelques chevaliers servants pour la distraire. Ah, voilà M. Wentworth qui vient me chercher : je lui ai promis la première danse. Il faut que je vous quitte, dit-elle en allant à la rencontre du jeune homme qui approchait, avant d'ajouter, par-dessus son épaule : je vous amène Tiger juste après le dîner, alors ? c'est entendu ?

Sur quoi elle s'en alla danser. Restée seule, Annabel se concentra sur la rangée de visages le long du mur. Lady Edith était toujours assise, l'air résigné.

Quel dommage qu'Annabel n'ait pas gagné son pari il y a trois semaines... Une danse avec le duc aurait tant fait pour augmenter et les chances dans le monde et l'estime de soi de la jeune fille.

Elle reporta son attention vers les couples qui évoluaient sur la piste. Elle reconnaissait certains visages. Celui de lady Kayne, bien sûr, qui dansait avec un homme extrêmement distingué à la moustache énorme et à la poitrine couverte de décorations. Et lady Sylvia, qui avait pour cavalier... son oncle Arthur. Incroyable ! Comment s'y était-elle prise pour le convaincre ? Il avait horreur de danser.

Un autre couple passa dans son champ de vision et retint son attention. C'était Bernard, avec une jeune fille qu'Annabel avait connue à New York, Rosemary Lucas. Une famille de nouveaux riches comme la sienne, mais qui venait du Middle West. Rosemary était la fille du roi des tissus et articles de mercerie Jeremiah Lucas.

En les voyant ensemble, Annabel n'éprouva pas le moindre regret. Certes, Christian avait empêché son mariage pour de mauvaises raisons, mais, malgré l'embarras que cela lui avait causé, aujourd'hui, elle était heureuse qu'il l'ait fait.

Elle n'aurait su dire pourquoi elle avait changé d'avis. Ce n'était pas seulement parce que Bernard avait passé la nuit avec une prostituée si peu de temps avant leur mariage. Non, dans le fond, cela ne venait pas de Bernard. Cela venait d'elle.

Elle ne voulait plus de ce genre d'arrangement. Peut-être parce qu'elle se faisait de nouveaux amis, à Londres, et qu'elle s'amusait. Ou parce qu'elle entrevoyait désormais la possibilité d'assurer la position sociale de sa famille sans se marier. Ou alors à cause de certaines choses que Christian lui avait dites sur le mariage en Angleterre. En tout cas, échanger un titre contre de l'argent ne lui disait plus rien. À moins que ce soit à cause d'un certain séducteur au regard de braise et aux baisers de feu...

— Pourquoi ne voulez-vous pas danser avec moi ?

La voix basse à son oreille la fit sursauter. En tournant la tête, elle découvrit l'objet de ses pensées juste à côté d'elle.

— Seigneur ! fit-elle d'une voix étranglée en portant sa main gantée à sa poitrine. Vous m'avez fait une de ces peurs !

— Pardon.

Il lui sourit, les mains dans les poches, l'air rusé et plus séduisant que jamais en habit de soirée.

— Vous rêvassiez, peut-être ?

— J'observais l'assistance en pensant...

— À moi ?

— Mais quelle suffisance ! répliqua-t-elle en relevant le menton.

— Ce n'est pas de la suffisance, corrigea-t-il d'un air penaud, c'est un vœu pieux.

— Non. En l'occurrence, vous avez raison : je pensais à vous. Et à lady Edith, ajouta-t-elle pour l'empêcher de deviner la véritable nature de ses pensées. C'est sa première saison, son premier bal et, au lieu de danser, elle reste là à faire tapisserie…

Il grommela et fit mine d'utiliser Annabel comme écran entre lui et la rangée de jeunes filles le long du mur.

— Eh bien, pourvu qu'elle ne me voie pas.

— Il est sans doute déjà trop tard. Puisque vous êtes là et que la première danse touche à sa fin, vous tenez l'occasion idéale de lui faire passer une soirée inoubliable. Allez l'inviter pour la prochaine danse.

— Non, répondit-il en secouant la tête. Je ne veux pas lui donner de faux espoirs.

— Cela n'arrivera pas. Certes, elle a un faible pour vous, mais, pour que le feu s'étouffe de lui-même, il lui faut de vrais soupirants. Si vous dansez avec elle, tous les jeunes garçons vont s'en apercevoir et vouloir danser avec elle à leur tour.

— C'est possible, concéda-t-il. Mais pourquoi faut-il que ce soit moi qui montre l'exemple ?

— Parce que vous êtes duc. C'est votre rôle de montrer l'exemple.

Il fit la grimace.

— Vous voulez que je danse avec Edith, mais vous, vous refusez de danser avec moi. Annabel, vous n'imaginez pas le coup que vous portez à ma fierté.

Elle lui fit son plus charmant sourire.

— Votre fierté s'en remettra : elle est solide.

— Ouïe ! dit-il comme si elle lui avait fait mal. Vous ne plaisantez pas, comprit-il d'un air sérieux.

— Non. Parce que je sais ce qu'elle ressent. J'ai été à sa place, Christian. La jeune fille que personne n'invite à danser est comme celle que l'on ne convie à aucune fête. Les raisons sont différentes mais on ressent la même chose. Une profonde tristesse.

Il se pencha vers elle.

— Si je dansais avec elle, cela vous ferait-il plaisir ?

— En quoi est-ce important ? demanda-t-elle dans un souffle.

— À mes yeux, c'est important, Annabel.

Son cœur se mit à battre la chamade.

— Il faudrait que vous le fassiez simplement par gentillesse.

— Ah, mais je ne suis pas gentil.

Comme pour le prouver, il ajouta :

— Je danserai avec Edith si vous dansez avec moi d'abord.

— Non.

— Mais pourquoi ? Vous avez peur, une fois dans mes bras, de succomber à mon charme ?

Précisément – mais il n'était pas question qu'elle le lui avoue.

— Non, contra-t-elle. Je ne peux pas danser avec vous parce que j'ai promis la prochaine danse à quelqu'un d'autre.

Au même moment, elle avisa avec soulagement M. Wilbur, le passionné d'ornithologie, qui venait la chercher.

— Plus tard, alors ?

— Désolée, mentit-elle, mais je suis prise pour toutes les danses.

C'est sans une once de culpabilité pour ce petit mensonge qu'elle rejoignit M. Wilbur. Il ne fallait surtout pas que Christian découvre que c'était effectivement parce qu'elle le désirait trop qu'elle redoutait de danser avec lui. Quant à savoir comme elle allait s'y prendre pour remplir son carnet de bal... oh, elle verrait bien !

14

Annabel fut soulagée d'avoir échappé à Christian mais ce soulagement fut de courte durée. Dix secondes tout au plus.

Elle fit les quelques pas qui la séparaient de la piste de danse et se plaça face à son partenaire. Elle ne jeta qu'un rapide regard en arrière pour voir Edith, les épaules voûtées, la mine abattue, et Christian s'arrêter à côté de sa chaise. Elle continua de regarder. Il lui tendait la main. Et quand Edith se décida à lever la tête pour voir qui pouvait bien l'inviter à danser, Annabel se sentit le cœur léger.

Les musiciens commencèrent à jouer. Tandis que M. Wilbur la faisait tournoyer sur la piste, Annabel s'efforça de calmer ses ardeurs. Si Christian avait agi pour lui faire plaisir, c'était un geste qui ne lui coûtait pas et qui ne changeait rien entre eux. Pourtant, malgré ses efforts pour ériger des murs protecteurs autour d'elle et le tenir à distance, Annabel sentait sa détermination à rester loin de lui faiblir un peu plus à chaque instant.

En désespoir de cause, elle entraîna George sur la piste quand elle se trouva sans cavalier le temps d'une danse. Elle ne savait pas si Christian l'observait, mais, dans le doute, elle ne voulait pas lui donner une occasion de l'inviter et de faire fondre ce qu'il lui restait de volonté.

Après le dîner, Isabel la présenta à son frère Edward Tiger, un homme d'une beauté hâlée qu'il était impossible d'ignorer. Même si Isabel ne l'avait pas mise en garde, elle aurait décelé la lueur séductrice dans son regard et le charme dangereux de ses manières. Toutefois, bien qu'elle trouvât très agréable de danser avec lui, les yeux plongés dans son regard bleu malicieux, de rire de ses plaisanteries et d'accepter volontiers ses compliments outrés, elle n'éprouvait rien de plus que la satisfaction que l'admiration d'un homme procure à une femme. Elle n'était pas dévorée par un désir brûlant comme avec Christian. Au moins, songea-t-elle avec un certain soulagement, elle n'était pas sensible au charme de tous les mauvais garçons.

Quand ils eurent fini de danser, il la raccompagna à sa place. C'est alors qu'elle avisa Christian qui bavardait avec sa famille en la suivant des yeux, pour voir si elle avait un cavalier pour la danse suivante. Comme ce n'était pas le cas, elle fut prise d'une soudaine panique qui la figea sur place.

— Miss Wheaton ? fit Edward plein de sollicitude en s'arrêtant lui aussi. Vous sentez-vous bien ?

Elle risqua un regard vers Christian. Il la regardait comme lors du dîner chez lady Kayne, sans chercher à dissimuler son envie d'elle. Comme aimantée, elle fit involontairement un pas vers lui avant de s'en rendre compte, de s'arrêter et de vivement se retourner vers son cavalier.

— J'ai besoin de prendre l'air. Vous voulez bien m'excuser ?

Sans attendre de réponse, elle tourna les talons et fila vers la porte-fenêtre la plus proche pour sortir sur la terrasse. Elle descendit les marches qui donnaient sur l'extérieur en inspirant profondément. Elle courut jusqu'au fond du jardin et se cacha dans le labyrinthe de buis.

Elle continua d'avancer entre les hautes haies, tournant au hasard, sans chercher à savoir où elle allait, ne voulant que se calmer. Bientôt, elle se sentit complètement perdue, dans le labyrinthe et dans ses sentiments. Que voulait-elle, au juste ?

Comme une réponse à sa question, elle trouva Christian devant elle, au cœur du labyrinthe, appuyé au bord de la fontaine, comme s'il l'attendait, comme s'il savait qu'elle allait le trouver. Comme si tout cela était inévitable. Et peut-être avait-il raison.

Elle fit un pas vers lui, mue par le désir, puis s'arrêta.

— Nous sommes censés rester loin l'un de l'autre, lui rappela-t-elle.

Il se redressa.

— C'est ce que vous répétez sans cesse, mais je ne peux…

Il s'arrêta et inspira profondément avant de reprendre :

— Je ne peux pas rester loin de vous.

— J'ai l'impression que vous ne vous donnez pas beaucoup de mal.

— Non, admit-il en s'avançant vers elle. C'est vrai.

La panique la submergea mais, cette fois, elle fut incapable de s'enfuir. Elle resta là, pétrifiée par son regard, à se débattre intérieurement pour ne pas aller à sa rencontre.

— Si quelqu'un nous voyait...

— Dansez avec moi. Je sais que votre carnet de bal est complet, précisa-t-il avec un petit sourire qui révélait qu'il n'était pas dupe de son mensonge, mais tant pis. Devant votre tuteur, votre cavalier se verra dans l'obligation de prendre congé.

— Danser, ce n'est pas grand-chose, fit-elle valoir. Pourquoi y tenez-vous tant ?

— N'est-ce pas évident ? Toutes les excuses me sont bonnes pour vous toucher. Même dans une salle pleine de monde.

Lentement, très lentement, comme s'il craignait de la voir s'échapper à nouveau, il avança une main vers la sienne pour mêler ses doigts gantés aux siens. Puis il posa l'autre sur sa taille.

— Mais, ajouta-t-il, ceci est bien mieux, évidemment.

— Nous n'avons rien à faire ici tous les deux.

— Je sais, assura-t-il en l'attirant à lui.

En désespoir de cause, elle essaya une dernière fois de résister à l'inévitable.

— Je ne veux pas danser avec vous.

— Très bien, concéda-t-il en lui lâchant la main et en baissant la tête. Nous ne danserons pas.

Il l'embrassa et, au contact de ses lèvres douces et chaudes, le plaisir s'épanouit en elle telle une fleur au soleil, un plaisir si fort qu'elle ouvrit les lèvres.

Il profita aussitôt de cet accord tacite pour lui glisser une main derrière la nuque et resserrer son étreinte sur sa taille. Il l'embrassa plus profondément, introduisit sa langue pour la posséder plus avant.

Sous ces baisers ardents, elle sentait fondre sa raison et s'effacer les leçons du passé. Elle avait l'impression de s'enfoncer dans un oubli délicieux.

Sans lui lâcher la taille, il fit glisser son autre main de sa nuque le long de son dos et jusqu'à sa hanche où il saisit les plis de sa jupe pour se frayer un chemin entre les épaisseurs de soie et de mousseline.

Il fallait l'arrêter, songea-t-elle. Mais au moment où cette pensée lui traversa l'esprit, elle referma les doigts sur les revers de sa veste pour le rapprocher d'elle.

Il lui toucha la hanche sous ses jupes. Il avait la paume si brûlante qu'elle en sentait la chaleur à travers son gant et le fin tissu de ses dessous. Elle gémit contre sa bouche. Il bougea, lui serrant plus fort la taille, plaquant les hanches contre les siennes. Sentant son désir durci, elle eut un éclair de lucidité et se rappela où ils se trouvaient et ce qu'elle avait à perdre si on les surprenait. Cette fois, elle ne devait pas attendre d'avoir perdu sa détermination et sa fierté si elle voulait le faire cesser et ne pas regretter d'avoir fait un mauvais choix.

Elle mit un terme à leur baiser en détournant le visage, mais eut l'impression qu'on lui arrachait le cœur.

— Je ne veux pas ! se défendit-elle en tendant les bras entre eux pour se libérer.

Dès qu'il la lâcha, elle recula en secouant la tête.

— Je ne veux pas de vous, ajouta-t-elle.

Il ne bougea pas. Il la regardait simplement, en respirant fort. Il lui sembla qu'il mettait une éternité à répondre.

— C'est faux, Annabel. Nous le savons tous les deux.

La tendresse dans sa voix faillit la perdre.

— Je ne veux pas avoir envie de vous ! Est-ce mieux, comme cela ?

Il se passa les deux mains sur le visage comme pour s'éclaircir les idées.

— Je ne suis pas sûr de saisir la nuance.

— Avoir envie de vous est vain.

À mesure qu'elle parlait, l'euphorie et le désir des derniers instants, de ces instants volés, cédaient la place à une douloureuse réalité.

— Il n'y a aucun avenir possible avec vous.

Il voulut se rapprocher d'elle, la toucher à nouveau, mais elle se déroba et il laissa retomber son bras le long de son corps.

— Pourquoi faut-il absolument un avenir ?

— Mais parce que c'est ainsi !

Elle inspira profondément en cherchant les mots pour exprimer clairement ce qu'elle attendait de la vie.

— Je veux me marier, affirma-t-elle. Je veux un mari et des enfants. Je veux un homme qui me respecte. Un homme qui me juge digne d'être sa femme.

— Et, selon vous, ce n'est pas mon cas ? demanda-t-il en secouant la tête d'un air incrédule. Si je vous épousais, en quoi cela prouverait-il la bonne opinion que j'ai de vous ? Regardez, Rumsford. Sa demande en mariage vous a-t-elle prouvé quoi que ce soit ? Si, vous, vous ne vous croyez pas assez bien – quel que soit le sens que l'on donne à ce mot –, tout ce que je pourrai dire ou faire n'y changera rien. Vous ne le voyez donc pas ?

— Ce que je vois, c'est que les hommes attendent certaines choses de toutes les femmes. Mais je veux – et je mérite – un homme prêt à me donner plus que cela. Or nous savons aussi bien l'un que l'autre que vous n'êtes pas cet homme.

Il ne le nia pas et cette confirmation muette de ce qu'elle savait déjà la blessa plus qu'elle ne l'aurait imaginé. Elle recula encore. Il fallait qu'elle parte avant de s'humilier encore davantage en se mettant à pleurer.

— Ne vous approchez pas de moi, Christian. Dieu sait que j'ai commis bien des erreurs dans ma vie, mais j'essaie au moins de ne pas faire les mêmes deux fois. Alors, je vous en supplie, ne vous approchez plus de moi.

Sur quoi elle tourna les talons, saisit sa jupe à deux mains et partit en courant. Pour se défendre, il ne lui restait plus que la fuite.

Christian la regarda s'éloigner, dévoré par le désir. Il lui semblait que son corps se révoltait contre ce qui venait d'arriver alors que sa raison tentait de l'accepter. Il se sentait déchiré, démuni, et, pire, impuissant. Parce que ce qu'elle avait dit était vrai.

Ses paroles résonnaient dans sa tête tandis qu'il se retenait de la rattraper pour l'embrasser jusqu'à ce qu'elle n'ait plus la force de lui résister.

Non. Il ne pouvait pas faire ce qu'il voulait. Il était parfaitement légitime qu'elle veuille un mari et des enfants, qu'elle aspire à la respectabilité que lui conférerait un bon mariage. Il avait beau juger que le mariage était une institution dénuée de sens, ce n'était pas l'opinion de la plupart des gens – à commencer par Annabel. Or, à cause de lui, elle avait déjà été privée d'une occasion de se marier. Il persistait à penser que Rumsford n'était pas un cadeau. N'empêche qu'il s'était immiscé dans sa vie d'une façon inadmissible et qu'il demeurait dans l'obligation de réparer ce tort.

D'un autre côté, cette détestable situation ne pouvait pas durer. Sinon, il allait devenir fou. Il n'y avait qu'une chose à faire, il le savait.

Il fallait qu'il lui trouve un mari. C'était la seule conduite honorable. Restait à espérer que cette conduite honorable ne le détruise pas, lui.

Annabel ne vit pas Christian pendant deux jours. Il resta en ville, dormit à son club et ne fit pas savoir quand il comptait revenir à Cinders.

Après ce qui s'était produit lors du bal du 1er mai, elle aurait dû en être soulagée. Mais ce n'était pas le cas. Au contraire, il lui manquait. Et le fait qu'il obéisse à sa demande ne faisait que la rendre plus malheureuse.

— Annabel, proposa Sylvia qui présidait la table du petit déjeuner, si nous allions au théâtre, demain soir ?

Annabel sortit de sa rêverie et leva le nez de ses œufs au bacon en s'efforçant de s'intéresser à cette idée de sortie.

— Que donne-t-on ?

— *Un peu au sud du paradis*, la dernière pièce de Sebastian Grant, à l'Old Vic. Sebastian est le comte d'Avermore, vous savez, et un ami proche de Christian. Je m'y prends un peu tard, mais il met toujours quelques billets de côté pour ses amis. À moins que vous préfériez aller à l'opéra ? Qu'est-ce qui vous tente le plus, Annabel ?

— L'un ou l'autre, comme vous voulez, répondit-elle poliment en se remettant à contempler son assiette.

— On joue Wagner à Covent Garden, poursuivit Sylvia, comme si cela allait l'aider à se décider. C'est toujours bon, mais je regrette que l'on ne propose pas quelque chose de plus moderne, comme Puccini, peut-être.

— Oh, maman, s'exclama Dinah en se mêlant à la conversation. Je peux y aller aussi ? D'accord, je ne peux pas assister aux bals, mais j'aimerais tant voir une pièce ou un opéra…

— Tu n'as que onze ans, ma chérie, lui rappela Henrietta. C'est bien trop jeune pour aller au théâtre.

Annabel ne put s'empêcher de plaider pour sa petite sœur.

— Oh, permettez-lui de venir, maman. Se coucher tard une fois ne peut pas lui faire de mal.

— Je suis d'accord avec Annabel, intervint George. Pourquoi Dinah ne viendrait-elle pas si elle en a envie ?

— Moi aussi, renchérit oncle Arthur. Nous sommes à Londres : autant qu'elle en profite pour voir le plus de choses possible.

— Beaucoup de petites filles vont au théâtre, à Londres, madame Chumley, confirma Sylvia. Pas à l'opéra, en revanche, surtout pour écouter Wagner. Les œuvres du *Ring* sont trop longues pour cet âge. Nous choisissons donc le théâtre ? Je vais écrire à Averton dès ce matin, conclut-elle comme tout le monde hochait la tête en signe d'assentiment, pour savoir s'il aurait des billets pour nous demain soir.

À cet instant, la conversation fut interrompue par la dernière personne qu'Annabel s'attendait à voir.

— Pardon, Sylvia, dit Christian en entrant dans la salle à manger, mais je crains de devoir perturber vos projets. Bonjour, ajouta-t-il.

Annabel se redressa sur sa chaise en le regardant s'approcher du buffet où les plats étaient tenus au chaud. Mais s'il salua poliment sa mère en passant et tira pour rire sur une boucle de Dinah, il ne jeta pas un regard dans sa direction.

— Perturber mes projets ? répéta sa sœur pendant qu'il se servait à manger. Cela fait deux jours que nous ne t'avons pas vu, lui rappela-t-elle avec une sévérité feinte, et voilà que tu surgis à l'heure du petit déjeuner pour perturber nos projets ?

Il se retourna pour lui adresser un regard contrit par-dessus son épaule.

— Je suis duc et chef de famille, répliqua-t-il en continuant de se servir. J'en ai le droit.

— Eh bien, mon cher frère, j'avoue que je suis ravie de ce soudain intérêt que tu portes au tourbillon mondain, assura Sylvia en riant. Mais de quoi s'agit-il ?

— J'ai invité le duc de Trathen à dîner avec nous demain soir. Je nous ai réservé une salle à manger privée au Savoy.

— Trathen ? répéta-t-elle en le regardant avec étonnement. Mais nous le connaissons à peine.

— Toi, tu le connais à peine, corrigea Christian en venant s'asseoir à table avec son assiette. Moi, je le connais depuis Oxford. Un type très bien. Riche. Influent. Honorable. Et célibataire, ajouta-t-il en prenant la théière.

Que mijotait-il ? Annabel le dévisageait, sidérée, mais aucune explication ne lui vint. Il ne la regardait même pas.

— Ce qui me rappelle... enchaîna-t-il en mettant de la marmelade sur son toast. Sommes-nous libres le 7 ? J'ai vu sir Thomas Duncan au club hier soir. Il nous a invités à un pique-nique à Kew Gardens.

— Ah oui ? fit Sylvia, manifestement tout aussi déconcertée qu'Annabel. Je ne savais pas que sir Thomas était à Londres.

— Il est arrivé il y a quelques jours, je crois. Il a aperçu miss Wheaton au bal l'autre soir et a été subjugué. Il a dit que c'était la plus jolie jeune femme de la soirée et m'a supplié de la lui présenter. Nous avons donc organisé ce pique-nique. J'espère que vous ne m'en voudrez pas, miss Wheaton, ajouta-t-il sans se tourner vers elle.

— Je crois que nous sommes libres le 7, murmura Sylvia. As-tu fait d'autres projets pour nous, mon cher frère ?

— Eh bien... Il y a aussi lord Pomeroy. Je suis tombé sur lui chez Cook. Dans la conversation, j'ai évoqué nos hôtes et il nous a conviés à la réception de sa mère le 15. Je ne suis pas libre, mais vous l'êtes sans doute. Pomeroy semblait avoir très envie de rencontrer nos hôtes, et en particulier miss Wheaton.

Il voulait lui présenter des hommes, comprit Annabel. Mais pourquoi ? Cette question lui avait à peine traversé l'esprit que la réponse lui vint, dans ses propres termes.

« Je veux me marier. Je veux un mari et des enfants. »

Il lui offrait ce qu'elle lui avait dit vouloir, comprit-elle avec un pincement au cœur. Cherchait-il donc à la punir ?

— Ah bon ? murmura-t-elle en le regardant et en s'interdisant de le croire. Lui aussi est célibataire, sans doute ?

— Il se trouve que oui, figurez-vous.

Il leva soudain la tête et elle décela sur son visage une angoisse qu'elle ne lui avait jamais vue.

Non, il ne cherchait pas à la punir, comprit-elle. Il s'efforçait de se conduire de façon honorable. L'air triste de cet homme lui déchira le cœur et fit voler en éclats tous ses souhaits, sauf celui qui n'était pas réalisable – être avec lui.

— Tu as vu Pomeroy chez Cook ? s'étonna Sylvia. Mais que diable faisais-tu là-bas ?

— J'envisage de repartir à New York d'ici à une semaine, répondit-il à sa sœur le regard rivé à celui d'Annabel.

— À New York ? répétèrent-elles d'une seule voix, aussi étonnée l'une que l'autre.

— Pourquoi pas ? répliqua-t-il avec un haussement d'épaules en se tournant vers sa sœur. Tu n'as pas besoin d'aide, Sylvia, et, de mon côté, il faut bien que je reprenne le cours de mes projets.

— Je vois, fit sa sœur, déçue. Mais…

Il recula sa chaise et se leva, coupant court à toute question.

— J'ai ma vie, tu sais, lâcha-t-il avant de sortir alors qu'il avait à peine touché à son petit déjeuner. Tous le suivirent du regard, médusés.

Christian quitta aussitôt la maison. Il lui fallut toute la journée et une partie de la soirée pour se rendre de nouveau maître de lui et rentrer à Cinders. En arrivant, il prit son courrier sur le plateau dans le hall et s'arrêta à la porte du salon où Annabel et sa famille s'étaient installés après le dîner. Il lança un bonsoir poli sans entrer et monta dans sa chambre.

Oui, il fallait qu'il évite Annabel. C'était ce qu'il avait de mieux et de moins dangereux à faire. S'il restait à l'autre bout de la maison en attendant de pouvoir retourner à New York, elle n'aurait peut-être pas trop à craindre de lui.

Il s'occupa en lisant son courrier, ce qui ne servit qu'à assombrir son humeur déjà maussade. Les derniers rapports de Saunders concernant l'état de détérioration de Scarborough Park étaient plus que décourageants.

Mais il y avait pire. Hiram Burke le conviait à dîner. Hier, il avait rendu visite à l'Américain, qui était arrivé à Londres quelques jours plus tôt avec sa famille et louait une maison sur Grosvenor Square. Au cours de la conversation, Christian avait évoqué les fameuses actions. Cette invitation devait être la réponse de l'homme d'affaires. S'il acceptait, miss Fanny Burke serait certainement de la soirée. Comme il ne pouvait accepter ni le dîner ni la demoiselle, il n'avait à l'évidence aucune chance de pouvoir investir dans la compagnie de téléphone transatlantique de Burke.

Il y avait tout de même une note réconfortante dans cette correspondance. Trathen avait un empêchement pour le lendemain soir et ne pourrait se joindre à eux pour dîner.

Il était absurde qu'il en soit soulagé, lui qui s'était donné tant de mal pour organiser la soirée. Le duc de Trathen avait toutes les qualités que l'on pouvait espérer d'un mari : il était riche, facile à vivre, aimable et il cherchait une épouse. Le contraire de Christian, en d'autres termes. Lui était heureux, et plus que de raison, de n'avoir pas à passer tout le dîner à regarder un autre homme courtiser Annabel et à faire semblant de s'en réjouir.

Il s'enfonça dans son fauteuil en soupirant. Marier une débutante quand, soi-même, on la désirait comme un fou s'avérait une véritable torture !

Il mit de côté la lettre de Trathen et se leva. Sans appeler McIntyre, il se déshabilla et se coucha. Toutefois, il ne put trouver le sommeil.

Il n'aurait su dire combien de temps il resta ainsi, étendu, sans dormir. Assez longtemps, en tout cas, pour entendre le reste de la maisonnée aller se coucher. Des pas résonnaient dans l'escalier. On échangea des bonsoirs. On ferma des portes. Mais il ne dormait toujours pas.

Les yeux rivés au plafond, il écoutait la pendule égrener les secondes. Il fallait qu'il démissionne de ce poste de curateur. Il ne supportait plus cette torture. Comme il l'avait dit à Sylvia, il fallait qu'il reprenne le cours de sa vie.

L'ennui, c'est qu'il ne savait plus ce qu'était sa vie, justement. Il pouvait toujours retourner à New York, comme il l'avait évoqué le matin, et s'atteler aux projets qu'il avait en cours au moment où il avait connu Annabel.

Il lui suffit de songer à elle pour être submergé par une vague de désir. Il rejeta les couvertures en maugréant. C'était grotesque. À quoi bon essayer de dormir ?

Il se leva. Nu, il alla à la fenêtre et entrouvrit le rideau. La lune déclinait mais il faisait assez clair pour se promener et il ne pleuvait pas. Il tourna le dos à la fenêtre et ramassa ses vêtements là où il les avait abandonnés. Il enfila son pantalon. Il allait prendre sa chemise quand le cliquetis de la serrure lui fit lever les yeux.

En chemise de nuit et peignoir blancs, une lampe à la main, Annabel se glissa tout naturellement dans sa chambre ! Christian en conclut qu'il avait dû s'endormir. Car ce ne pouvait être qu'un rêve.

— Annabel ? fit-il en fronçant les sourcils et en la regardant fermer derrière elle. Qu'est-ce qui vous prend de venir ici ? Vous n'avez rien à faire de ce côté de la maison.

— Chut ! fit-elle en portant un doigt à ses lèvres. Pas si fort. On pourrait vous entendre. Je suis venue parce qu'il fallait que je vous parle.

— Que vous me « parliez » ?

Elle avait tressé ses cheveux roux en une longue natte ramenée devant son épaule, observa-t-il avant de laisser descendre son regard jusqu'à sa gorge, et, plus bas, à ses orteils qui dépassaient de son peignoir. La fièvre le reprit.

— Seigneur, ayez pitié de moi, murmura-t-il en refermant le rideau.

Si elle comptait vraiment rester ici dans sa chambre et faire la conversation, il risquait de vouloir sauter par la fenêtre pour échapper à la torture.

— Ignorez-vous donc ce que vous risquez à vous introduire dans la chambre d'un homme en pleine nuit ? Avec une lampe, qui plus est ? Et si quelqu'un qui ne dormait pas vous avait vue ?

— J'ai fait très attention.

— Certainement. Mais, tout de même, n'êtes-vous pas consciente du danger ?

— Peut-être...

Elle s'interrompit et se passa la langue sur les lèvres, soudain nerveuse.

— Peut-être ai-je estimé que vous en valiez la peine ?

Eh bien elle se trompait. La noblesse d'âme aurait voulu qu'il le lui dise, mais il n'en fit rien. Il se tut, esprit dépravé qu'il était, et commença à espérer que cette visite ne soit pas un rêve.

— J'aimerais que vous me disiez pourquoi, murmura-t-elle, pourquoi vous voulez me présenter tous ces hommes.

Cette fois, il eut la certitude qu'il ne rêvait pas. Dans un rêve, Annabel ne viendrait pas dans sa chambre en pleine nuit pour lui parler d'autres hommes. Il ne perdait tout de même pas la tête à ce point.

— Qu'est-ce que cela peut vous faire, à une heure pareille ? lui demanda-t-il en cherchant un sens à cette situation aberrante. D'ailleurs, Trathen a décliné mon invitation. Il a un empêchement.

— Tant mieux. Parce que je ne veux pas de lui.

— Vous ne l'avez même pas rencontré. Il se pourrait qu'il vous plaise, assura-t-il, insensé qu'il était. C'est un homme bien.

Elle poussa un soupir d'impatience, posa la lampe sur la coiffeuse et revint se poster devant lui.

— Voulez-vous répondre à ma question, je vous prie ?

Il se serait volontiers exécuté s'il s'en souvenait. Sauf qu'elle était devant lui, en chemise de nuit, alors que cela faisait des heures, des jours qu'il ne pensait qu'à elle, tel un jeune garçon qui se languissait d'amour. Comment aurait-il pu répondre à quelque question que ce soit dans une situation pareille ?

Il la considéra, incapable de réfléchir autant que de bouger. Dans le silence qui s'était installé, elle s'étira et se rapprocha, tellement qu'il perçut son discret parfum de fleur d'oranger. L'effet sur son corps fut immédiat. Oui, il suffisait qu'il respire cette douce fragrance pour sentir à nouveau déferler en lui le désir qu'il s'efforçait de dompter depuis trois jours, comme si le temps n'était pas passé depuis cette soirée chez les Kayne et l'entrevue dans le labyrinthe. Au désespoir, il recula d'un pas en essayant de se raccrocher à son honneur de gentleman.

— Annabel, vous n'avez rien à faire ici. Si quelqu'un vous a vu entrer...

— Non, personne ne m'a vue. Tout le monde est couché.

Il baissa les yeux et sa gorge s'assécha à la vue de la peau laiteuse que révélait l'échancrure de sa chemise de nuit.

— Il faut que vous partiez. Tout de suite.

Il leva les deux mains pour les lui poser sur les épaules dans l'intention de lui faire faire demi-tour et de la pousser vers la porte. Mais il se ravisa aussitôt et laissa retomber ses bras. Il ne fallait pas qu'il la touche. Cela finissait toujours par lui causer des ennuis.

Hélas, elle ne semblait guère encline à sortir de sa chambre. Au contraire, elle se rapprocha de lui.

— Pourquoi jouez-vous les entremetteurs ? insista-t-elle.

Il contempla son visage levé vers le sien, tremblant intérieurement de l'effort qu'il faisait pour se retenir.

— Vous le savez très bien, fit-il dans un souffle rauque.

— Oui, reconnut-elle en se rapprochant encore. Je sais que vous vous efforcez de bien agir. Mais je ne veux pas de ces hommes, Christian.

Plus le temps s'écoulait, plus il se sentait capable de tout – et plus il espérait.

— Vous avez dit que vous souhaitiez vous marier, pourtant. Que vous vouliez un mari.

Pour une raison inexplicable, cela la fit sourire.

— Bah, il n'est pas indispensable que la cérémonie ait lieu la semaine prochaine, fit-elle valoir.

Elle s'approcha encore, tout près, si près que les pointes de ses seins touchèrent son torse. Il n'en pouvait plus. Il voulut reculer mais heurta l'armoire derrière lui.

— Annabel, pour l'amour du ciel…

— J'ai bien réfléchi, déclara-t-elle. Oui, je veux me marier. C'est certain. Mais il me semble également que je ferais mieux de laisser passer un peu de temps entre deux fiancés – et d'en profiter. De m'amuser.

Elle se haussa sur la pointe des pieds, souriant toujours, les lèvres tout contre les siennes.

— Qu'en dites-vous ? s'enquit-elle d'un air innocent.

Puis elle l'embrassa sans lui laisser le temps de répondre et il se sut perdu. Sa volonté s'envola. Il l'enlaça et interrompit leur baiser juste le temps de dire :

— Oh ! Absolument, avant de reprendre possession de sa bouche et de la plaquer contre lui.

À quoi bon essayer d'être honorable ? Il ne l'avait jamais été de sa vie. Alors ce n'était vraiment pas le moment de changer.

15

« Oh ! Absolument. » Annabel n'avait jamais rien entendu de plus doux que ces deux mots. Au lieu de lutter contre les sensations que lui procurait ce baiser langoureux, elle les laissa la pénétrer, donnant autant que cet homme lui donnait. C'était pour cela qu'elle était venue. Pour ses baisers étourdissants. Elle enlaça son torse nu et sentit les muscles de son dos se durcir sous sa peau brûlante.

Il se détacha encore de ses lèvres.

— Vous êtes certaine de vouloir cela ? lui demanda-t-il en lui prenant le visage entre ses mains pour le couvrir de baisers. Moi qui devais réparer le tort que je vous avais causé… Je ne suis pas sûr que ce soit le meilleur moyen.

Elle sourit en sentant la note de désespoir dans sa voix.

— Je sais, chuchota-t-elle. Mais, pour l'instant, je préférerais que vous cessiez d'être héroïque.

— Je ne plaisante pas, précisa-t-il en reculant un peu pour la regarder dans les yeux. Si vous passez la nuit avec moi, vous savez ce que cela signifie.

— Oui, je le sais, affirma-t-elle en soutenant son regard. Je ne suis pas une vierge innocente, Christian.

Elle l'entendit retenir son souffle.

— C'est de la folie, murmura-t-il. Il faut que nous ne fassions aucun bruit, ajouta-t-il en saisissant la ceinture de son peignoir. Si quelqu'un venait à découvrir cela, votre réputation serait ruinée.

Tout en parlant, il avait ouvert son déshabillé ; elle laissa échapper un petit rire tremblant.

— Je craignais qu'il ne me soit difficile de vous séduire, avoua-t-elle, après tout le mal que vous vous étiez donné pour me présenter à d'autres hommes.

— J'ai été séduit dès que vous êtes entrée, assura-t-il en faisant glisser son peignoir sur ses épaules, le long de ses bras et jusqu'à terre.

Il se mit ensuite en devoir de défaire un à un les petits boutons de nacre de sa chemise de nuit, jusqu'au dernier, à hauteur de son nombril. Puis il saisit la fine mousseline de sa chemise de nuit pour lui faire suivre le même chemin qu'à son peignoir.

Il recula et prit le temps de la contempler, d'admirer ses seins parfaits, sa taille fine, ses hanches magnifiques. Il en avait la gorge sèche. La tête lui tournait. À la lueur de la lampe, sa peau prenait une couleur crémeuse. La vue des boucles sombres à la jonction de ses cuisses réveilla chez lui un désir animal.

Il aurait voulu l'allonger par terre et la prendre séance tenante, sans ces préliminaires qui demandaient tant de temps. Mais il respira profondément pour s'obliger à maîtriser son empressement. D'après l'idée qu'il se faisait de l'homme qu'elle avait choisi pour sa première fois, cette initiation à l'amour physique avait dû être désastreuse. Il savait ce qu'il lui fallait : certainement pas une étreinte rapide et primitive.

Alors, il l'embrassa encore sur la bouche, puis lui passa un bras autour des épaules et l'autre derrière les genoux pour la soulever.

— Oh ! souffla-t-elle, surprise, en se tenant à son cou. Où allons-nous ?

— Eh bien... faire l'amour par terre, ce n'est pas très confortable. Nous serons mieux sur le lit, non ?

Il la déposa sur le matelas. Mais elle détourna le regard quand il voulut déboutonner sa braguette. Mieux valait garder son pantalon encore un peu. Il s'étendit auprès d'elle et, quand il pressa son membre durci contre sa cuisse, elle se déroba un peu. Ainsi, il avait vu juste. Malgré ses protestations, elle était nerveuse.

— Lorsque je... lorsque j'ai fait ça, autrefois, c'était sur un sol en terre battue, raconta-t-elle comme si elle lisait dans ses pensées, mais toujours sans le regarder, les yeux rivés au plafond. Dans une cabane abandonnée de Goose Creek. Je voyais...

Elle s'interrompit de nouveau, déglutit et rit un peu.

— Je voyais le ciel par les trous du toit.

— Ce n'était pas un cadre très romantique.

— Non. Vous n'imaginez pas à quel point.

— Je vais donc tâcher de faire mieux.

Il lui fit tourner le visage vers lui pour pouvoir l'embrasser à nouveau, lentement, profondément, encore et encore, comme dans le labyrinthe, jusqu'à ce que, enfin, elle se détende. Puis il s'écarta un peu afin d'observer son visage tandis qu'il promenait une main sur son sein, avant de la refermer pour le sentir, rond et lourd, dans le creux de sa paume. Il joua avec elle un petit moment et sourit de la voir refermer les yeux et entrouvrir les lèvres, d'entendre son souffle s'accélérer.

Puis il se pencha sur elle pour prendre son mamelon entre ses lèvres, dans sa bouche. Elle gémit doucement, comme pour lui répondre. Sans relever la tête, il lui appuya doucement du bout des doigts sur les lèvres pour lui rappeler qu'ils devaient rester silencieux.

Elle hocha la tête en signe d'assentiment et il se remit à jouer avec son autre sein en se délectant des petits soubresauts que lui tiraient les caresses de sa main, de sa langue et de ses dents.

Elle se mit à remuer les hanches et frôla son érection à travers le pantalon. Cette fois, elle n'eut aucun mouvement de recul. Comme il voulait voir son visage, il releva la tête. Puis il promena la main sur tout son corps, de sa poitrine à son ventre, puis encore plus bas, jusqu'à ce que le bout de ses doigts frôle la douce toison à la jonction de ses cuisses. Quand il passa la main entre ses jambes, elle poussa un petit cri inquiet qui lui confirma que, si elle avait suffisamment aimé ce garçon du Mississippi pour lui offrir sa virginité, les jeux de l'amour n'avaient pas fait partie de son expérience.

— Christian, protesta-t-elle dans un souffle en fixant sur lui des yeux suppliants.

Elle lui saisit le poignet pour repousser sa main.

Il ne la laissa pas faire.

— Qu'y a-t-il, ma chérie ? demanda-t-il en lui couvrant le visage de baisers. Il ne vous a jamais touchée là ?

Comme elle faisait non de la tête, il fut pris d'un instinct de protection aussi sauvage et primitif que le désir qui lui coulait dans les veines.

— Mais, moi, j'en ai envie, assura-t-il tendrement. Laissez-vous faire.

Il attendit. Enfin, elle lui lâcha le poignet et il put faire aller et venir un doigt entre ses lèvres. Malgré son appréhension, il la sentait déjà humide et délicieusement chaude. Mais cela ne suffisait pas. Il voulait la voir gémir de plaisir, l'exciter et la satisfaire tant que cette nuit effacerait tous les souvenirs de sa première expérience. Alors il la caressa encore, jusqu'à ce qu'elle se détende plus encore. Elle ferma les yeux, son souffle se fit plus rapide et ses hanches se mirent à onduler au rythme de son geste. Selon lui, les mots pouvaient être aussi érotiques qu'un baiser ou une caresse. Il n'hésita pas à en user.

— Cela vous plaît ? chuchota-t-il en observant toujours son visage, heureux d'y voir se peindre l'excitation à mesure qu'il jouait avec elle.

Annabel entendit sa question, mais elle était incapable de répondre. Elle était bien trop submergée par les sensations qu'il lui procurait. Elle n'avait jamais rien connu de tel. Elle aurait voulu pouvoir le lui dire, mais les mots ne sortaient pas.

— Est-ce que cela vous plaît ? répéta-t-il.

Comme elle restait toujours muette, il fit mine de retirer sa main. Elle se cambra, son corps tendu vers lui.

— Ne vous arrêtez pas, le supplia-t-elle dans un souffle étranglé. Ne vous arrêtez pas.

— Alors, cela vous plaît ? murmura-t-il en riant doucement de la voir hocher la tête. En voulez-vous encore ?

Il la taquinait, elle s'en rendait compte. Cette taquinerie charnelle avait quelque chose d'insoutenable et de délicieux à la fois.

— Oui, lâcha-t-elle en bougeant à nouveau les hanches. Oui. Encore, s'il vous plaît.

Ce furent les derniers mots qu'elle put prononcer car, déjà, il la touchait, faisant aller et venir son doigt contre sa chair intime, et chaque petit mouvement faisait exploser en elle une myriade de sensations.

Elle se mit à onduler en réponse à sa caresse, sans pouvoir rien faire pour se contrôler. Il avait l'entière maîtrise de la situation. Sa caresse se faisait de plus en plus intense et rapide. Prise de soubresauts, elle se plaqua une main sur la bouche pour étouffer le cri de plaisir qu'elle sentait monter en elle. La tension était à peine supportable. Les sensations devenaient plus nombreuses et plus fortes à chaque passage de ses doigts. Il lui semblait qu'elle avait besoin de plus, de quelque chose qu'il pouvait lui donner, mais elle ne savait pas ce que c'était.

Lui savait.

— C'est bien, ma chérie, c'est bien, l'encouragea-t-il. Vous y êtes presque.

Elle eut à peine le temps de se demander où il fallait qu'elle aille quand, soudain, elle sut. Elle sentit comme une explosion au plus profond d'elle se répandre à tout son corps. Ses hanches se soulevèrent et, cette fois, elle ne put retenir le cri de surprise que l'extase arracha à ses lèvres. Il le recueillit dans sa bouche, tout en continuant de la caresser alors même que ses cuisses se refermaient autour de sa main et que la jouissance déferlait en elle en vagues successives. Il insista encore, alors que l'onde de plaisir se retirait et qu'elle retombait, haletante, sur le lit.

— Annabel, il est temps, fit-il d'une voix rauque, en respirant fort. Je ne vais pas tenir longtemps. Vous êtes si humide, si douce, tellement prête... Vous êtes prête à m'accueillir, n'est-ce pas ? demanda-t-il en introduisant un doigt en elle.

Prête ? Seigneur, elle était en feu, oui ! Cela ne ressemblait à rien de ce qu'elle avait pu connaître. Mais elle savait ce qu'il voulait dire. Elle connaissait ce qui allait venir.

— Oui, parvint-elle à articuler en hochant la tête. Oui.

Alors, il retira lentement sa main et se releva pour déboutonner sa braguette. Il voulut plonger les yeux dans les siens mais elle ne put soutenir son regard. Au lieu de cela, elle détailla son corps, son torse large et musclé, son ventre plat, ses hanches étroites. Et son membre. À le voir ainsi dressé, imposant, elle fut prise de panique. Les souvenirs de sa première fois affluèrent, et la peur avec.

— Christian ? murmura-t-elle, en proie au doute.

Il ôta son pantalon et le laissa tomber à terre avant de revenir contre elle.

— Ne vous en faites pas, chuchota-t-il en lui caressant le ventre avant de descendre sur sa hanche et sa cuisse. Écartez les jambes, ma chérie. Ouvrez-vous à moi. Tout ira bien.

Elle obéit mais son angoisse augmenta encore quand il se plaça sur elle, qu'elle sentit son poids l'immobiliser et que cette partie dure et implacable de son anatomie se pressa contre ses cuisses. Le souvenir de la douleur et de la déception de sa première fois envahit son esprit. Elle crut entendre son cœur se briser une nouvelle fois. Elle étouffa un sanglot, mais il l'entendit.

— Annabel. Annabel, regardez-moi.

Lorsqu'elle ouvrit les yeux, il était au-dessus d'elle, en appui sur les bras, l'air grave. Une mèche de cheveux lui barrait le front. Il la fixa d'un regard impérieux.

— Je ne suis pas comme lui, lui rappela-t-il. Tout ira bien. Je vous le promets. Je ne suis pas comme lui.

Il avait la voix mal assurée et le souffle court, remarqua-t-elle. À cause de l'effort qu'il faisait pour se retenir. Pour elle.

— Allez-y, alors, murmura-t-elle en écartant les jambes pour lui donner autant qu'il lui avait offert.

Il s'abaissa et elle sentit son sexe toucher le sien. Sans la pénétrer.

— Prenez-moi dans votre main, lui indiqua-t-il.

Quand elle referma les doigts sur sa verge épaisse, elle fut surprise de la sentir aussi brûlante.

— Guidez-moi en vous, expliqua-t-il.

Elle le fit – maladroitement, lui sembla-t-il – à deux mains, sans oser le regarder. Elle introduisit l'extrémité de son membre en elle, puis relâcha son étreinte quand il s'enfonça plus avant. Les yeux rivés au plafond, elle se concentra, prête à résister à la douleur. Sauf que de douleur il n'y en eut point. Seulement une sensation d'étirement au moment où il la pénétra tout à fait. Elle inspira profondément et poussa un petit cri de surprise.

Il s'immobilisa aussitôt.

— Je ne vous fais pas mal ? s'inquiéta-t-il.

— Non, assura-t-elle en hochant la tête tandis que la panique se dissipait. Non, Christian, non. Je…

Elle s'interrompit et ondula des hanches, hésitante.

— J'aime beaucoup cela.

Cela le fit rire, d'un rire bas, un peu rauque, et elle sentit la douceur de son souffle sur son visage.

— Ah oui ?

Toujours au-dessus d'elle, il se mit à aller et venir au prix d'un effort visible.

— Et cela ? demanda-t-il. Vous aimez beaucoup cela aussi ?

— Bonté divine, Christian, gémit-elle tout bas en se tortillant d'impatience sous lui pour lui faire accélérer le rythme. Essayez-vous de me torturer ?

— Ce genre de torture…

Il s'interrompit encore, le souffle court.

— … peut être récompensé.

Elle lui empoigna les cheveux.

— Vous parlez trop, déclara-t-elle en attirant son visage à elle pour l'embrasser. Nous n'avons pas toute la nuit.

Ce rappel dut être efficace car il se remit à bouger en elle, la caressant de l'intérieur avec volupté, encore et encore. Il allait de plus en plus vite, de plus en plus fort, de plus en plus loin. Elle savourait son va-et-vient, désormais, et épousait d'elle-même le rythme. Bientôt, elle sentit monter en elle ce plaisir intense et puissant. Lorsque la jouissance la submergea, plus violemment que précédemment, elle dut se mordre les lèvres pour ne pas crier.

Elle sentit ses muscles se contracter autour de lui et son plaisir décupla. Bientôt, il s'effondra sur elle et glissa les bras sous elle pour l'enlacer étroitement. Ses mouvements se firent précipités, désordonnés, jusqu'à ce qu'il atteigne le sommet qu'elle avait franchi un instant plus tôt. Il se mit à trembler et enfonça la tête dans l'oreiller pour étouffer ses grondements de plaisir. Puis il s'immobilisa, toujours sur elle.

Au bout d'un petit moment, il bougea. D'instinct, elle resserra les jambes autour de lui, bêtement réticente à le laisser se détacher d'elle, craignant soudain ce qui n'allait pas manquer d'arriver. Mais, quand il souleva les hanches pour se retirer d'elle, il prit possession de sa bouche en un baiser si doux et si tendre que la peur se dissipa.

Cette nuit serait l'unique et la seule, elle le savait. Cette fois, elle n'espérait pas de mariage ni même de déclaration d'amour. Elle ne s'attendait même pas à ce qu'il lui demande de rester auprès de lui.

Mais Christian ne fit rien de ce qu'elle attendait. Il roula sur le côté et contempla le corps nu d'Annabel de ce regard paresseux qu'elle connaissait si bien. Un examen aussi minutieux aurait pu la gêner, s'il ne s'était accompagné de longues et lentes caresses sur son visage, sa poitrine, son ventre, ses cuisses… Et il l'embrassa encore, sur les joues, le menton, les lèvres, dans les cheveux.

Il lui murmura combien elle était belle, puis remonta les couvertures sur elle et la prit dans ses bras pour la câliner. Alors, elle fut prise d'une envie de pleurer aussi soudaine qu'idiote, parce qu'elle n'aurait jamais imaginé qu'un homme pût être aussi tendre. Pourquoi pas avant l'acte, mais certainement pas après. Pas comme cela.

Elle comprit à cet instant qu'elle était en train de tomber amoureuse de Christian. Ce qu'elle craignait depuis le début. Elle avait fait tout son possible pour l'éviter, pour cuirasser son cœur et se protéger avant qu'il ne soit trop tard, en vain. Christian lui avait montré ce qu'était la tendresse. Si elle tombait amoureuse de lui et que ce n'était pas réciproque, son chagrin serait si grand que rien ne pourrait sans doute jamais la consoler.

16

Elle dormait. La lampe posée sur la coiffeuse s'était éteinte et la pièce était plongée dans l'obscurité. Mais s'il ne voyait rien, il entendait son souffle lent et régulier.

Entre ses bras, tout contre lui, elle était délicieusement douce et chaude. Il aurait tant aimé l'embrasser pour l'éveiller et revivre l'expérience de tout à l'heure... Mais ils ne pouvaient pas se permettre de prendre un tel risque. Il n'avait aucune idée de l'heure, mais l'aube n'allait sûrement pas tarder. Il fallait qu'elle regagne sa chambre pendant que tout le monde dormait encore.

Christian se leva discrètement et s'habilla dans le noir. Sans doute aurait-il plus de chances de se conduire honorablement s'il était vêtu, estima-t-il. Et, quand il retrouva la chemise de nuit et le peignoir d'Annabel, il s'efforça de ne pas songer au moment où il les lui avait ôtés.

Il se rapprocha du lit et se pencha sur elle pour la réveiller.

— Annabel, lui chuchota-t-il à l'oreille sans pouvoir résister à la tentation de l'embrasser sur le lobe.

Elle remua et poussa un petit gémissement incroyablement érotique. Alors il prit une profonde inspiration et glissa la main sous les couvertures pour lui toucher l'épaule. Il résista à la tentation que lui offrait sa peau douce et chaude et la secoua doucement.

— Annabel, répéta-t-il. Réveillez-vous.

— Christian ?

Dès qu'elle eut parlé, il la lâcha, de crainte de succomber.

— Il faut que vous retourniez dans votre chambre avant que l'on ne vous découvre ici.

— Bien sûr.

Elle s'assit et repoussa les couvertures. Il s'écarta au moment où elle se levait. Maintenant que ses yeux s'habituaient à la pénombre, il décelait les délicieux contours de son corps. Il prit une profonde inspiration.

— Tenez, fit-il en lui fourrant sa chemise de nuit entre les mains.

Il entendit le tissu glisser sur sa peau quand elle l'enfila et s'offrit le luxe de l'aider à remettre son peignoir.

— Tournez-vous, dit-il en le lui présentant pour qu'elle glisse les bras dans les manches.

Avant qu'elle l'ait refermé, il ne put résister à l'occasion qui se présentait de glisser les mains dans l'échancrure encore ouverte de sa chemise de nuit pour prendre ses seins voluptueux dans ses mains. Elle poussa un cri de surprise étranglé et se laissa aller contre lui avec un petit soupir. Il la caressa encore un peu tout en ayant conscience de jouer avec le feu.

Il s'accorda un petit instant ce délicieux supplice. Puis il se força à reculer, lui déposa un baiser dans les cheveux, la fit se retourner, croisa étroitement son peignoir sur sa poitrine et en noua soigneusement la ceinture.

— Allez.

Il la raccompagna à la porte et chercha à tâtons la lampe à huile qu'elle avait laissée sur la coiffeuse pour la lui rendre.

— Nous ne pouvons pas l'allumer, la prévint-il à mi-voix. Je n'ai aucune idée de l'heure. Si les domestiques sont déjà levés, ils pourraient voir la lumière quand vous passerez en haut de l'escalier. Saurez-vous retrouver votre chemin dans le noir ?

— Bien sûr. Dites-moi, vous me semblez bien au courant de ce genre de choses, observa-t-elle d'un ton ironique. Les allées et venues nocturnes n'ont donc pas de secret pour vous ?

— Bien sûr que non, repartit-il en optant pour la désinvolture destinée à masquer ce qui n'était jamais que la sordide vérité.

Il préférait ne pas songer à toutes les femmes qui, ces dix ou douze dernières années, avaient pris le « couloir des célibataires » lors de parties de campagne ici et là pour lui rendre visite. Il appuya le front contre le sien et poursuivit.

— Vous ne savez donc pas que de magnifiques jeunes femmes s'introduisent la nuit dans ma chambre pour se jeter sur moi ? Cela m'arrive tous les soirs de la semaine. Il va falloir que je prenne l'habitude de m'enfermer à clé.

Elle laissa échapper un petit rire étranglé. Il se garda de lui préciser que ce n'était pas drôle. Il l'embrassa sur la bouche avec une force passionnée et lui ouvrit la porte.

Elle sortit dans le couloir et il referma derrière elle. Puis il se déshabilla à nouveau et se recoucha. Cette fois, il s'endormit sans peine, le sourire aux lèvres.

— Christian, réveille-toi.

Il était plongé dans un sommeil si profond que la voix de sa sœur pénétrait à grand-peine jusqu'à sa conscience. Juste assez pour qu'il n'ait qu'une envie : continuer de dormir. Mais elle le secoua, ce qui eut pour effet de le réveiller totalement. Il prit le parti de faire semblant du contraire, comme il en avait l'habitude en pareille situation.

— Christian, il faut que tu te réveilles. Tout de suite.

Il ne voulait pas. Il lui semblait qu'il venait tout juste de s'endormir.

— Laisse-moi tranquille, Sylvia, je t'en supplie.

— Je ne peux pas. Il faut que je te parle immédiatement.

Il roula de l'autre côté du lit, sur le ventre.

— Voilà pourquoi je prends une chambre au club quand je suis à Londres, grommela-t-il. Cette habitude de me tomber dessus aux aurores pour faire la conversation est insupportable.

— On ne peut pas parler d'aurore : il est 9 heures et demie. Et c'est important, insista-t-elle en se remettant à le secouer. Ça suffit, maintenant ! Réveille-toi !

Il y avait quelque chose de tranchant dans sa voix, une insistance qui ne ressemblait pas à son ordinaire bonne humeur matinale. On aurait presque dit... de la panique. Peu à peu, son cerveau saisit que quelque chose de grave s'était produit. Complètement réveillé, il roula sur le dos.

— Que se passe-t-il ?

Mais il trouva la réponse à sa question dans le regard de sa sœur. Elle savait. La terreur qui le saisit lui serra l'estomac et dut se peindre sur son visage.

— Oh, mon Dieu ! C'est donc vrai.

Elle se laissa tomber au bord du lit et le regarda comme si elle le voyait pour la première fois.

— D'abord, j'ai cru que ce n'était que des commérages. J'étais persuadée que, même toi, tu ne pouvais... tu ne ferais jamais... même après cette scène épouvantable du mariage...

Nier était sans doute vain, mais il essaya quand même.

— Je ne vois pas de quoi tu parles.

— Oh, Christian... fit-elle dans un soupir de déception qui lui transperça le cœur.

Il se rappela qu'il n'était pas facile de mentir à Sylvia et renonça.

— Comment l'as-tu appris ? C'est Annabel qui te l'a dit ?

— Bien sûr que non ! Annabel est encore dans sa chambre ; je ne l'ai pas vue.

— Mais alors, comment...

Elle l'interrompit en faisant un geste en direction de la coiffeuse sur laquelle était posée une lampe en porcelaine qui figurait une bergère. Une lampe-tempête semblable à la sienne, mais pas identique. Son erreur lui éclata au visage. Ce matin, dans l'obscurité, il n'avait pas donné la bonne lampe à Annabel. Quel idiot, non mais quel idiot !

— Tu t'es trompé de lampe, dans le noir, en ressortant de sa chambre, je présume ? Mais quelle idée d'avoir pris une lampe, enfin ! Tu n'as pas... Bref, fit-elle d'un ton acerbe. Manifestement, tu n'as pas beaucoup réfléchi.

Sylvia se trompait sur ce qui s'était passé mais il ne rectifia pas. Pour Annabel, cela valait mieux. Il endossait ainsi le plus gros de la responsabilité. Il ne regarda pas sa sœur. Il gardait les yeux rivés à cette lampe sur la coiffeuse, cette lampe funeste dont il se rappellerait sans doute les proportions et les moindres détails pour le restant de ses jours.

Au bout d'un petit moment, il se composa le visage le plus insondable possible et se força à se tourner vers Sylvia.

— Bon. Eh bien te voilà au courant, fit-il avec une note de défi.

— Et je ne suis pas la seule, Christian. Les domestiques savaient déjà avant même que je sois debout.

— Quoi ? dit-il en s'asseyant. Mais comment ?

— En venant m'aider à m'habiller, Givens m'a raconté que les commérages allaient bon train à l'office.

— Mais comment diable les domestiques l'ont-ils appris ? Ils savent qu'ils ne doivent pas monter tant que nous n'avons pas sonné.

— Certes, mais certains de nos hôtes ont d'autres habitudes que les nôtres. Ainsi, Annabel souhaite être réveillée à 8 heures et demie avec une tasse de café. Mme Wells a donc envoyé Hannah la lui porter. Et Hannah a vu la lampe – ta lampe – sur la coiffeuse d'Annabel quand elle y a posé son plateau. Comme c'est une fille gentille mais pas très maligne, elle a parlé de la lampe à Mme Wells, qui a tout de suite compris ce qui s'était passé et en a longuement discuté avec la première femme de chambre. Elles ont dû en faire des gorges chaudes, j'imagine. Et leur conversation a été surprise par le valet de pied, si bien...

— Si bien que tous les domestiques sont au courant, acheva-t-il pour elle comme elle laissait sa phrase en suspens.

Il se tut à son tour et essaya de réfléchir, d'espérer que cela ne signifiait pas ce qu'il pressentait.

— Et sa famille ? s'inquiéta-t-il. Est-elle au courant ?

— Je ne pense pas, non. Mais...

— Tu penses qu'ils sauront rester discrets ? la coupa-t-il. Les domestiques, je veux dire.

— Je suis descendue faire un petit sermon sur les méfaits des ragots et le mal qu'ils peuvent faire, mais je ne peux pas garantir leur silence. Mais ce n'est pas tellement la question, si ?

Sa voix incisive trancha toutes les inepties, les excuses, les stratégies qu'il cherchait à échafauder pour échapper aux conséquences.

— Tu as couché avec une femme qui n'est pas mariée, sous mon toit. Une femme dont tu es le curateur et le tuteur. Ce qui compte, ce n'est pas que sa famille le sache, que les domestiques le sachent, ni même que moi, je le sache. Toi, Christian, tu sais. C'est tout ce qui compte.

Il inspira. La vérité de ses mots et la condamnation de son regard lui firent l'effet d'un coup en pleine poitrine.

Il pencha la tête et s'absorba dans l'étude des moulures compliquées du plafond. Ce n'était pas comparable au toit abîmé d'une cabane délabrée, mais, s'il ne se conduisait pas bien, Annabel n'y verrait aucune différence. Il poussa un lent soupir.

— Tu as raison, bien sûr, reconnut-il.

— Tu sais ce qu'il te reste à faire.

Il regarda Sylvia.

— Oui.

Sa réponse un peu brève ne sembla pas la satisfaire. Elle attendit, l'air sévère, qu'il précise. Il se força donc à le faire.

— Je vais parler à Annabel dans l'instant. Ainsi qu'à son beau-père et à son oncle, bien sûr. Il faudra que tu aides Annabel et sa mère à faire les préparatifs, à fixer la date, à envoyer les invitations, ce genre de chose. Nous allons devoir présenter toute cette affaire sous le meilleur jour possible pour éviter que la presse à scandale s'en empare. Je suis fou d'elle depuis notre rencontre, ajouta-t-il avec une grimace tant cela faisait mélodramatique. J'ai perdu la tête lors de son mariage avec Rumsford. Je ne supportais pas de la voir en épouser un autre. Elle a bien entendu commencé par refuser ma demande en mariage, et à juste titre. J'ai un peu attendu avant de lui refaire ma demande et elle a enfin consenti à m'épouser. Ce genre de chose. Tu sauras quoi dire, bien sûr.

— Que ce siècle n'a pas connu plus beau mariage d'amour.

Il sentit le ton moqueur de sa voix mais préféra ne pas relever.

— Je vais me rendre à Scarborough, reprit-il. Voir le pasteur et tout préparer. Le mariage aura lieu là-bas. Dès que vous aurez fixé la date, avec Annabel, faites-le moi savoir. D'ici à deux semaines, peut-être ?

Elle hocha la tête, satisfaite, et se leva.

— Il faudra compter un petit peu plus de deux semaines, précisa-t-elle. Il faut que tu sois en résidence à Scarborough depuis quinze jours au moins. Autrement, il faut que tu demandes une licence spéciale ici avant de partir.

— Ce qui ne servira qu'à faire jaser davantage. Non, je pars tout de suite à Scarborough, nous publierons les bans à l'ancienne et ferons tout dans les règles. Je vais partir aujourd'hui. Si nous attendons trop longtemps…

— Tout à fait, dit-elle quand il s'interrompit. Mais il reste une chose à laquelle tu dois réfléchir.

Devant son air perplexe, elle soupira.

— Il ne t'est pas venu à l'esprit qu'il pouvait y avoir…

Elle s'interrompit et se mordilla la lèvre, hésitante.

— Christian, il se pourrait qu'il y ait un bébé, tu sais.

Un bébé. Il n'y avait même pas songé. Il se pencha en avant, la tête entre les mains, tandis que la peur cédait la place à la souffrance.

— Ce qui est arrivé à Evie n'était pas ta faute, assura aussitôt Sylvia qui semblait lire dans ses pensées. Et Annabel n'a rien de commun avec Evie, de toute façon. Absolument rien.

Il hocha la tête sans se redresser. Il le savait ; pourtant, cela ne le délesterait pas du poids de la culpabilité.

— Il faudra que tu apprennes enfin à te pardonner ce qui est arrivé à Evie, Christian, insista Sylvia. Autrement, ton mariage est condamné d'avance.

— Je ne…

Il se tut alors que le visage d'Evie rempli d'adoration pour lui se peignait devant ses yeux.

— Je ne crois pas en être capable.

— Il va le falloir. Pour Annabel, pour votre mariage, pour vos futurs enfants – et pour toi-même. Il faut tourner la page sur le passé.

Sylvia exerça une pression affectueuse sur son épaule et sortit quand il se leva. Il tira sur la sonnette pour que McIntyre vienne l'aider à se raser et à s'habiller afin qu'il soit prêt à faire face aux conséquences de ses actes. En revanche, craignait-il, affronter le passé risquait de se révéler beaucoup plus difficile.

Annabel s'assit au bord du lit et regarda la lampe-tempête sur sa coiffeuse. C'était une lampe toute simple qui, à part sa taille, n'avait rien à voir avec celle qu'elle avait emportée dans la chambre de Christian hier soir.

Les domestiques étaient au courant. Elle avait surpris le regard étonné de Hannah dans le miroir tandis que la fille de cuisine posait le plateau du café sur la coiffeuse. Elle avait observé la lampe, puis Annabel, qui s'asseyait dans son lit en attendant son café, puis la lampe à nouveau.

Sur le moment, Annabel n'avait pas cherché la cause de tant de perplexité. Ce n'est qu'après son départ qu'elle s'était rendu compte que la lampe sur la coiffeuse n'était pas celle qu'elle avait emportée chez Christian la veille au soir. C'est alors seulement qu'elle comprit les implications de cette épouvantable erreur. Mais il était trop tard. Une heure plus tard, quand Liza était venue l'aider à s'habiller, elle avait appris de la bouche de sa petite femme de chambre irlandaise ce que l'on disait d'elle et de M. le Duc à l'office.

Tout le monde pensait que Christian était venu dans sa chambre, après qu'ils en eurent convenu d'une manière ou d'une autre, et s'était trompé de lampe en repartant. Mais peu importaient les détails. Les domestiques savaient qu'elle avait partagé le lit du maître de maison. Qu'elle n'était pas chaste.

Elle envisagea également une autre dure réalité à laquelle elle s'étonnait encore de ne pas avoir songé la veille au soir. Il pouvait y avoir un bébé. Avec Billy John, elle n'avait pas vraiment compris que c'était ainsi que l'on faisait les enfants. Certes, elle avait été élevée parmi les animaux de la ferme, mais sa compréhension des mystères de la vie demeurait limitée – jusqu'à ce que Billy John s'empare d'elle et que, douloureusement, elle prenne conscience de tout cela. Heureusement, cette fois-là, elle n'était pas tombée enceinte. Cette fois-ci, en revanche, elle n'aurait peut-être pas cette chance. Quoi qu'il en soit, elle ne pouvait plus plaider l'ignorance.

Elle continuait de regarder la lampe, en proie à une peur qui l'étourdissait et lui donnait une légère nausée. Mais elle n'avait pas honte. Elle aurait pourtant dû, sans doute. Pour la seconde fois de sa vie, elle avait fini dans les bras d'un homme avec lequel elle n'était pas mariée. Elle aurait dû pleurer de honte devant ce qu'elle avait fait, comme la première fois. Elle aurait dû regretter d'être allée dans la chambre de Christian comme elle aurait dû regretter leur étreinte brûlante et passionnée. Mais ce n'était pas le cas. Elle ne regrettait nullement de s'être conduite comme une catin. La seule chose qu'elle regrettait, c'était de s'être fait prendre. Parce que, si sa famille avait vent des ragots qui couraient à l'office ou si elle était enceinte, les siens en souffriraient et ils auraient honte. Cela, oui, elle le regrettait.

Mais le reste ? Non. Comment pouvait-elle regretter la plus belle chose qui lui soit jamais arrivée ?

Fixant toujours la lampe, elle se revit dans la chambre de Christian. Elle se rappela combien son cœur cognait fort quand elle avait traversé la maison, quand elle avait remonté le couloir en cherchant à se rappeler quelle porte était celle de sa chambre alors que Sylvia ne la lui avait montrée qu'une fois, en passant, le jour de leur arrivée. Ses mains tremblaient si fort qu'elle avait eu peine à ouvrir la porte. En le voyant devant elle, torse nu, elle avait cru défaillir. Maintenant encore, cette image la troublait profondément. Mon Dieu…

Elle ferma les yeux, envahie d'une douce chaleur un peu douloureuse au souvenir de ses caresses et de l'excitation qu'il avait su faire naître en elle. Le souffle court, elle se remémora ses baisers, la façon dont il l'avait touchée, les sensations extraordinaires qu'il lui avait procurées. Des sensations qu'elle ne se serait jamais crue capable d'éprouver. Non, jamais, au grand jamais, elle n'aurait imaginé que l'union de deux corps pouvait apporter ce… ce plaisir divin. Car, la première fois, cela n'avait rien eu à voir.

L'épisode de Goose Creek, quand elle avait dix-sept ans, avait été bref, douloureux et triste. La nuit passée, Christian l'avait effacé. Oui, il avait effacé Billy John Harding de son âme, ce que ni la fortune ni ses fiançailles avec un comte n'avaient jamais permis. Avec Christian, elle s'était sentie belle et pleine de vie. Il ne s'était pas servi d'elle avant de la jeter sans ménagement. Il lui avait offert quelque chose de beau pour remplacer quelque chose de sordide. Comment pourrait-elle jamais le regretter ?

Certes, affronter les domestiques, aujourd'hui, allait être embarrassant. Ne fallait-il pas tout simplement qu'elle évite cette situation en s'installant en ville ? Elle n'avait qu'à donner une excuse à lady Sylvia et descendre dans un hôtel de Londres. À moins qu'ils ne partent sur le continent. Elle y serait obligée, de toute façon, si elle était enceinte.

Ce n'était pas comme si elle avait un avenir possible avec Christian. Cela, au moins, elle le savait. Mais l'attirance qu'elle éprouvait pour lui était si forte que, si elle restait ici, ce qui était arrivé la nuit dernière se reproduirait inévitablement. Or, même si elle n'était pas tombée enceinte cette fois-là, il ne fallait pas tenter le diable. Le continent restait la meilleure solution. La France, peut-être. D'après ce que lui avait écrit Jennie, les mœurs y étaient beaucoup plus libres.

On frappa à la porte. Elle sursauta.

— Annabel ? appela sa mère sans ouvrir. Tout va bien ?

— Je...

Elle chercha une excuse.

— Oui, maman, tout va bien. J'ai... hmm... j'ai un peu mal à la tête, c'est tout.

— Mal à la tête ?

Cette fois, sa mère ouvrit la porte et entra. Annabel se leva d'un bond et se tourna vers elle en s'efforçant de faire comme si sa vie n'avait pas basculé encore une fois à cause des beaux yeux bleus d'un mauvais garçon. Mais elle ne devait pas avoir l'air aussi insouciante qu'elle l'espérait. Car sa mère observa :

— On dirait que tu as des ennuis bien plus graves qu'un simple mal de tête.

La nervosité la gagna – la même appréhension qu'à chaque fois qu'elle mentait à sa mère, la crainte que celle-ci lise en elle.

— Non, non, assura-t-elle. Ça va aller. J'ai besoin de prendre l'air. Je vais me promener un peu dans le jardin, annonça-t-elle en sortant dans le couloir.

Henrietta la suivit. Annabel sentait son regard scrutateur dans son dos.

— Tu devrais prendre un petit déjeuner, lui conseilla-t-elle. Cela te ferait du bien.

— Non, répondit-elle en pressant le pas.

Heureusement, elle ne lui avait pas posé de question indiscrète. Sa conduite de catin ne semblait pas visible.

Elle voulait être seule pour réfléchir, s'organiser, décider où aller et que faire. C'est dans le jardin de lady Sylvia qu'elle serait le mieux pour faire le tri dans ses pensées. Elle y serait au calme, dans un beau cadre, et il était vrai que l'air frais serait bon pour elle.

Sauf qu'il était écrit qu'elle n'y irait pas. Pas seule, en tout cas. Car, au bout du couloir, elle s'arrêta net devant la grande silhouette brune en haut de l'escalier.

Malgré elle, elle sourit. En dépit des circonstances, le voir lui procurait une joie qu'elle n'aurait pu cacher.

— Bonjour, dit-elle.

Il haussa un sourcil, comme étonné par son enthousiasme, mais ne lui rendit pas son sourire. Annabel se sentit soudain mal à l'aise.

— Qu'est-ce qui ne va pas ?

Au moment où elle lui posait la question, elle devina la réponse. Il devait avoir eu vent des commérages, lui aussi. En Amérique, les hommes n'étaient jamais au courant de ce qui se passait à l'office ; c'était peut-être différent en Angleterre.

— Pourrais-je m'entretenir avec vous dans le salon ? s'enquit-il. En privé ?

En entendant ces mots, elle se prit à espérer, toute joyeuse.

— Vous voulez me parler ? En privé ? répéta-t-elle.

Peut-être ne se trompait-elle pas. Quand un homme voulait s'entretenir en privé avec une jeune fille, c'était généralement pour la demander en mariage. Aussitôt, elle s'exhorta à rester calme, cette effusion de joie était absurde.

— Oui, confirma Christian. Avec votre permission, bien entendu, ajouta-t-il en regardant derrière elle.

Annabel se retourna et vit que sa mère arrivait.

— Vous l'avez, monsieur le duc, assura cette dernière en fixant Christian.

En descendant avec lui, Annabel s'efforça de réprimer l'espoir fou qui la gagnait.

Il ne voulait pas se marier. Quand un homme disait cela, elle le croyait. Mais serait-il tombé amoureux d'elle ? À peine cette hypothèse avait-elle germé dans son esprit qu'elle voulut l'étouffer. Il ne fallait même pas y songer. Non, il devait être au courant des rumeurs et allait encore essayer de lui proposer de fausses fiançailles le temps de laisser retomber le scandale. Oui, c'était cela. Forcément.

Sa mère lui adressa un sourire rassurant au moment où ils allaient se séparer, devant la porte du salon. Au moment d'entrer, Annabel songea que le lieu n'était peut-être pas si bien choisi.

— Cela vous ennuierait-il que nous fassions plutôt quelques pas dans le jardin ? suggéra-t-elle à Christian. J'ai besoin de prendre l'air, je crois.

— Non, pas du tout. Allons-y.

Ils rebroussèrent chemin.

— Inutile de nous suivre, maman, précisa Annabel à l'adresse d'Henrietta. M. le Duc est un gentleman. Du reste, vous pouvez fort bien nous surveiller de la fenêtre du salon.

— C'est vrai, ma chérie, répliqua sa mère avec sa légère ironie habituelle. Et, crois-moi, je ne vais pas m'en priver.

— J'espère que le jardin vous convient, dit Annabel quelques instants plus tard comme ils sortaient de la maison et se dirigeaient vers la roseraie. Vous avez dit vouloir me parler en privé ; or, quand mère est dans les parages, c'est impossible.

— Quoi ? fit-il en lui ouvrant la grille du jardin. Vous croyez qu'elle aurait écouté notre conversation ?

— L'oreille collée à la serrure, affirma-t-elle. Je vous le garantis.

Il laissa échapper un petit rire qui la rassura un peu. Tandis qu'ils empruntaient le chemin pavé qui serpentait entre les rosiers en fleurs, elle décida de se lancer.

— Écoutez, dit-elle en s'arrêtant, l'obligeant à en faire autant. Je sais ce que vous allez faire. C'est très noble et très aimable à vous, mais ne vous donnez pas cette peine. Je ne veux pas faire semblant de me fiancer pour faire taire les ragots de l'office. Oui, ajouta-t-elle, je suis au courant. Ma femme de chambre m'a dit qu'on ne parlait que de cela.

— Vous croyez que c'est ce que je vais vous proposer ? Des fausses fiançailles ?

Si seulement il souriait... Elle n'aimait pas la gravité de son expression. Il lui semblait distant et cela ne lui disait rien qui vaille. Surtout après la merveilleuse intimité qu'ils avaient partagée la nuit passée.

— Ce ne peut pas être pour me demander ma main que vous avez voulu me parler en tête à tête. Nous savons l'un et l'autre que vous ne voulez pas vous marier.

— Oui, convint-il. Nous le savons, n'est-ce pas ?

Décidément, il y avait dans sa voix une drôle d'inflexion. Malgré la douceur de l'air, elle frissonna.

— Qu'est-ce qui ne va pas ? Vous avez l'air... je ne sais pas... si grave...

— Et je ne devrais pas l'être ? objecta-t-il en la regardant dans les yeux. Tous les domestiques sont au courant, Annabel. Et Sylvia aussi. Elle ne dira rien, bien entendu. Elle adore les cancans, mais elle sait aussi garder un secret. Non, ceux qui doivent nous inquiéter, ce sont les domestiques.

— Oui, je sais. C'est pourquoi je pense qu'il vaut mieux que je parte.

— Que vous partiez ? répéta-t-il en la regardant d'un air interloqué. Ce n'est pas possible.

— Pourquoi ? J'irai à l'étranger ou...

— Mon Dieu, l'interrompit-il avec un rire sans joie. Avez-vous donc si piètre opinion de moi ?

Remarquez, ajouta-t-il d'un air pensif, le contraire serait étonnant.

— Mais non ! se défendit-elle. Je n'ai pas une mauvaise opinion de vous ! C'est moi qui vous ai séduit, n'oubliez pas. Ce n'est pas comme si c'était votre faute.

— Ah bon ?

Quand il lui fit face, son visage intransigeant éteignit les derniers espoirs d'Annabel.

— Ce ne sont pas de fausses fiançailles, que je vous propose, dit-il, mais des vraies.

— Quoi ?

Une fille plus maligne aurait accepté immédiatement. L'occasion était trop belle de devenir duchesse ! Au lieu de quoi elle le fixa, bouche bée.

— Selon vous, nous devrions nous marier ?

— Nous n'avons pas le choix. C'est cela, la réalité de notre situation.

— À cause des ragots de quelques domestiques ?

— Les ragots peuvent ternir la réputation d'une jeune fille en un rien de temps. Pourquoi croyez-vous que j'évite les femmes qui ne sont pas mariées ? Enfin, à part vous... ajouta-t-il avec une grimace. Parce que, depuis le début, je fais tout pour me trouver sur votre chemin.

— C'est autant ma faute que la vôtre, assura-t-elle. Si j'avais un peu réfléchi, hier soir, je ne serais pas venue. Non, se reprit-elle aussitôt. Je ne peux pas vous mentir. Je serais quand même venue, Christian. La nuit dernière a été...

Elle s'interrompit, horriblement gênée de se laisser aller à ce sentimentalisme.

— La nuit dernière... c'est la plus belle chose qui me soit jamais arrivée, confessa-t-elle dans un souffle, gênée de passer à nouveau pour une ingénue amoureuse.

Le visage de Christian resta de marbre, mais une lueur qui aurait presque pu passer pour un sourire éclaira un instant ses yeux. Il se détourna et s'absorba dans la contemplation des rosiers. Il déglutit, ouvrit la bouche comme pour parler mais resta silencieux.

— Je crois... finit-il par articuler avant de s'interrompre, de tousser et de s'ébrouer en riant tout bas, comme pour lui-même. Je crois que l'on ne m'a jamais fait plus beau compliment. Je ne le mérite pas, je vous assure.

— Ce n'est pas vrai. Mais ne nous disputons pas pour déterminer si, oui ou non, vous êtes merveilleux, d'accord ? Je sais que vous ne voulez pas m'épouser. Et je...

Elle s'arrêta, car elle ne savait plus du tout ce qu'elle attendait de lui, maintenant. Avait-elle envie de l'épouser ? Elle n'aurait su répondre, mais une chose était certaine : si c'était par obligation, elle ne le voulait pas. Sauf qu'il ne lui laissa pas le choix.

— Peu importe, déclara-t-il en se tournant à nouveau vers elle avec une brusquerie qui la fit sursauter. Je crois que ce que nous voulons, l'un et l'autre, ne compte plus. Nous devons faire ce qu'il faut. Même le vaurien que je suis ne peut échapper à ce devoir-là. D'autant que nous n'avons pas pris de précautions et qu'il se peut donc que vous attendiez un enfant de moi.

« Un enfant de moi. » Jusqu'à présent, Annabel n'avait pas envisagé les choses sous cet angle. Ce bébé, si elle en attendait un, serait aussi celui de Christian. Elle ne s'était pas autorisée à voir son avenir lié au sien de cette façon. Une petite flamme de bonheur se ralluma aussitôt en elle. Elle l'éteignit encore. Elle ne voulait pas être un devoir pour Christian.

— Et il se peut fort bien que je ne sois pas enceinte, souligna-t-elle. Ne ferions-nous pas mieux d'attendre de savoir ce qu'il en est pour prendre une décision ?

Il secouait déjà la tête tandis qu'elle s'exprimait.

— Impossible. Dans ces circonstances, la rapidité est essentielle. Je n'aggraverai pas mes torts en tergiversant.

— Non, insista-t-elle pendant qu'elle en avait encore le courage. Je ne vais pas vous forcer à m'épouser à cause d'un hypothétique bébé alors que je vous sais réfractaire au mariage. Et alors que nous savons l'un et l'autre que vous ne m'aimez pas et que je...

Elle se tut, incapable de nier ce qu'elle ressentait au plus profond de son être.

— Écoutez-moi, Annabel, dit-il en la prenant par les épaules afin de l'empêcher de lui tourner le dos pour mettre fin à la conversation. Rien ne garantit que les domestiques garderont le secret entre ces murs.

Cette fois, la peur s'empara d'elle, née de la dure réalité. Car ce qu'il disait était vrai. Son cœur se serra.

— La rumeur peut se répandre comme une traînée de poudre. Il se pourrait même qu'elle atteigne la presse à scandale. Dans ce cas, celle-ci n'hésitera pas à publier les détails les plus scabreux. Les journalistes étaleront l'histoire de votre vie aux yeux de tous et iront même rechercher Billy John Harding qui, je le parie, ne sera que trop content de leur raconter vos mœurs légères.

— Mes mœurs légères ? répéta-t-elle.

Était-ce ce qu'il pensait d'elle ?

— Christian, se défendit-elle, je n'ai jamais... Il n'y a eu que lui et vous, je vous assure...

— Je le sais, la coupa-t-il. J'ai beau me conduire comme un imbécile, ces derniers temps, je sais encore me rendre compte quand une femme n'est guère expérimentée dans l'art de l'amour. Dieu sait que, moi-même, j'ai suffisamment d'expérience pour l'avoir appris, acheva-t-il d'un air las en laissant retomber ses bras.

Ses mots la blessèrent, non pour toutes ces femmes qu'il avait connues, mais à cause de l'amertume qu'elle sentait dans cet aveu.

— Hélas, reprit-il, j'ai beau être un débauché de premier ordre, ce n'est pas ainsi que le monde verra la situation. Vous n'êtes pas mariée, les domestiques le savent. Je suis au moins aussi responsable que vous de ce qui est arrivé et, pendant un temps, les invitations à dîner vont peut-être se raréfier. Cependant, pour vous, les conséquences seront beaucoup plus graves. Vous serez...

Il s'interrompit mais elle termina sa phrase pour lui.

— Je serai perdue.

— Non ! dit-il en la reprenant par les épaules. Si nous nous fiançons maintenant, aujourd'hui, les commérages seront jugés beaucoup moins croustillants quand ils se répandront. Nous devrons confirmer ces fiançailles en publiant les bans immédiatement et nous marier rapidement. D'ici à trois semaines au plus tard. Avec un peu de chance, l'affaire ne s'ébruitera pas avant notre mariage. Et, après, elle n'intéressera plus personne.

Annabel était partagée entre la stupeur, la perplexité et la panique. Tout cela faisait partie de ce monde dans lequel elle avait voulu entrer. Sauf que rien ne l'avait préparée à y vivre, découvrait-elle.

— Et pendant les trois prochaines semaines ?

— Sylvia et moi allons faire en sorte que les feuilles à scandale soient trop pleines de la bonne nouvelle de notre mariage pour chercher à publier de sordides ragots. Tous les jours, il paraîtra de nouveaux articles s'extasiant sur les amours de la charmante héritière et du beau duc qui a ravi son cœur. Et qui était lui-même tellement dévoré par la passion qu'il s'est opposé au mariage de la jeune fille avec un autre. Ils raconteront l'évidence, notre indéniable amour, notre romance de conte de fées – une fiction que nous devrons nous efforcer de rendre aussi convaincante que possible.

Une « fiction ». Bien sûr.

Quelle bêtise ce serait d'imaginer que l'amour pourrait avoir une part dans tout cela… Son cœur se serra. Elle résista à la douleur qui l'étreignait en se rappelant qu'elle ne voulait pas tomber amoureuse. Elle luttait d'ailleurs de toutes ses forces pour que cela n'arrive pas. Alors pourquoi avait-elle aussi mal quand elle l'entendait envisager l'amour avec autant de mépris ?

— Souvent, un scandale n'est pas aussi intéressant ni aussi crédible s'il éclate après que les fiançailles ont été annoncées. On mettra ces rumeurs sur le compte de jaloux et d'envieuses mécontents que, vous, une jeune fille insignifiante issue d'une famille de nouveaux riches du Mississippi à peine entrée dans le monde, vous ayez conquis un duc et qu'il vous épouse.

« Une jeune fille insignifiante issue d'une famille de nouveaux riches. »

C'était ainsi que les gens la voyaient, elle le savait. La presse de New York l'avait même désignée ainsi à plusieurs reprises. Pourtant, elle fut blessée d'entendre ces mots dans la bouche de Christian.

— Une fois que nous serons fiancés, je doute que la presse accorde suffisamment de crédit à ces rumeurs pour les publier. D'autant que tout le monde sait que j'ai pour habitude de garder mes distances avec les femmes qui ne sont pas mariées. De toute façon, même ceux qui ne croiront pas à l'histoire du grand amour estimeront que nous avons fait le bon choix l'un et l'autre. En outre, presque tout le monde y croira, après la façon dont je me suis opposé à votre mariage avec Rumsford.

— Nous ferons donc le mariage transatlantique parfait, conclut-elle d'un ton neutre.

— À l'évidence.

Elle hocha la tête. Ce qu'il proposait était inévitable, elle en prenait conscience. Curieusement, alors qu'elle avait cru que c'était précisément le genre d'avenir auquel elle aspirait, elle n'était pas heureuse. Elle était sur le point de se sentir mal.

— Christian, je suis désolée.

— Je suis tout aussi responsable, répéta-t-il au bout d'un moment, avant de se détourner vivement.

— Nous nous marierons à Scarborough Park, dans la chapelle du domaine, dans trois semaines. J'espère que cela vous convient.

Il ne lui permettait même pas de donner son avis.

— Il faut que je trouve votre beau-père et votre oncle, ajouta-t-il en retournant vers la maison. Prévenez votre mère et voyez l'organisation avec Sylvia.

Il la laissa là sans un mot de plus et partit sans un regard en arrière. Annabel le regarda rentrer mais resta encore un long moment dans le jardin, le temps de réaliser ce qui lui arrivait.

Une chose était certaine, songea-t-elle avec une pointe de cynisme, elle s'élevait dans la société. Elle était à nouveau fiancée, et à un duc, cette fois-ci. De quoi alimenter les conversations des Knickerbocker qui allaient sans doute juger qu'elle avait pris un risque, mais qu'elle avait bien joué en renonçant au comte pour avoir le duc. Bientôt, elle serait duchesse et elle aurait ses entrées partout.

Elle avait tout. Un mari beau, charmant et noble, des propriétés sur deux continents, beaucoup d'argent, une position sociale enviable, le pouvoir, la célébrité. Tout ce dont avait pu rêver une moins que rien née dans une pauvre cabane du fin fond du Mississippi. Tout, sauf l'amour.

Elle s'assit sur un banc du jardin et fondit en larmes.

17

— Annabel ?

Dès qu'elle entendit la voix de sa mère qui l'appelait, ses larmes se tarirent. Elle ne voulait pas pleurer devant elle comme elle l'avait fait après Billy John. Elle ne supporterait pas de lire la même déception, la même douleur sur son visage que la dernière fois qu'elle lui avait avoué un écart de conduite. Non, elle allait devoir mentir. De toute façon, c'était une chose à laquelle elle devrait se résoudre assez souvent au cours des prochaines semaines.

Elle s'essuya les yeux. Heureusement, elle n'avait pas pleuré assez longtemps pour qu'ils soient rouges et bouffis. Elle afficha un sourire de fiancée au comble du bonheur et se tourna pour accueillir sa mère qui entrait dans la roseraie.

— Oh, maman... fit-elle dans un soupir qui se voulait chargé d'étonnement pudique et de joie.

— Ainsi, il t'a bien demandée en mariage, devina sa mère d'une voix neutre qui manquait singulièrement d'enthousiasme. Réellement, cette fois-ci, ou s'agit-il encore de fausses fiançailles pour sauver ta réputation ?

Son sourire vacilla à peine. Mais sa mère s'en rendit compte.

— Eh oui, ma chérie, ajouta Henrietta avec douceur. Je sais ce qui se dit. J'ai entendu Liza te défendre face à une femme de chambre de lady Sylvia. Bonne petite. Il faut que nous augmentions ses gages.

Mens, Annabel, s'enjoignit-elle. *Mens de toutes tes forces !*

— Ce ne sont que des ragots de cuisine, maman, affirma-t-elle.

— Bien sûr.

Cette fois, la déception était bien là – non pas à cause de ce qu'elle avait fait, comprit-elle, mais parce qu'elle mentait.

Elle laissa échapper un sanglot. Elle voulut le ravaler mais, quand sa mère lui tendit les bras, elle s'y jeta, comme il y a huit ans.

— Il dit que nous devons nous marier, bredouilla-t-elle le visage enfoui au creux de l'épaule de sa mère. Il dit que je serai perdue, autrement.

— Chuuut, fit sa mère d'un ton apaisant en lui tapotant le dos. Là. Ça va aller.

— Non. Parce qu'il ne m'aime pas.

— En es-tu bien sûre ? s'enquit Henrietta en la serrant un peu plus fort dans ses bras.

Elle songea à son visage insondable, au mépris dans sa voix quand il décrivait la comédie qu'ils allaient devoir jouer aux yeux du monde, quand il disait qu'ils allaient devoir faire semblant d'être fous amoureux.

« Une fiction que nous devrons nous efforcer de rendre aussi convaincante que possible. »

— Oui, maman, répondit-elle au comble du désespoir. J'en suis certaine.

— Mais toi ? Toi, tu l'aimes. Cela compte.

Annabel releva la tête.

— Quoi ?

— N'aie pas cet air étonné, fit Henrietta en lui caressant la joue avec un sourire triste. Tu ne peux pas me tromper, tu sais, Annabel Mae. Même quand tu essaies de te mentir à toi-même.

— Manifestement, reconnut-elle dans un soupir, malheureuse par avance de l'aveu qu'elle allait faire à sa mère et à elle-même. Oui, maman, je l'aime. Et c'est bien cela, le pire.

En quittant Annabel dans le jardin, Christian partit à la recherche de son beau-père et de son oncle pour les informer de la situation. Ou, du moins, leur en donner la version officielle. La conduite de Mme Chumley laissait supposer qu'elle était déjà au courant de ce qui se disait à l'office. En revanche, comme ces messieurs n'avaient pas de valet de chambre, on pouvait espérer que les bruits de couloir ne leur étaient pas encore parvenus.

Il trouva Chumley dans la bibliothèque. Malgré l'absence de Ransom, il décida de ne pas attendre. Il envoya un valet de pied à la recherche de l'oncle d'Annabel et demanda à son beau-père s'il pouvait lui accorder un petit moment.

Chumley sembla se réjouir de ces fiançailles et donna son consentement sans hésiter.

— Il me semblait bien que quelque chose se tramait, avoua-t-il en souriant et en se carrant dans son fauteuil. Même ivre, un homme ne s'oppose à un mariage que s'il est fou de la jeune fille.

Fou ? Oui, c'était le mot, songea Christian avec ironie. Il devait être fou. Rien d'autre que la folie ne pouvait expliquer sa conduite de ces derniers temps.

— Allons trouver Arthur, suggéra Chumley. Tous les trois, nous pourrons rédiger un contrat de mariage.

Christian hocha la tête. Il aurait aimé pouvoir refuser ; hélas, il ne pouvait se permettre ce luxe. Ransom allait certainement lui prêter les motivations les plus viles, quel que soit le montant qu'il percevrait.

— Mes notaires sont Hutton, Bayhill et Ross, dit-il en griffonnant leur adresse au dos de sa propre carte. Il faut que je me rende à Scarborough pour organiser les choses là-bas, mais…

— Espèce d'ordure !

Au son de cette voix masculine tonitruante, les deux hommes se tournèrent vers la porte de la bibliothèque pour découvrir sur le seuil Arthur Ransom. Annabel et sa mère se tenaient juste derrière lui.

— Allons, Arthur… entama Mme Chumley.

Mais ce dernier se dégagea de la main qu'elle lui avait posée sur l'épaule.

Christian se leva et se tourna vers Ransom qui entrait, toujours suivi par Annabel et sa mère.

— Vous ne mettrez pas le grappin sur son argent ! gronda-t-il en s'avançant vers Christian les poings serrés.

Son visage d'ordinaire bienveillant était écarlate de fureur.

— Oncle Arthur, vous avez mal compris, insistait Annabel.

Mais il ne lui laissa pas l'occasion de s'expliquer.

— Vous n'aurez pas un sou ! Pas un sou ! Espèce de mercenaire, d'ordure de coureur de dot !

Christian, qui cette fois n'était pas ivre, parvint à esquiver le coup de poing que Ransom tenta de lui asséner au visage. Avant qu'il ait pu recommencer, Chumley s'était interposé.

— Oh, messieurs ! Inutile de vous battre. Je suis sûr que cela peut s'arranger.

— Il n'y a rien à arranger, contra Ransom écœuré. Ce n'est qu'un coureur de dot. Si tu donnes ton consentement, George, je te jure que...

— Oncle Arthur, intervint Annabel en s'avançant. George n'a pas besoin de donner son consentement. J'ai donné le mien. Je veux me marier avec Christian.

Elle était meilleure actrice qu'il ne l'aurait cru, songea ce dernier. Elle avait parlé d'une voix calme et assurée. Puis elle s'approcha de lui et lui prit la main dans un geste très convaincant.

— Je vais épouser Christian, oncle Arthur. Un point, c'est tout. C'est ce que je désire de tout mon cœur.

— Qu'ai-je donc fait au ciel pour avoir une nièce aussi idiote ? marmonna Ransom en la contemplant.

Elle ne broncha pas. Elle serra seulement très fort la main de Christian, trahissant ainsi la pression qu'elle subissait quand elle énonçait de tels mensonges ou quand elle se faisait traiter d'idiote par un oncle qu'elle aimait et respectait.

La honte le dévorait et une douleur cuisante lui étreignait la poitrine.

Lorsqu'elle lui lâcha la main, il se força à parler.

— Je vous laisse, à vous, Annabel, et à vous deux, messieurs, le soin de rédiger le contrat qui vous conviendra. Je prierai mes notaires d'accepter en mon nom vos conditions. Tout ce que je demande, c'est une allocation annuelle pour l'entretien de Scarborough, car ce sera la maison d'Annabel, et une somme à mettre de côté dans un fonds en fidéicommis à la naissance de chacun de nos enfants. Pour le reste, Annabel peut faire ce que bon lui semble de son argent. Je n'en veux pas. Je sais que vous ne me croyez pas, monsieur Ransom, et que vous n'avez du reste aucune raison de me croire, mais c'est la vérité. Maintenant, si vous voulez bien m'excuser, il faut que je m'en aille. J'ai beaucoup à faire.

Il déposa un rapide baiser sur les cheveux d'Annabel et sortit de la pièce. Sur le seuil, il se retourna pour jeter un dernier coup d'œil à sa future épouse.

Elle le suivait des yeux et leurs regards se croisèrent. Il se jura qu'elle n'aurait jamais, jamais de raison de regretter ce jour –, ni la nuit qui l'avait rendu nécessaire. Il se voyait offrir une seconde chance et il la saisissait.

Christian monta demander à McIntyre de faire ses bagages pour Scarborough Park et informa Sylvia que tout était arrangé avec Annabel et sa famille. Puis il fit atteler la voiture. Il se rendit en ville pour consulter ses notaires et souligna bien ce qu'il avait dit à lord Ransom, même lorsque, pleins des meilleures intentions, ils lui conseillèrent de demander davantage.

Il prépara les annonces à faire paraître dans la presse et rendit personnellement visite au vicomte Marlowe, qui se trouvait être une de ses relations, mais surtout le propriétaire de la *Gazette mondaine*, la plus lue et la plus respectée des publications de ce genre à Londres. Marlowe se trouvait à son bureau et accepta bien volontiers une interview exclusive. Lorsque Christian lui expliqua qu'il devait se rendre à Scarborough Park le soir même, il fit aussitôt venir un journaliste avec lequel Christian s'entretint plus d'une heure, jouant son rôle avec presque trop d'aisance. Pourtant, tandis qu'il évoquait son attachement pour Annabel, et pour Scarborough, il se prit à regretter que ce ne soit qu'une façade obligatoire et pas la simple vérité.

Dès qu'il jugea qu'il en avait assez dit pour être convaincant, il mit fin à l'entretien. Puis, après avoir salué le vicomte et lui avoir promis que lady Marlowe et lui-même allaient recevoir une invitation au mariage, il alla rejoindre McIntyre, qui l'attendait à la gare avec les bagages. Ils prirent le train de la fin d'après-midi pour le Yorkshire et arrivèrent à Scarborough Park tard dans la soirée.

Il n'avait que trois semaines pour tout préparer. Vu l'état de la demeure familiale, c'était très peu. Le lendemain matin, il annonça son prochain mariage aux domestiques et fut surpris et touché de les voir aussi heureux qu'il y ait bientôt à nouveau une duchesse à Scarborough. Ils n'avaient jamais beaucoup aimé Min, la femme d'Andrew, qui était d'ailleurs rentrée en Amérique juste après la mort de son mari. En toute franchise, Christian ne pouvait lui reprocher d'avoir voulu quitter cet endroit au plus vite, lui qui, toute sa vie, avait rêvé de faire la même chose.

Pourtant, en faisant le tour de la maison avec Mme Houghton, la gouvernante, il commença à ne plus voir Scarborough comme le lieu lugubre où il avait passé une enfance triste, ni même comme la demeure où il avait conduit sa première femme quinze ans plus tôt. Était-ce à cause de la promesse silencieuse qu'il avait faite à Annabel ? Il ordonna que les appartements du duc et de la duchesse soient bien aérés, s'enquit de l'état de la nursery et se rendit peu à peu compte qu'il pourrait faire bon vivre à Scarborough Park si l'on faisait le nécessaire.

En passant en revue la cave et l'argenterie avec Mogan, le majordome, puis en faisant le tour du parc avec les jardiniers, en visitant les fermes et les cottages loués avec le régisseur, il sentit naître en lui une lueur d'espoir. Il y avait pourtant bien longtemps qu'il ne s'autorisait plus à croire en l'avenir. Pourtant, maintenant, grâce à ce qu'il entreprenait et à ce qu'il décidait, il sentait la petite flamme de l'espoir, faible au début, puis de plus en plus vigoureuse à mesure que les jours passaient et qu'il prenait en main la gestion du domaine laissé à sa charge, qu'il rendait visite à ses voisins, qu'il se rendait au village, qu'il se promenait à pied dans les jardins et à cheval dans les bois. Peu à peu, centimètre par centimètre, il avait l'impression de sortir d'un gouffre noir.

Il s'efforçait de ne pas songer à Evie. Lorsqu'il était dans l'obligation de traverser la galerie, il évitait de regarder son portrait. Il ne mettait pas les pieds dans ses appartements et, à cheval, il ne s'approchait pas de la mare où elle avait mis fin à ses jours. Malgré tout, il arrivait qu'il entrevoie son visage, fugitif et chimérique, tel un fantôme. Peut-être en serait-il toujours ainsi. À cause de lui, elle faisait partie de Scarborough pour toujours. Il fallait qu'il l'accepte.

Épouser Annabel ne rattraperait jamais le mal qu'il avait fait à Evie. Cependant, chaque jour, dans tout ce qu'il entreprenait, il renouvelait son vœu : sa seconde femme recevrait toute la considération et l'attention que, trop jeune et trop égoïste, il n'avait su accorder à la première. Les jours qui précédèrent le mariage, il travailla d'arrache-pied non seulement pour accepter la situation que lui offrait le destin, mais pour s'en montrer digne. Pour Annabel. Sa sœur lui avait souvent conseillé de se libérer du passé et de sa culpabilité. Et, pour la première fois depuis la mort d'Evie, Christian croyait en cette possibilité.

Pour Annabel, les jours qui suivirent le départ de Christian filèrent comme dans un tourbillon.

Lady Sylvia l'emmena chez la fameuse couturière Vivienne pour faire faire sa robe de mariée.

— Je sais que vous adorez Worth, lui dit-elle, mais nous n'avons pas le temps. Les délais sont épouvantables, de nos jours. Vivienne est en réalité Vivian Marlowe, la sœur du vicomte Marlowe, et c'est une de mes grandes amies. Elle vous fera passer en premier et, en quelques jours, vous aurez une robe sublime.

Lorsque Annabel se trouva dans le salon de la couturière la plus en vogue de Londres et que ce fut la filiforme Vivienne en personne qui s'occupa d'elle, elle craignit que ses formes généreuses ne la rebutent. Elle avait appris depuis longtemps que les stylistes en vue préféraient les silhouettes filiformes. Mais elle ne tarda pas à se rendre compte qu'elle avait sous-estimé cette artiste.

— Pas de satin, déclara d'emblée Vivienne. De la mousseline de soie, pour miss Wheaton, sans aucun doute. La soie ivoire, Claudette, s'il vous plaît, ajouta-t-elle en agitant une main. Celle avec des nuances pêche.

Un instant plus tard, une assistante apportait un rouleau du tissu en question qu'elle présentait sur Annabel.

— J'imagine un drapé dans un style grec pour la jupe, et un corsage qui enveloppe la poitrine, expliquait la couturière tout en disposant le tissu et l'épinglant aux dessous d'Annabel. J'espère que vous ne teniez pas absolument à du satin. La plupart des mariées en portent encore, mais cela ne vous convient pas du tout. Cela vous collerait impitoyablement à la peau.

Annabel se mordit la lèvre en songeant que la robe de son premier mariage était précisément dans cette matière et que, pour suivre la mode, elle avait choisi un modèle dans lequel elle se sentait serrée comme une saucisse.

— Ce tissu flattera beaucoup plus votre silhouette. Qu'en dites-vous ? demanda Vivienne en plaçant la dernière épingle et en reculant pour lui permettre de se voir dans le grand miroir. Avant que vous répondiez, il faut que je vous prévienne – et vous aussi, madame, ajouta-t-elle à l'adresse d'Henrietta – que ce modèle n'est pas encore vraiment en vogue. Seules les plus audacieuses se risquent à être à la pointe de la mode...

Audacieuse ? C'était plus qu'audacieux. Jamais elle n'avait vu une robe comme celle-ci. Néanmoins, en étudiant son reflet, elle se rendit compte que la couturière avait raison. Déjà, alors qu'elle n'avait sur elle qu'une esquisse de robe, elle voyait que ce drapé et la douceur de la mousseline flattaient beaucoup plus sa silhouette et son teint que la forme traditionnelle et le satin blanc éclatant de sa première robe.

— Alors, miss Wheaton, êtes-vous audacieuse ? s'enquit Vivienne. Voulez-vous me faire confiance et me permettre de vous dessiner, ou préférez-vous la mode actuelle à mes idées coquines ?

Elle croisa son regard dans le miroir et y lut un mélange d'amusement et de défi.

— Quitte à ne pas être dans mon élément, répondit-elle avec malice, autant être moderne. Et puis, ajouta-t-elle en souriant à son reflet avec cette joie toute particulière que l'on éprouve quand on a trouvé une jolie robe, je l'aime déjà.

— Formidable ! J'adore habiller des femmes comme vous. Essayage dans une semaine ? À 14 heures ? fit-elle à l'adresse de lady Sylvia.

Celle-ci vérifia dans son agenda et confirma d'un hochement de tête.

— C'est noté. 14 heures.

— Parfait. Claudette va ôter ces épingles et prendre vos mesures, miss Wheaton. À vendredi, conclut-elle en exerçant sur les épaules d'Annabel une pression d'encouragement. Je vois beaucoup de futures mariées. Je sais par expérience que vous allez vous sentir submergée au cours des semaines à venir, mais ne laissez pas cela gâcher votre bonheur. C'est l'un des plus beaux jours de la vie d'une femme.

Sur quoi elle se retourna pour faire un petit signe à Sylvia et à Henrietta, et elle disparut dans le bruissement de sa robe de soie vert bronze.

— C'est facile à dire, marmonna Annabel en se regardant dans le miroir.

Drapée dans cette soie immaculée, elle se sentait terriblement hypocrite.

— Ne vous en faites pas, Annabel, la réconforta Sylvia en lui passant un bras autour des épaules. Vous n'êtes pas seule, vous savez. Même si tout cela peut vous sembler étourdissant, je compte bien faire en sorte que vous en profitiez.

Annabel appréciait la gentillesse de son amie, mais il lui était difficile de profiter de quoi que ce soit. La presse ne parlait que de leurs fiançailles. La plupart des articles étaient bienveillants, comme le lui avait annoncé Christian, mais il y en avait tout de même de particulièrement féroces. En réalité, celui qui lui fit le plus de mal fut l'interview de Christian. Il racontait avoir été emporté par ses sentiments et ne pas en revenir de la chance qu'il avait qu'elle ait accepté sa demande en mariage. Il convenait qu'allier amour et devoir était une chose absolument merveilleuse et répétait encore plusieurs fois qu'ils étaient tous les deux au comble du bonheur. Tout ce tissu de mensonges lui faisait d'autant plus mal qu'elle l'aurait aimé sincère. Alors, elle cessa de lire les journaux.

Elle retourna chez Vivienne pour l'essayage de sa robe. À peine l'eut-elle passée qu'elle eut envie de pleurer. Elle était magnifique. Parfaite. Mais à quoi bon ? Ce mariage n'en serait pas moins une farce.

Elle évitait le plus possible de réfléchir. Avec l'aide de lady Sylvia, les encouragements tendres de sa mère et les remarques pas toujours diplomatiques de Dinah pour la faire rire, elle dressa la liste des invités, s'occupa des invitations, choisit les fleurs et le menu du déjeuner qui allait suivre la cérémonie et s'acquitta des dizaines de choses qu'il y avait à faire. On aurait pu s'attendre que ce soit plus facile la seconde fois ; au contraire : c'était beaucoup, beaucoup plus difficile.

Les jours passaient à toute vitesse. Les journalistes la suivaient partout. Elle avait mal au visage à force de sourire, et au cœur à force de faire semblant d'être heureuse. Il lui arrivait même d'avoir envie de s'enfuir.

Le mariage était prévu pour le 26 mai. Il était convenu que Sylvia les amènerait à Scarborough, sa famille et elle, une semaine à l'avance. Cependant, il y avait encore tant à faire que sa mère, Sylvia, Dinah et elle durent rester à Londres quelques jours de plus. Arthur et George partirent en éclaireurs pour signer le contrat de mariage et voir quels travaux il fallait prévoir. Arthur s'était tout juste apaisé quand Christian avait refusé tout net un revenu personnel, surtout qu'Annabel avait tenu à ce qu'il le prévoie tout de même au contrat. Un duc devait avoir des revenus, avait-elle affirmé. Et elle avait largement les moyens de lui en verser. Elle n'espérait qu'une chose : que Christian ne lise pas le contrat avant de le signer. Il avait agi pour son bien, elle voulait en faire autant.

Elles finirent par arriver à Scarborough, en début d'après-midi, deux jours avant le mariage. Christian les attendait, entouré de journalistes, quand elles descendirent du train à la petite gare de Harrowgate. Il les aida aussitôt à monter, sa mère, Dinah et elle, dans la voiture qui attendait, pendant que son valet de chambre s'occupait des bagages et que Sylvia se chargeait de la presse.

— Seigneur ! soupira Henrietta en s'appuyant au dossier de son siège tandis que l'attelage se mettait en route. Ces reporters… Je n'ai jamais rien vu de pareil.

— Ils ne désarment jamais, convint Christian. Ils rôdent autour de Scarborough Park depuis des jours dans l'espoir de me prendre par surprise. Ils ont un tel toupet que je vous conseille de vous éloigner le moins possible de la maison. Pour les grandes promenades et les visites du domaine, il vaudra mieux attendre que le mariage soit passé.

« Comment allez-vous, ma chérie ? ajouta-t-il en se tournant vers Annabel et en prenant sa main gantée pour la baiser. Vous résistez ? »

— Bien sûr, mentit-elle. Tout va bien.

Que pouvait-elle dire d'autre, au fond ?

Scarborough lui apparut comme une grande bâtisse de pierre grise ornée de parapets crénelés et de tourelles octogonales sur laquelle grimpait un lierre verdoyant. Le château semblait prolongé en tout sens par des ailes et des cheminées plantées çà et là sans souci de beauté architecturale, ce qui lui donnait un aspect désordonné.

Christian rit de la tête qu'elle fit quand le landau découvert s'engagea dans l'allée gravillonnée.

— Il a un petit côté fantastique, n'est-ce pas ? Le mari de Sylvia disait toujours que la restauration de Scarborough Park pourrait être le rêve ou le cauchemar d'un architecte, selon la quantité d'argent investi.

Elle étudia un moment l'édifice.

— Il me plaît bien, commenta-t-elle enfin.

— Il vous plaît ?

— Oui. Je lui trouve un petit air… éméché.

Cela le fit rire à nouveau, d'un rire très détendu. Il ne semblait pas partager les soucis qui la rongeaient. Allons, se répéta-t-elle, c'était sûrement une bonne chose. Non ?

Le personnel était rassemblé devant la porte pour les accueillir. Dès que la voiture fut arrêtée, un valet de pied s'approcha pour déplier les marches. Christian les présenta, sa mère et elles, aux domestiques, et il leur fit faire la connaissance de Morgan, le majordome, et de Mme Houghton, la gouvernante. Puis il les fit entrer.

— Nous allons prendre le thé, Morgan, annonça-t-il par-dessus son épaule tandis qu'ils traversaient le grand hall pour se diriger vers l'escalier de pierre blanche orné d'une rampe en fer forgé. Au salon, précisa-t-il. Guettez la voiture de lady Sylvia : elle ne devrait pas tarder.

Il les conduisit au salon où George et oncle Arthur prenaient déjà des scones et de la confiture. Le thé de 5 heures était l'une des rares traditions anglaises à trouver grâce aux yeux d'Arthur. En témoignait la confiture de fraise qu'il avait sur le menton, songea Annabel en entrant. Aussitôt, elle se tapota le menton de l'index ; il comprit et s'essuya avec son mouchoir.

Henrietta servit le thé pendant qu'Arthur et George leur décrivaient le domaine. Arthur lui-même mit un certain enthousiasme à leur raconter leurs parties de pêche à la truite. Lorsqu'il commença à évoquer les chasses au faisan qui les attendaient à l'automne, elle jeta à Christian un regard étonné par-dessus le plateau du thé. En guise de réponse, il lui sourit et lui fit un clin d'œil.

Sylvia arriva quelques minutes plus tard. Annabel ne put interroger Christian sur la transformation de son oncle que plus tard, quand ils réussirent à voler quelques instants en tête à tête. Encore cela ne fut-il possible que parce qu'il tint à l'emmener visiter la roseraie.

— Comment vous y êtes-vous pris ? demanda-t-elle tandis qu'ils marchaient en se donnant le bras entre les plates-bandes de rosiers délimitées par de petites haies de buis. On croirait que vous lui avez jeté un sort : à l'entendre, on pourrait croire qu'il aime l'Angleterre !

Il s'arrêta comme pour contempler la fontaine. Elle l'imita.

— Eh bien, il faut dire que c'est un endroit assez agréable, vous savez, expliqua-t-il en lui lâchant le bras et en se tournant face à elle. J'ai quelque chose pour vous, ajouta-t-il en plongeant la main dans sa poche.

Elle était bien trop sidérée pour se laisser distraire par un cadeau. Surtout maintenant qu'elle était la seule à sembler redouter ce mariage.

— Mon oncle Arthur était tout prêt à détester la vie ici, rappela-t-elle. Quand mon mariage avec Bernard a été annulé, il voulait rentrer en Amérique. C'est uniquement parce que ma réputation était en jeu qu'il a accepté de rester et de faire appel à vous comme curateur. Et voilà qu'il parle comme quelqu'un qui envisage de rester un moment. Je n'aurais jamais cru…

— Annabel, la coupa Christian en lui prenant la main.

Elle baissa les yeux et le regarda lui glisser au doigt une bague de diamant et de platine.

— Elle était à ma mère, expliqua-t-il. Min – la femme d'Andrew – ne l'aimait pas. Elle la trouvait trop petite pour une duchesse. Elle était donc rangée depuis des années. Je sais qu'il est un peu tard pour vous offrir une bague de fiançailles puisque nous nous marions après-demain, mais il m'a tout de même semblé qu'elle pourrait vous plaire.

— Elle est magnifique, affirma-t-elle sincèrement.

Il y a sept ans, elle ne s'imaginait pas portant un jour un diamant de quelque taille que ce soit. Aujourd'hui, bien que son coffre à bijoux fût fort bien garni, elle n'oubliait pas d'où elle venait. À ces yeux, ce bijou qui s'était transmis de génération en génération dans la famille de Christian était encore plus beau que tous ceux de Tiffany ou de Cartier qu'elle possédait.

Elle tourna la tête et admira la pierre centrale qui scintillait à la lumière du soleil. Une bague de fiançailles, c'était un cercle, le symbole d'un amour éternel. Mais si l'amour n'était pas réciproque, que signifiait-il ? Brusquement, la bague devint floue devant ses yeux.

« C'est tout de même l'un des plus beaux jours de la vie d'une femme. »

Annabel battit des cils pour s'éclaircir la vue. Puis elle déglutit avec peine. Il fallait qu'elle parvienne à se persuader que cette femme avait raison. Après tout, elle n'avait pas besoin de l'amour d'un homme pour être heureuse. Cela, elle l'avait compris depuis bien longtemps.

18

Le lendemain matin, les hommes avaient déjà pris leur petit déjeuner et quitté la maison quand Annabel descendit. Christian vaquait aux affaires du domaine, lui apprit-on, tandis qu'Arthur et George étaient à la pêche, ce qui ne l'étonna pas. Dinah aussi avait disparu.

— Elle est partie en exploration, précisa sa mère.

— Cette enfant m'a l'air dotée d'un bel esprit d'aventure, commenta Sylvia.

— C'est une façon de voir les choses, fit Henrietta avec ironie. Je crains parfois qu'elle ne soit un peu trop garçon manqué.

— C'est vrai, mais elle n'a que onze ans. Et puis les filles sont beaucoup plus indépendantes et sportives, de nos jours. Je la vois bien destinée à toutes sortes d'aventures...

Annabel regarda sa main sur laquelle scintillait le résultat de son « aventure » à elle.

« C'est tout de même l'un des plus beaux jours de la vie d'une femme. »

Elle se releva d'un bond.

— Excusez-moi, dit-elle comme sa mère et lady Sylvia s'arrêtaient de parler et la regardaient, interloquées. Je crois que, moi aussi, je vais partir en exploration. J'aimerais bien visiter le château.

— Bien sûr, répondit Sylvia en se levant. Allons-y.

— Non, répondit-elle plus sèchement qu'elle ne l'aurait voulu. Je vous en prie, finissez votre petit déjeuner. Je vais flâner un peu… toute seule, si cela ne vous ennuie pas.

— Mais pas du tout, voyons. Vous êtes ici chez vous, vous savez.

Chez elle. Au fil de la journée qu'elle passa à arpenter les longs couloirs, à étudier les tentures de soie moirée, les lustres de cristal et les portraits dans leur cadre doré, elle s'efforça de voir la demeure ainsi. Sans tout à fait y parvenir.

Ce n'était pas à cause du château lui-même. Au contraire. Elle aimait beaucoup ses ailes, ses interminables couloirs, ses jardins touffus, ses énormes cheminées, ses parquets qui craquaient. Certes, il était un peu défraîchi par endroits. On se rendait compte que le précédent duc n'en avait pas pris grand soin. Mais elle avait tout ce qu'il fallait comme argent pour y remédier.

Non, le problème, c'était que, dès qu'elle essayait de s'y sentir chez elle, elle sentait un poids étrange lui peser sur le cœur, un sentiment d'angoisse et de désarroi. Elle ne se sentirait jamais chez elle à Scarborough si Christian ne l'aimait pas suffisamment pour y rester avec elle. N'était-ce pas ce qu'elle craignait, au fond ? Qu'il s'en aille à Paris et qu'elle reste, comme Evie, à arpenter les jardins et les couloirs, seule ?

Elle leva les yeux vers le portrait de Christian qui ornait, en compagnie de beaucoup d'autres, le long couloir qui menait à la bibliothèque. Il avait l'air si jeune... Une vingtaine d'années tout au plus ; les petites rides aux coins de ses yeux et de sa bouche n'étaient pas encore apparues. Malgré cela, elle le trouvait plus beau aujourd'hui. Comme beaucoup d'hommes, il vieillissait bien – et, comme beaucoup de femmes, Annabel trouvait cela très injuste.

Deux portraits de femmes se trouvaient de chaque côté. L'un représentait Sylvia, cela ne faisait aucun doute. L'autre était celui d'une jeune fille blonde à l'air angélique vêtue de soie d'un rose si pâle qu'elle semblait presque blanche. Elle devina tout de suite qu'il s'agissait d'Evie.

Des pas résonnèrent au loin. Annabel tourna la tête et vit passer au bout de la galerie une femme de chambre vêtue d'une robe à rayures gris clair, d'un tablier et d'une coiffe. Celle-ci tourna la tête au passage et, l'ayant vue, s'arrêta net.

— Puis-je faire quelque chose pour vous, Mademoiselle ? s'enquit-elle.

— Non, non. Merci, répondit Annabel en souriant. Je visite...

La femme de chambre regarda tour à tour le mur et elle. Une légère... incertitude, peut-être ? passa sur son visage, mais elle fit la révérence et s'en alla en la laissant à la contemplation de la première femme de Christian.

Evie Du Quesne était très jolie, un peu à la façon d'une poupée de porcelaine. Elle baissait la tête et semblait presque jeter un coup d'œil furtif au peintre, non par coquetterie, mais par timidité et lassitude. Comme si son diadème et ses boucles d'oreilles étaient devenus trop lourds pour sa nuque gracile. Sur ce fond de draperies blanches, avec sa robe quasiment sans couleur et ses cheveux blonds, elle semblait se fondre dans une insignifiance presque complète.

Le cœur d'Annabel se serra d'une compassion mêlée de crainte. Elle n'était pas timide comme Evie mais, sans l'amour de Christian, qu'adviendrait-il d'elle ? Elle deviendrait amère, songea-t-elle aussitôt. En colère. Cela ne valait pas mieux.

Cette fois, le bruit de pas la fit sursauter. Et ce ne fut pas une femme de chambre qui s'arrêta au bout de la galerie. C'était Christian, et il avait l'air grave. À son tour, il jeta un regard furtif au mur avant de le reporter sur elle.

— On m'a dit que vous étiez ici, fit-il. Anna – la première femme de chambre – est venue me trouver pour me dire d'aller vous voir. Elle semblait inquiète de vous voir vous promener ici toute seule.

Il s'interrompit et la fixa un moment avant de demander :

— Avait-elle raison de s'inquiéter ?

Elle hésita mais alla le rejoindre au bout du couloir. Après avoir jeté un coup d'œil autour d'elle pour s'assurer qu'il n'y avait personne dans les parages, elle lui demanda :

— Faisons-nous vraiment le bon choix ? Et si…

Elle se tut mais le chagrin la dévorait, qu'elle exprime ses doutes ou qu'elle les taise.

— Et si c'était une erreur ? acheva-t-elle.

— Je ne crois pas que l'on puisse parler de choix, Annabel.

Cela ne fit rien pour la rassurer. Au contraire, elle n'eut que davantage envie de savoir ce qu'il éprouvait réellement. Il ne l'aimait pas, certes, mais il avait pour elle une certaine estime. Elle le savait. Non pas parce qu'il avait couché avec elle – elle n'était pas naïve au point de croire cela –, mais à cause de ce qu'il faisait maintenant. Toutefois, cela suffisait-il ? La respectait-il ? L'amour pourrait-il venir plus tard ? Cela lui paraissait-il possible ? Elle lui tourna le dos et regarda à nouveau le portrait de la jeune fille très pâle sur le mur de la galerie. Il vint derrière elle, lui mit les deux mains sur les épaules et la fit se retourner.

— Peut-être ne nous connaissons-nous pas depuis assez longtemps ? avança-t-elle comme il la faisait sortir de la pièce.

Sur le palier, elle scruta son visage en quête d'un indice qui l'aiderait à sentir ce qu'il éprouvait et ce qu'il pensait.

— Au fond, vous aviez raison de suggérer de fausses fiançailles. Cela nous aurait au moins permis de faire un peu mieux connaissance avant que cela arrive.

Elle fut surprise de le voir sourire.

— Il me semble que nous nous connaissons déjà assez intimement, non ? C'est même pour cela que les choses se sont un peu précipitées, rappelez-vous…

Elle se sentit rougir.

— Je ne plaisante pas, Christian. Et si nous nous rendions malheureux ? Je ne… je ne veux surtout pas vous rendre malheureux.

Il l'étudia en souriant toujours.

— Auriez-vous changé d'avis ? Cela vous arriverait-il donc avec tous vos fiancés ?

— Je vous signale que je n'en ai eu que deux et que, la première fois, si j'ai changé d'avis, c'était votre faute.

— Je commence à craindre que vous m'abandonniez au pied de l'autel.

— Oh, Christian, ne plaisantez pas : ce n'est pas drôle. Je...

Elle s'arrêta juste avant de lui dire qu'elle l'aimait. Elle avait trop peur d'avoir la confirmation que ce n'était pas réciproque. Cette peur l'irritait au plus haut point, elle qui ne comptait pas la lâcheté parmi ses défauts. Elle renonça en soupirant.

— N'y pensez plus. Cela n'a pas d'importance.

Il la scruta un moment, la tête inclinée sur le côté, puis la prit par la main.

— Venez avec moi.

— Où allons-nous ?

— J'aimerais vous montrer quelque chose.

Il l'entraîna à l'autre bout de la maison et lui fit monter un petit escalier dérobé mal éclairé. En haut, ils empruntèrent un long couloir tout aussi sombre. Au passage, il ouvrit des portes qui donnaient sur de petites pièces vides et tristes. Chacune était percée d'une fenêtre donnant sur l'écurie, avec un tapis au sol, des boiseries de noyer et un papier aux motifs floraux fanés.

— Pourquoi m'avez-vous amenée ici ? voulut-elle savoir. À quoi servent ces pièces ?

— C'est la nursery.

— Quoi ?

Elle se figea et regarda la dernière petite pièce lugubre qui formait un contraste si saisissant avec la somptueuse chambre d'amis qu'on lui avait attribuée. C'était absurde ! Ici, l'impression dominante était le manque. Les fenêtres n'étaient pas assez grandes ou pas assez nombreuses pour laisser entrer la lumière, les tapis n'étaient pas assez épais pour des tout-petits qui marchaient à quatre pattes, jouaient par terre, tombaient. Enfin, la nursery n'était pas du tout assez près des chambres des parents, pour qu'ils puissent consoler les enfants après un cauchemar. Elle regarda Christian, horrifiée.

— Cet endroit sinistre tout au bout de la maison ? s'indigna-t-elle. Vous plaisantez !

Pas le moins du monde, cela se lisait sur son visage.

— Vous... C'est ici que vous avez été élevés ? devina-t-elle. Votre frère, votre sœur et vous ?

Il confirma d'un hochement de tête.

— Une fois par jour, lorsque nos parents étaient à Scarborough, on nous traînait dans les couloirs jusqu'au salon ou notre père nous embrassait consciencieusement sur la joue et notre mère nous tenait, nous caressait et nous donnait à admirer à ses amis. Mais dès que nous pleurions, que nous nous agitions ou que nous posions une question gênante, notre nourrice venait à la rescousse et nous ramenait ici. C'est ainsi que nous avons vécu jusqu'à l'âge de dix ans. Ensuite, nous avons été envoyés en pension. Sylvia en France, Andrew et moi à Eton puis à Oxford.

— Pour vos études ? demanda-t-elle avec une acidité qu'elle ne put réprimer. Ou pour se débarrasser de vous ?

— À votre avis ? répliqua-t-il en la regardant dans les yeux.

— Non, déclara-t-elle en secouant la tête. Si vous m'avez amenée ici pour que je vous donne mon avis, je vais me faire un plaisir de vous le donner. Je dis non à tout cela. Pas aux études : c'est important. Mais pas question qu'ils aillent en pension avant douze ans. Et, en attendant, ils ne seront pas relégués dans ce coin triste et oublié comme des objets sans valeur. Ces chambres pourront servir à autre chose et nous allons créer une nouvelle nursery plus près de nos appartements, avec de grandes fenêtres pour avoir de la lumière et pour pouvoir regarder dehors, des jouets, des jeux et aussi des livres. Et il n'est pas question de ne les voir qu'une fois par jour avant de les rendre à la nourrice. Non !

— Cela s'appelle la « séance quotidienne ».

— Je me moque bien de savoir comment cela s'appelle ! Non, Christian ! Pas nos enfants.

Il la regarda. Pas un muscle de son visage n'avait bougé, mais ses yeux souriaient. Alors, elle sentit une vague de tendresse à la fois douce et farouche monter en elle et lui serrer le cœur.

Jusqu'à l'obliger à dire ce qu'elle ressentait.

— Je vous aime, lâcha-t-elle tout en écartant une mèche de cheveux bruns de son visage. Je vous aime.

Elle laissa retomber sa main. Le silence dans la pièce était assourdissant. L'appréhension qu'elle ressentait n'avait rien à voir avec l'angoisse qui l'avait étreinte la première fois qu'elle avait dit cela à un homme ; n'empêche qu'elle se demandait si elle avait bien fait. Christian l'épousait par obligation. Pas par amour. S'il avait eu le choix, il ne se serait jamais remarié. Alors, en lui avouant ses sentiments, qu'espérait-elle lui faire dire ?

Le silence se prolongea. Quand il fut devenu insoutenable, elle décida qu'il fallait dire quelque chose – n'importe quoi – pour le rompre.

— Je voulais que vous le sachiez, marmonna-t-elle, au cas où cela vous aurait tracassé.

Elle essaya de se convaincre que cela n'avait pas d'importance, mais ce n'était pas vrai. Et le fait qu'elle soit la seule à parler confirma ce qu'ils savaient déjà l'un et l'autre. Elle voulut s'en aller mais, brusquement, il la saisit par les bras et la plaqua contre la boiserie derrière elle.

Et il l'embrassa. Il l'embrassa avec une force qui lui coupa le souffle et lui fit perdre la raison. Elle sentit sa virilité durcie contre son ventre. Il passa les mains entre eux pour ouvrir sa robe et glisser les doigts à l'intérieur du corsage. Ils se refermèrent sur son sein, par-dessus son corset, tandis que ceux de l'autre main remontaient frénétiquement sa jupe et son jupon, jusqu'à se faufiler dans sa culotte.

Elle rompit leur baiser avec un petit cri. Elle avait besoin d'air. Mais elle eut tout juste le temps de prendre une inspiration qu'il reprenait possession de sa bouche, comme s'il avait peur qu'elle dise quelque chose pour l'arrêter.

Il l'embrassa encore, une main sur son sein et l'autre entre ses jambes pour la caresser là... là où il savait. Elle détacha la bouche de la sienne en laissant échapper un gémissement. Elle renversa la tête en arrière contre le mur et ferma les yeux, emportée par la chaleur dévorante qu'il faisait naître en elle du bout des doigts. Elle savait désormais qu'en l'excitant de la sorte il la rendait plus humide encore et la préparait à le recevoir en elle.

— J'ai envie de vous, Annabel, lui souffla-t-il à l'oreille. Ici. Tout de suite.

Elle hocha la tête pour signifier son accord, incapable de refuser. Il mit fin à ses caresses pour avoir les deux mains libres et lui dénouer son pantalon avant de le faire glisser sur ses cuisses. Tout en ouvrant sa braguette, il couvrit de baisers la gorge d'Annabel. Son souffle était de plus en plus court, ses gestes de plus en plus désordonnés. Soudain, il lui passa les deux mains sous les fesses et la souleva de terre tandis qu'elle écartait instinctivement les genoux. Il la pénétra, profondément, à coups de reins puissants et déterminés. Elle atteignit le sommet du plaisir presque immédiatement et elle cria en se contractant autour de lui au moment où la vague l'emportait. Lui-même se mit à trembler et plongea loin en elle par à-coups successifs avant de s'immobiliser, haletant, le visage enfoui dans son cou.

Il la garda ainsi, contre le mur, encore quelques instants avant de se retirer et de la laisser retoucher terre. Puis il lui caressa le visage en lui souriant si tendrement qu'elle crut presque qu'il lui avait dit qu'il l'aimait. Sauf qu'il ne l'avait pas dit et que ces dernières minutes, aussi passionnées eussent-elles été, n'y changeaient rien. Peut-être ne le lui dirait-il jamais.

Il lui glissa les doigts dans les cheveux pour lui encadrer le visage de ses deux mains et lui donna un dernier baiser, un baiser si doux et si aimant qu'il rendit sa déclaration de tout à l'heure plus difficile encore à supporter.

— Allez-y la première, suggéra-t-il en reculant pour la libérer. Si un domestique vous voit, dites que vous vous êtes perdue.

— C'est plausible, dans cette maison.

Elle revint sur ses pas et retrouva son chemin. Tous étaient rassemblés au salon pour prendre le thé avec lady Sylvia. Annabel ne pouvait se joindre à eux dans cet état, avec ses vêtements tous froissés. Elle sentait l'humidité entre ses jambes et la moiteur de la sueur sur sa peau. Une odeur de sexe devait même émaner d'elle, songea-t-elle avec une grimace. Alors, au lieu de se rendre au salon, elle prit la direction de sa chambre. Là, elle se servit du broc d'eau pour faire sa toilette puis renversa la bassine de façon à se tremper et à avoir une excuse pour se changer. Car les domestiques remarquaient tout.

Une fois rafraîchie et habillée de propre, elle appela sa femme de chambre pour la prier d'éponger l'eau renversée, remit de l'ordre dans son chignon et se poudra le nez. Dans le miroir, elle vit la jeune fille qui nettoyait par terre. Elle aussi, autrefois, elle nettoyait par terre. Et elle faisait la lessive au lavoir. Et voilà qu'elle ne faisait plus partie du décor et qu'elle allait devenir duchesse.

Oui, duchesse. Lors d'un mariage sans amour.

Annabel se pencha en avant, un coude sur la table de toilette, le front dans la main. Ce mot était en train de devenir une obsession. Mais pourquoi ?

Elle ne se souciait pas de l'amour, autrefois. Elle avait été prête à épouser Bernard, à passer le restant de ses jours avec lui, alors qu'elle ne l'aimait pas. Le souvenir du peu de sentiments qu'il y avait entre eux lui tira une grimace. Elle avait été folle de vouloir se marier avec cet homme qu'elle n'aimait pas.

Voilà, elle avait compris. Elle n'aimait pas Bernard et elle avait cru que c'était ce qu'elle voulait. Ne pas aimer, c'était plus facile. Moins dangereux. Moins douloureux.

« Ce qui rend le plus malheureux, dans la vie, ce sont les espoirs déçus. »

Ce que Christian lui avait dit sur le bateau revenait la hanter maintenant. C'était si vrai... Elle devait redevenir celle qu'elle était il y a deux mois, celle qui s'apprêtait à épouser un homme qu'elle n'aimait pas sans rien espérer de ce mariage. Ainsi, elle ne pourrait être déçue. Et elle ne pourrait pas souffrir.

Sauf qu'aucun retour en arrière n'était possible. Elle aimait Christian et elle se leurrait si elle essayait de se persuader qu'il n'était pas grave que ce ne soit pas réciproque. Si, c'était grave. Ce serait toujours grave. Cela la ferait souffrir tous les jours de sa vie, chaque fois qu'elle aurait envie de le dire et pas lui. Cela la blesserait chaque fois qu'il partirait s'amuser sans elle, loin d'elle.

Car il le ferait. C'était ce qui arrivait quand on épousait un séducteur. Son père s'en allait sans arrêt et sa mère pleurait parfois des jours d'affilée. Jusqu'au jour où il était parti pour ne jamais revenir.

Bernard l'avait prévenue d'emblée qu'ils vivraient des vies souvent parallèles, chacun ayant à remplir des obligations qui les tiendraient éloignés parfois des jours ou des semaines. Curieusement, ce qui lui avait parfaitement convenu alors, elle n'en voulait plus.

Avec Christian, elle ne voulait ni de chambre à part ni de vie parallèle. Elle ne voulait pas qu'ils soient tous deux libres. Elle le voulait auprès d'elle tous les jours, toutes les nuits. Oui, auprès d'elle, à faire des choses avec elle. Et c'était aussi ce qu'avait souhaité sa première femme.

Annabel regarda à nouveau la femme de chambre dans le miroir et songea à la petite fille de Gooseneck Bend qui récurait les sols et portait des chaussures trop petites ou pas de chaussures du tout parce qu'elle n'avait pas d'argent pour en acheter de nouvelles. Celle dont le cœur s'était brisé en mille morceaux parce qu'elle n'était pas assez bien pour qu'un Harding l'épouse. Malgré les difficultés, les souffrances, les chagrins qu'elle avait traversés, jamais elle n'avait songé à mettre fin à ses jours. Et sans doute n'y songerait-elle jamais.

Cependant, elle ne pouvait pas forcer Christian à l'aimer. Tout au plus pouvait-elle s'efforcer d'accepter le fait qu'il ne l'aime pas et de s'en contenter. Sauf qu'elle savait que « se contenter » de quelque chose, ce n'était pas dans sa nature. Et qu'elle n'avait aucune raison de penser que Christian se conduirait différemment dans son second mariage.

Il lui sembla voir sa vie de duchesse se dérouler devant elle. Elle inaugurerait des kermesses, s'occuperait des bonnes œuvres et dormirait seule presque toutes les nuits. Les femmes mariées disaient que c'était mieux ainsi. Autrefois, elle était de leur avis. Plus maintenant.

« Tous les mariages doivent être fondés sur l'amour, miss Wheaton. »

Une fois de plus, il avait raison. Il semblait en savoir long sur la vie. Bien plus qu'elle. Était-ce parce qu'il n'en attendait rien, et elle trop ?

En soupirant, elle se leva et sortit de sa chambre. Elle descendit, prit le thé puis dîna avec les autres, but même un cordial au salon, ensuite, en écoutant Christian et Sylvia lui raconter des histoires de famille et des souvenirs de leur enfance à

Scarborough Park. Il fallait qu'elle se protège, conclut-elle. Qu'elle n'espère rien.

Elle se coucha de bonne heure. Elle n'eut même pas besoin d'inventer une excuse puisqu'elle se mariait le lendemain. Une fois dans sa chambre, elle sonna Liza qui vint l'aider à se déshabiller. Pendant ce temps, elle contempla le luxueux mobilier – qui avait été acheté avec l'argent d'une autre héritière américaine. Elle sentit que la couronne de duchesse lui pesait déjà alors qu'elle ne l'avait même pas encore porté…

Elle enfila sa chemise de nuit et se glissa sous les draps, sans parvenir à trouver le sommeil. Alors, elle resta étendue dans le noir à se consoler avec l'espoir que, s'il ne l'aimait pas encore, cela viendrait un jour. C'était une bien piètre consolation, un bien maigre espoir, mais c'était tout ce qu'elle avait.

Dire qu'elle pensait qu'elle se moquait de l'amour… Aujourd'hui, c'était ce qu'elle désirait le plus. Sauf que l'amour ne s'achetait pas. L'amour n'était pas garanti par la situation sociale. Demain, elle se mariait. Mais, sans l'amour de Christian, demain ne serait qu'un jour comme les autres.

19

Il était presque l'heure. Christian s'arrêta devant le miroir et écouta un instant sonner les cloches de la chapelle. Puis il se regarda dans la glace et les mots d'Annabel lui revinrent en mémoire.

« Je vous aime. »

Lorsqu'elle le lui avait dit, il ne l'avait pas vraiment crue. Il avait mis sa déclaration sur le compte du désir et de ce besoin qu'avaient les femmes de l'assimiler à l'amour. Néanmoins, au réveil, ils lui avaient encore tinté aux oreilles. Alors, il avait décidé en toute conscience de croire qu'elle disait vrai, chaque jour et à partir de maintenant. Il allait rendre ces mots vrais, se promit-il, même s'il devait y consacrer toute sa vie. C'était sa seconde chance à lui, à Annabel aussi. Il tenait à elle. Il la voulait auprès de lui tous les jours et toutes les nuits pour le restant de leurs jours. Il l'aimait. Sans doute l'aimait-il depuis cette fameuse nuit, dans la Ford, quand elle lui avait souri, un peu éméchée, et lui avait raconté qu'elle avait racheté la banque. Depuis cette nuit où elle l'avait entraîné dans le bain turc.

Ou alors, le lendemain, quand elle avait eu ce crochet du droit mémorable.

Jamais, au grand jamais, il ne se serait attendu à tomber amoureux un jour. Pourtant, c'était arrivé. Il l'aimait. Il le savait parce que son cœur cognait comme un fou dans sa poitrine. Parce que ses mains tremblaient tant qu'il ne parvenait pas à nouer sa cravate, et, surtout, parce que l'homme dont le miroir lui renvoyait l'image affichait le sourire le plus idiot du monde. Un homme amoureux était toujours ridicule, songea-t-il.

Et il faisait des choses ridicules, comme se lever, ivre mort, pour s'opposer à un mariage. Si quelqu'un s'interposait aujourd'hui, il le tuerait.

Derrière lui, McIntyre toussota.

— Souhaitez-vous que je m'en charge, Monsieur le Duc ?

Cette question l'arracha à sa rêverie.

— Non, merci, répondit-il en se forçant à prendre une expression dure et à se concentrer sur ce geste si simple.

Lorsqu'il eut terminé, il laissa retomber ses mains, satisfait, et se retourna.

McIntyre, lui, n'était pas satisfait. Il redressa un peu le nœud avant d'y piquer l'épingle. Puis il prit la jaquette qu'il avait disposée sur le lit, chassa une peluche qui avait eu l'audace de se poser sur le revers et la lui présenta pour qu'il l'enfile. Lorsque Christian eut glissé les bras dans les manches et passé la veste, il se retourna pour que son valet la lui boutonne. Ce dernier fixa ensuite la boutonnière composée de boutons de rose et de muguet et lui tendit une paire de gants blancs.

— Merci, McIntyre, fit Christian en les enfilant. Faites amener la voiture. Je descends tout de suite.

— Bien, Monsieur le Duc.

Le valet de chambre s'inclina avant de sortir. Christian ne le suivit pas car il lui restait une chose à faire avant de se rendre à la chapelle. Il sortit de sa chambre, descendit l'escalier mais, au lieu d'attendre dans le hall, il se rendit dans la galerie.

Il s'arrêta à l'entrée, inspira profondément et remonta l'allée, passant devant ses ancêtres et ses cousins plus ou moins éloignés, avant de s'arrêter devant le portrait d'une jeune fille pâle et mince aux cheveux d'or – un portrait qu'il n'avait pas contemplé depuis douze ans.

Le portrait d'Evie était la seule trace tangible qui demeurât de sa vie ici. Cela faisait trop longtemps qu'il évitait de le regarder. Alors, il s'y força. Il se força à étudier ce sourire timide, à soutenir ce regard bleu qui, autrefois, l'avait enveloppé de tant d'adoration. Il se força à se rappeler les événements qui s'étaient enchaînés. La mort de son père. La ruine de Min. Andrew qui ne cessait de lui parler de l'honneur de la famille et de son devoir envers Scarborough. La saison, à Londres, avec ses bals et ses réceptions, et toutes ces jolies héritières américaines. Et Evie qui le contemplait comme s'il était le roi du monde lorsqu'il s'était approché de la chaise sur laquelle elle était assise le long du mur pour l'inviter à danser.

Il se força encore à se souvenir de l'été qu'ils avaient passé à Philadelphie quand il l'avait demandée en mariage. Et de la façon dont il avait rassuré ses parents. Et de son cynisme quand il songeait combien les Américains étaient extraordinaires de croire que l'amour était l'ingrédient essentiel de cette affaire d'argent et d'intérêts qu'était le mariage.

Il regarda Evie et se força à se rappeler les mensonges qu'il lui avait dits et ceux qu'il avait faits par omission. La fausseté de ses sourires, de ses regards, de sa voix à l'époque où il lui faisait la cour. Les machiavéliques serments d'amour, de respect et de réconfort qu'il lui avait faits le jour de leur mariage.

Il se força encore à se remémorer celui qu'il était le jour où il avait prononcé ces serments, un jeune pleutre qui, bien qu'il n'ait jamais trompé sa femme en trois ans de mariage, ne s'était jamais conduit en mari. Un homme qui avait continué à jouer, à boire et à gaspiller son temps à des divertissements inutiles avec des compagnons de bien peu de substance, qui avait négligé la femme qu'il avait promis de chérir. Un homme qui avait vécu égoïstement et en dépensant tout l'argent qu'elle lui avait alloué. Jamais il n'avait songé à la terrible solitude qui avait dû être celle de sa femme alors. Et il n'avait même pas été auprès d'elle au moment où elle avait sombré dans le désespoir le plus noir.

Aujourd'hui, c'était le jour de son second mariage. En regardant bien en face le portrait de sa première femme, il prit la peine de lui dire ce qu'il ne s'était dit qu'en pensée mais qui méritait d'être énoncé à haute voix.

— Pardon, Evie, fit-il dans un souffle. Je vous en prie, pardonnez-moi.

Il ne méritait pas son pardon, il le savait. Pourtant, là, en songeant à celui qu'il avait été, il réalisa qu'il n'avait plus rien à voir avec cet homme. Au cours des douze ans qui s'étaient écoulés depuis la mort de son épouse, il avait grandi sans même s'en rendre compte. Aujourd'hui, il était capable d'apprécier la chance qu'il avait d'endosser ses responsabilités et d'aimer une femme de tout son cœur.

Aujourd'hui, les serments qu'il ferait ne seraient pas des mensonges. Il aimait Annabel. Il voulait l'aimer, l'honorer et la chérir pour toujours. Il voulait passer sa vie avec elle, avec elle seule. Il voulait qu'elle l'aime en retour. Il voulait la rendre heureuse chaque jour. Il l'aimait comme jamais le jeune homme superficiel et immature qu'il était à vingt ans n'avait su aimer Evie.

Quand la grande horloge sonna la demie, Christian se décida à partir. Lentement, avec un regret infini qui ne s'effacerait jamais tout à fait, il tourna la page sur le passé et leva une main pour toucher la joue pâle du portrait de sa femme.

— Evie, fit-il avec douceur. Il faut que je vous dise au revoir.

Sa robe lui seyait à merveille. Les fleurs étaient magnifiques, la chapelle charmante et les invités recueillis, songeait Annabel en avançant au bras de George. Heureusement qu'elle portait un voile. Il cachait les doutes qu'elle sentait monter en elle et lui conférait une apparence de calme éthéré tandis qu'elle se laissait conduire.

Christian la regardait venir vers lui, son beau visage très sérieux. Au moment de lâcher le bras de George pour se placer à côté de lui, il lui sembla que son inquiétude grandissait au lieu de s'apaiser.

— Mes bien chers frères... commença le pasteur.

Annabel se mit à réfléchir à toute vitesse.

Y arriverait-elle ? Pourrait-elle passer toute sa vie à l'aimer sans être aimée de lui en retour ? Elle commençait à craindre de ne pas en être capable. Pourtant, il le fallait.

— Si quelqu'un dans cette assemblée à une raison valable de s'opposer à cette union, qu'il parle maintenant ou se taise à jamais.

Le moment de vérité était arrivé. C'était maintenant ou jamais.

— Attendez, dit-elle en levant sa main gantée de blanc vers le pasteur. Je ne peux pas.

Ignorant les invités qui suffoquaient ou soupiraient, elle releva son voile, jeta son bouquet à Sylvia en lui adressant un regard de sincères excuses et se tourna vers Christian.

— Je ne peux pas le faire, articula-t-elle en se forçant à fixer son visage sidéré. Je ne peux pas vous épouser à cause de ce que les gens vont penser, ni parce que vous voulez bien vous conduire avec moi après ce qui s'est passé. Je ne peux pas.

Il la fixait comme s'il n'en croyait pas ses oreilles. Et il aurait été difficile de le lui reprocher. Elle-même n'en revenait pas.

— Je suis désolée, Christian. Je sais que je suis têtue comme une mule et qu'il me faut un temps fou pour reconnaître que je me trompe, mais, là, je l'admets. J'avais tort. C'est vous qui aviez raison.

— À quel propos ? articula-t-il, déconcerté. Annabel, de quoi parlez-vous ?

— Vous avez dit que tous les mariages devaient être fondés sur l'amour.

Elle s'interrompit, la gorge serrée, et eut toutes les peines du monde à prononcer les mots qui devaient être dits.

— Vous aviez raison, fit-elle d'une voix étranglée en englobant d'un geste l'opulence du décor de la chapelle. Sans amour, rien de tout cela n'a de sens. Je vous aime mais je sais que vous ne m'aimez pas. Alors je ne peux pas me marier avec vous, Christian. Je suis désolée.

Les larmes lui brûlaient les yeux. Cette fois, c'était celles d'un profond chagrin. Elle se détourna avant qu'il les voie et qu'il puisse se mettre en tête d'autres idées ridicules sur son devoir envers elle.

Elle releva sa jupe à deux mains et sortit de l'église en courant, ignorant la mine ébahie des invités et les appels de Christian. Elle traversa la pelouse, fuyant le plus loin possible. Elle ne savait pas où elle allait. Tout ce qu'elle voulait, maintenant, c'était disparaître avant qu'il puisse faire encore un beau geste de noblesse.

— Annabel, attendez !

L'entendant derrière elle, elle courut plus vite encore. Mais il était plus rapide qu'elle, entravée par sa robe et son corset. Elle essaya, pourtant, mais elle ne tarda pas à sentir son bras autour de sa taille. Il la plaqua contre lui et s'arrêta, la retenant du même mouvement.

— C'était vrai ? lui murmura-t-il à l'oreille avec feu. Vous m'aimez ?

Quand elle se débattit, il l'enlaça de ses deux bras pour la retenir, le dos serré contre son torse. Il respirait un peu plus vite contre sa joue.

— Lâchez-moi, Christian, fit-elle dans un sanglot en voulant repousser les bras qu'il lui avait passés autour de la taille.

Elle ne parvint pas plus à se dégager qu'à retenir ses larmes.

— Pensiez-vous vraiment ce que vous m'avez dit ? insista-t-il en la serrant fort. M'aimez-vous ?

Elle ne pouvait plus le dire.

— Qu'est-ce que cela peut faire ? répliqua-t-elle, soulagée qu'il ne puisse pas la voir pleurer. Nous ne pouvons pas nous marier. Vous ne comprenez pas ? Je ne peux pas être votre seconde chance.

— Est-ce vraiment ce que vous pensez ?

Il la lâcha, alors, mais uniquement pour lui permettre de se retourner vers lui. Quand elle voulut fuir à nouveau, il la retint.

— Que, en vous épousant, je cherche à réparer le tort que j'ai fait à Evie ? insista-t-il.

— Ce n'est pas le cas ?

— Non. Et je ne vous épouse pas non plus pour « bien me conduire », même si je ne vous en veux pas de le croire. Moi-même, j'ai cru que c'était ce qui me motivait. Mais, ce matin, j'ai enfin compris la vérité – et je crains que mes intentions soient bien plus égoïstes que tout ce que j'ai pu vous laisser penser. Je n'ai jamais très bien su faire mon devoir, voyez-vous. Si je vous épouse, c'est parce que j'en ai envie. Je vous aime, Annabel. Je m'en rends compte un peu tard, mais c'est vrai.

Elle le fixait, sans arriver à le croire tout à fait.

— C'est vrai ?

— Oui, confirma-t-il en l'étreignant à nouveau plus étroitement et en la secouant doucement. Je me moque pas mal de savoir d'où vous venez. Je ne trouve rien à redire à votre façon de parler – d'ailleurs, j'adore votre voix, je l'ai toujours adorée. Elle est magnifique. Je vous préviens que, si jamais vous prenez des leçons de diction, je demande le divorce. Je ne vous épouse pas non plus à cause de ce que diraient les gens si je ne le faisais pas. Je ne le fais pas pour sauver votre réputation ni par héroïsme. Je vous aime. Je vous aime presque depuis le début, mais je n'en avais pas conscience. Je ne dois pas être très malin, mais je n'ai commencé à le comprendre qu'en rentrant à la maison.

— À la maison ? Vous voulez dire…

— Je veux dire : ici. À Scarborough Park. Pendant que j'étais là, sans vous, à tout préparer pour aujourd'hui, j'ai réfléchi à tout ce que cela signifiait. Le mariage… les enfants… notre rôle de gardiens plus que de propriétaires… J'ai compris que, ce que nous ferons, nous ne le ferons pas pour nous, mais pour eux, la génération suivante. C'est pour cela que je vous ai emmenée dans la nursery, hier. Et je n'ai jamais été aussi heureux qu'au moment où vous avez dit que vous refusiez que nos enfants soient relégués dans ces pièces tristes et sombres, que vous ne laisseriez pas faire cela.

— J'y suis assez fermement décidée, en effet. Alors…

— Je le sais. Et c'est pour cela que je vous aime. Vous êtes une battante.

Il s'interrompit et la fixa un moment avant de conclure :

— Je n'aurais jamais cru que vous chercheriez à fuir vos responsabilités.

Elle retint son souffle.

— Ce n'est pas juste, se défendit-elle.

— Je ne vous imaginais pas du genre à vous enfuir ni à choisir la solution de facilité, poursuivit-il en écartant les bras comme pour englober le vaste domaine qui les entourait. Je m'attendais que vous vous battiez pour cela et pour nous. Moi, en tout cas, c'est ce que je veux faire.

Annabel réprima un sanglot. Elle avait tellement envie de le croire…

— Christian…

— Je ne veux pas me défiler. Pour la première fois, il me semble que ma vie a un but et ce but est d'être votre mari, de vivre ici avec vous et nos enfants, de faire mon possible pour le village et les fermes. Je n'avais encore jamais envisagé les choses sous cet angle. J'ai accepté mon mariage avec Evie comme un devoir que je devais accomplir, mais je n'ai pas compris la nécessité de changer de vie pour que cela puisse fonctionner. Il faut dire que je n'avais que vingt et un ans. J'étais bien trop jeune pour savoir ce que signifiaient réellement l'amour et le devoir. Aujourd'hui, je le sais. Je vous aime. J'ai des devoirs envers vous et envers nous. Et nos enfants.

— Et je…

— Pour être tout à fait franc, je suis heureux que vous soyez riche parce que nous allons avoir besoin d'argent pour Scarborough. J'aurais voulu pouvoir être grand seigneur et affirmer que je ne voulais pas un sou de vous. Hélas, je n'en ai pas les moyens. Je n'ai donc guère le choix. Cependant, Annabel, je vous jure que ce n'est pas pour votre fortune que je veux vous épouser. C'est parce que je vous aime et…

— Bonté divine ! cria-t-elle, obligée de hausser le ton pour placer un mot. Quand vous décidez de faire du charme à une fille, il n'y a plus moyen de vous arrêter ! Puis-je dire quelque chose, s'il vous plaît ?

Il se redressa, la lâcha et toussa discrètement.

— Bien sûr. Excusez-moi.

— Oui, j'étais sincère quand je vous ai dit que je vous aimais.

Tout en parlant, elle se mit à rire de la joie qui bouillonnait en elle et qu'elle ne pouvait plus contenir.

— Je ne vais pas essayer de m'enfuir ni de me dérober, je vous le promets. J'ai simplement compris que je ne pouvais pas vous épouser si vous ne m'aimiez pas. Je vous aime, Christian. Maintenant que je sais que vous m'aimez aussi, vous allez avoir du mal à vous débarrasser de moi. Même si vous décidez de renoncer à votre titre, même si vous décidez de partir à Paris, en Amérique ou même dans le Klondike, soyez prêt à ce que je vous suive. Parce qu'il n'est pas question que je reste seule à la maison à pleurer votre absence.

— Annabel, un duc ne peut renoncer à son titre. Il n'y a aucun moyen de le faire. De toute façon, je n'en ai pas envie. Je veux endosser mon rôle. Vous vous rendez compte ? demanda-t-il avec un rire incrédule. J'en ai envie ! Mais seulement si vous êtes ma duchesse.

— Oui, je le veux.

— C'est vrai ? Je sais mieux que vous ce qui vous attend. Peut-être...

Il s'interrompit pour déglutir avant d'ajouter, d'un air de défi :

— Vous ne voulez pas prendre une minute ou deux pour y réfléchir ?

C'est ce qu'elle fit. Elle considéra son beau visage et pesa longuement le pour et le contre. Elle plongea les yeux dans ses yeux bleu-gris ourlés de cils noirs et examina les petites rides que sa vie d'excès lui avait creusées aux coins des yeux et de la bouche. Elle se représenta son sourire à la fois malicieux et charmeur, irrésistible. C'était certes le visage d'un vaurien. Mais Annabel devait avoir l'âme d'une joueuse, comme son père, car elle allait miser son argent et son avenir sur ce débauché.

Prise d'une inquiétude subite, elle fronça les sourcils.

— Vous réformerez-vous, après notre mariage ?

Il ne cilla même pas avant de répondre :

— Non.

— Tant mieux, déclara-t-elle en lui nouant les bras autour du cou. Parce que je vous aime tel que vous êtes.

— Moi aussi, je vous aime. Ne changez pas. Ne changez jamais.

Il l'embrassa longuement, s'attardant le plus possible, puis il finit par relever la tête en lui souriant.

— Je ne suis peut-être qu'un débauché et vous une fille de Gooseneck Bend, du fin fond du Mississippi, mais nous avons là deux cent quarante invités qui attendent la suite, lui rappela-t-il. Alors… Voulez-vous ? fit-il en indiquant d'un geste la chapelle derrière lui.

— Je crois que nous n'avons pas le choix. C'est notre devoir.

— Tout à fait, ma chère, répondit-il d'une voix grave et hautaine pour la faire rire. Tout à fait.

Tandis qu'ils remontaient vers la chapelle, brusquement, il rejeta la tête en arrière et éclata de rire.

— Mon Dieu ! Voilà que je fais mon devoir. Qui l'eut cru ? Peut-être suis-je en train de me réformer, après tout…

— Eh bien, cessez tout de suite, c'est compris ? lui ordonna-t-elle au moment d'entrer. Je me suis doutée dès que je vous ai vu que vous ne me vaudriez que des ennuis – et je ne voudrais surtout pas qu'il en soit autrement.

Christian et Annabel rentrèrent dans la chapelle. Et, quand le pasteur voulut savoir une nouvelle fois si personne n'avait de raison valable de s'opposer à cette union, le silence se fit. Et la famille d'Annabel put enfin souffler.

Aventures & Passions

4 octobre

J.J. McAvoy

Aphrodite et le duc

Inédit

Aphrodite Du Bell déteste son prénom. Alors que le Ton loue sa peau brune, ses cheveux et ses traits exquis, Aphrodite n'en peut plus d'être identifiée à la déesse de la beauté et de l'amour. Il y a quatre ans, ses attraits n'ont pas empêché Evander Eagleman de l'abandonner pour en épouser une autre! Lorsque sa mère lui demande d'accompagner sa jeune sœur pour son entrée dans le monde, elle se promet de se garder des hommes et notamment d'Evander. Or, ce dernier, désormais veuf, est bien déterminé à reconquérir la jeune femme. Si le cœur innocent d'Aphrodite vacille à sa vue, sa famille mettra tout en œuvre pour la protéger.

✦

Renee Ann Miller

Les fripouilles – 6 – Pour un baiser volé

Inédit

Du haut de ses 28 ans, lady Sara Elsmere est plus intéressée par l'étude des papillons que par la perspective du mariage. Pourtant, devant l'ultimatum fraternel – trouver un mari ou cesser ses études –, elle se rend à un bal déguisée en bergère. Et c'est là que, la prenant pour une autre, Ian McAllister, duc de Dorchester, lui vole un baiser brûlant. Hélas, il y a des témoins et le scandale menace. Songeant aux deux garnements que sont ses pupilles, Ian envisage sérieusement d'épouser ce bas-bleu. Mais peut-être le souvenir des lèvres de lady Sara joue-t-il dans cette décision un rôle plus important qu'il ne veut bien le reconnaître…

Minerva Spencer

Whitechapel – 2 – Le passé de Mlle Tremblay

Inédit

Cécile Tremblay a tout perdu lors de la Révolution française. Réfugiée en Angleterre, elle est devenue tireuse d'élite pour la petite troupe de la Foire aux Femmes Fantastiques Farnham, où elle a trouvé un foyer. C'est aussi dans ce cirque qu'elle a eu une aventure avec lord Gaius Darlington, qu'elle a vertement congédié lorsqu'il lui a proposé de faire d'elle sa maîtresse après son mariage. Pourtant, lorsqu'il se présente à sa porte en quête de travail, ayant perdu son titre, sa fortune et sa fiancée, elle ne peut se résoudre à l'abandonner à son sort. Qui sait ? Un dur labeur lui apprendra peut-être comment il faut se conduire avec une femme.

✦

Eva Leigh

Dernière chance – 3 – Le grand retour de Willa

Inédit

Dominic Kilburn et Willa Ransome ont la désagréable surprise de tomber nez-à-nez sur une île écossaise, loin de toute civilisation, qu'ils ne pourront quitter avant deux semaines. Willa est livide : comment pourra-t-elle endurer la présence de celui qui lui a brisé le cœur et l'a humiliée un an plus tôt en l'abandonnant le jour de leur mariage ? Dom, lui, ne sait pas s'il supportera le poids de la culpabilité et du remord d'avoir saboté leur amour. Pourtant, ainsi réunis, les cœurs s'ouvrent et les vieilles plaies commencent enfin à cicatriser…

Anna Bradley

La société secrète – 5 – Retour à Coldstream

Inédit

Mairi Cameron débarque à Londres à la recherche de Daniel Adair, le garçon avec qui elle a été élevée et qui a disparu inexplicablement. La grand-mère de la jeune femme est accusée de l'avoir tué et lui seul peut l'innocenter. Elle retrouve sa trace à l'institution de Lady Clifford où il est domestique. Mais ce jeune homme ne comprend rien : il se nomme Daniel Brixton et a toujours vécu à Londres ! Devant le désarroi de Mairi, Daniel accepte pourtant de l'accompagner à Coldstream. Ensemble, parviendront-ils à faire éclater la vérité ?

✦

Eloisa James

Les plaisirs – 3 – Plaisirs interdits

Pour Quentin Dewland, un redoutable séducteur, les plaisirs de l'amour sont désormais de lointains souvenirs. Depuis son accident, sur ordre de son médecin, les efforts physiques lui sont interdits. Pourtant, quand il rencontre Gabrielle, sa future belle-sœur tout juste arrivée des Indes, des idées de conquêtes viennent à nouveau le tourmenter. Tant pis pour les recommandations médicales, les migraines et autres douleurs, il mettra la jeune femme dans son lit !

Julia Quinn

Les Blydon — 1 — Splendide

Il y a deux choses que tout le monde sait à propos d'Alex Ridgely : il est le duc d'Ashbourne et il ne se soumettra jamais aux affres du mariage. Du moins, c'était avant qu'une jeune Américaine ne se jette sous les roues d'un fiacre pour sauver la vie de son neveu. Qui plus est, cette courageuse étrangère est drôle, intelligente, loyale, mais femme de chambre. Une situation qui ne peut absolument pas convenir à son rang ! Or, troublé par le souvenir du baiser ardent qu'ils ont échangé, l'irréductible célibataire décide d'en apprendre davantage sur celle qui a enflammé son cœur…

10151

Composition
FACOMPO

Achevé d'imprimer en Italie
par GRAFICA VENETA
le 6 août 2023

Dépôt légal : septembre 2023
EAN 9782290211144
OTP L21EPSN002154-435782

ÉDITIONS J'AI LU
82, rue Saint-Lazare, 75009 Paris

Diffusion France et étranger : Flammarion